David Daniel

Herzrasen

David Daniel wurde in Münster geboren und wuchs im Ruhrgebiet sowie am Bodensee auf. Er studierte Volkswirtschaftslehre und lebt seit mehr als zehn Jahren in Düsseldorf. Dort arbeitet er als Redakteur für eine Medienagentur. *Herzrasen* ist sein zweiter Kriminalroman.

Für Laura

Prolog – Tag 1

Der schmächtige Mann mit dem Leberfleck auf dem linken Handrücken sah auf die Uhr, während er auf den Aufzug wartete. Wenn alles glatt lief, war er in einer Stunde draußen und Leipnitz würde vor Wut in den Tisch beißen, dachte er. Ein sanftes Ping ertönte, und die Türen des Fahrstuhls öffneten sich lautlos und gemächlich. Er nestelte einen Schlüsselbund aus der Hosentasche und wunderte sich wie schon so oft, dass das Klimpern kaum an sein Ohr drang. Jegliches Geräusch wurde von dem Gebäude aufgesogen, bevor es die Ohrmuschel erreichen konnte. So als hätte Christo den Stahl- und Glas-Koloss von außen und innen in Watte gepackt.

Er führte einen kleinen Schlüssel in das Schloss neben der Schalttafel, drehte ihn nach links, während der Zeigefinger seiner anderen Hand die berührungssensible Oberfläche streichelte. *K3* leuchtete auf, die Aufzugtüren schlossen sich und die Kabine fuhr kaum wahrnehmbar nach unten.

Die verspiegelte Rückwand des Aufzugs zeigte ihm ein erschöpftes Ebenbild mit buschigen Augenbrauen. Doch er nahm sich nicht wahr. Anderen wäre der Leberfleck auf seiner linken Hand ins Auge gesprungen. Oft hieß es gut gemeint: »Lass das mal untersuchen.« Er hielt dann stets die Hand hoch und deutete auf ein kleines, graues Haar, das aus dem braunen Fleck herausragte. »Solange das wächst, ist alles in Ordnung.«

Der Aufzug ruckelte kurz, doch er hielt den Blick gesenkt und starrte auf den Boden in der Ecke. Sein Herz schlug schnell, und seine Hände waren kalt und feucht. Er musste sich ablenken.

Bilder seines Vaters zogen wie eine Diashow an ihm vorbei und trübten seine Gedanken wie Tropfen blauer Tinte ein Glas Quellwasser. Sein alter Herr hatte gewusst, dass der Tod ihn bald von den Schmerzen und dem schamvollen Gefühl erlösen würde, nur noch nutzlose Fleischmasse zu sein. Dennoch hatte er jeden Tag dafür gebetet und gekämpft, am anderen Morgen erneut aufzuwachen. Im Betrieb ein aufrechter Mann, sein Vater. Ein Vorbild und ein Klischee zugleich. Ehrlich, tugendhaft, sparsam und fleißig. Am Ende ein einsamer Verlierer, um den sich nur der Sohn kümmerte. Beim Trinken hatte er die Hälfte wieder aus dem Mund gesabbert. Die knochigen Hüften waren in viel zu große Pampers gewickelt gewesen.

Heisen junior hatte ihn mit aufgerissenen Augen und sperrangelweitem Mund vor dem Bett auf dem Boden gefunden. Der Notarzt hatte Herzversagen festgestellt, ihm einen Zettel ausgehändigt, »mein Beileid« gemurmelt und war wieder aus der Wohnung geeilt. Am Tag der Beerdigung hatte die Sonne geschienen, und es war überraschend warm für September gewesen. Als der Sarg im Erdreich verschwand, hatte Heisen junior bei der Seele seines toten Vaters geschworen, dass er nicht arm wie eine Kirchenmaus sterben würde.

Der Aufzug stoppte kaum merklich, und die Türen glitten auf. Es roch nach Desinfektionsmitteln. Die Putzkolonne war hier unten schon durch, folgerte Heisen, der diesen Geruch hasste. Er kannte ihn aus dem Krankenhaus. Dort überdeckte er den Zerfall der Menschen. Wenn man an die frische Luft zurückkehrte, hatte sich der Geruch in der Nase festgesetzt.

Der Gang war schmal. Fenster gab es so tief unter der Erde keine. Er fröstelte. Das Licht der Neonröhren schimmerte kühl, wodurch seine von Natur aus blasse Haut bleich wirkte und der Leberfleck besonders auffiel. Mit schnellen Schritten, deren Widerhall von den giftgrünen Wänden geschluckt wurde, erreichte Heisen die einzige Tür am Ende des Gangs.

Ein Fingerabdruckscanner und ein Zahlenschloss erwarteten ihn. Obwohl er wusste, dass er die Freigabe für diesen Trakt hatte, hielt er dennoch jedes Mal den Atem an und fragte sich, ob ihm die Maschine den Zutritt verweigern würde. Ausgerechnet heute ... lieber nicht daran denken.

Er presste den Daumen auf die gläserne Oberfläche und wendete den Kopf ab. Angeblich war der Laser, der seine Fingerabdrücke abtastete, völlig ungefährlich für die Augen. Klar, das hatte für die Atemwege die Industrie vor Jahrzehnten auch mal vom Rauchen behauptet. Sein Vater hatte zuletzt nur noch blutige Klümpchen gehustet. Alles völlig harmlos.

Der Scanner fiepte, und Heisen tippte rasch den sechsstelligen Code ein. Es klickte. Er stieß die Tür auf und betrat einen dunklen Raum, in dem es surrte und rauschte. Heisen drückte einen Lichtschalter. Die Neonröhren klimperten sich hell, und er sah ein vertrautes Bild: ordentliche Reihen von Servern, Festplatten, Computern und Netzwerktechnik. Er kannte sich aus: Hier unten, im Bauch des Gebäudes, waren alle technischen Errungenschaften und Geheimnisse der Firma gut aufbewahrt. Das Vermögen!

Heisen grinste und holte einen Zettel hervor, eine Anleitung. Zwar konnte er sie im Schlaf aufsagen, aber im Hier und Jetzt durfte ihm kein Fehler unterlaufen. Er sah in die Überwachungskamera, hob ein unsichtbares Glas und prostete der schwarzen Linse zu, die ihn aus ihrem toten Auge anglotzte, und er flüsterte: »Fick dich, du Arschloch!«

1. Kapitel

Ich saß auf einer mit Leder bezogenen Bank an einem kleinen Zweiertisch – einen Gin Tonic vor mir – und hörte meinem Magen zu, der mich unaufhörlich anknurrte. In Gedanken beruhigte ich ihn, denn gleich würde er dafür belohnt werden, dass er mit mir den ganzen Tag auf der Lauer gelegen hatte.

Ich hatte Wiener Schnitzel mit Pommes bestellt. Nicht gerade was für Paul-Bocuse-Fans. Aber zum Reinsetzen! Der Koch klopfte feinstes Kalbfleisch platt wie ein DIN-A4-Blatt. Und dann erst die Panade! Mir lief das Wasser im Mund zusammen, während ich über meinen gerade erledigten Job grübelte.

Ein Versicherungskonzern hatte mich gebeten, einen seiner Versicherten zu beobachten. Er hatte sich angeblich die rechte Hand so unglücklich verletzt, dass er nicht mehr arbeiten konnte und deshalb von seiner Berufsunfähigkeitsversicherung monatliche Zahlungen erwartete. Klassische Arbeit für einen klammen Privatdetektiv, der keine hohe Tagespauschale bekam, weil er nehmen musste, was er kriegen konnte.

Nach drei Tagen vollendeten Schauspiels des eingebildeten Kranken waren mir endlich mit einem Teleobjektiv ein paar schöne Fotos gelungen, wie er im hintersten Teil seines Gartens mit der unbrauchbaren Hand Unkraut gejätet, den Rasen geschnitten und irgendwelches Grünzeug gepflanzt hatte. Das waren die Erfolgserlebnisse eines Privatdetektivs: einen kleinen Gauner erwischen, wenn er das System betrog.

Natürlich war ich froh, dass ich meinen Auftrag erfolgreich beenden konnte. Und wo kämen wir hin, wenn jeder das System betrügen würde? Anarchie wäre die Folge.

Andererseits machte es mich auch traurig. Ich hatte ihn in den drei Tagen auch dabei beobachtet, wie rührend er mit seiner dreijährigen Tochter umging und wie viel Liebe in dem Blick seiner Frau steckte, wenn sie ihn dabei beobachtete. Jetzt würde er aufgrund meiner Beweise gegen ihn seine Ansprüche an die Versicherung und natürlich auch seinen alten Job verlieren und vielleicht sogar im Gefängnis landen.

Ich seufzte, stand auf und lief zur Bar, um mir von dort eine Zeitung zu holen.

Der Schönling mit der Elvistolle hinter dem Tresen trug eine schwarze Hose mit einer messerscharfen Bügelfalte und ein blütenweißes Hemd. Seine Hände mischten eine Apfelsaftschorle. Dabei wirkte er konzentriert und darauf bedacht, dass kein Spritzer seine Arbeitskleidung entweihte. Ein ehrlicher Beruf. Ob ich Kellner werden sollte?

Seine blonde Kollegin mit den leuchtend grünen Augen wuselte an mir vorbei. Sie balancierte ein schwarzes Tablett und schenkte mir ein Lächeln. Vielleicht würde ich hier meine neue Karriere beginnen, dachte ich und ging mit der Regionalzeitung zum Tisch zurück. Es gab nur wenige Gäste, denn für die meisten war es zu spät für Kaffee und Kuchen, aber noch zu früh für das Abendessen.

Ich erschnupperte Gewürze und Gebratenes. Als ich mich setzte, knurrte mein Magen wieder. Aus, dachte ich herrisch und vertiefte mich in die Zeitung. Vereinzelte Gespräche übertönten die Musik aus den Lautsprechern. Noch. In ein paar Stunden würde man die Lieder lauter und lauter drehen. Mir war's egal. In ein paar Stunden würde ich woanders sein – im Kino vielleicht oder zu Hause auf der Couch mit einem Gedichtband von Heinrich Heine.

Es fiel mir schwer, mich auf meine Zeitung zu konzentrieren, die kaum Erfreuliches berichtete. Die Griechen waren pleite, nur wollte das kein Politiker in Europa zugeben. Irgendwelche Stars und Sternchen hatten sich mal wieder gegenseitig betrogen und drohten nun mit Scheidung. Und mitten in der Nacht hatten Unbekannte unter einer Autobahnbrücke irgendwelche Kunststoffröhren abgefackelt. Der Rauch war so dicht, dass Autofahrer plötzlich nichts mehr sehen konnten. Es kam zu einer Massenkarambolage, bei der jemand starb. Von den Tätern gab es noch keine Spur. Eine Liedzeile aus einem alten Genesis-Song fiel mir ein: *This is the world we live in.*

Im Regionalteil fand ich eine Reportage über eine Protestaktion gegen den Düsseldorfer Waffenkonzern Braun&Braun. Dutzende Menschen marschierten seit ein paar Tagen vor dem Firmensitz auf und ab, weil ein großes, deutsches Nachrichtenmagazin aufgedeckt hatte, dass die Firma an die Taliban in Afghanistan Waffen verkaufte, mit denen auch deutsche Soldaten getötet wurden.

Als ich die Zeitung ein wenig senkte, um unauffällig die Kellnerin zu beobachten, spürte ich, wie sich gleichzeitig rechts und links von mir jemand auf die Bank drückte. Ich wollte protestieren, bekam aber kein Wort heraus, als ich feststellte, wer dort gekommen war.

Links von mir saß ein Bulle von einem Schlägertypen in schwarzen Klamotten. Er hieß Roberto, und ich kannte ihn von einer früheren Begegnung, die ich gerne vergessen würde. Rechts von mir nahm Nikolas Narkov in einem weißen Leinenanzug Platz. Er schnappte sich die Zeitung und hielt sie so, dass sie uns vor den neugierigen Blicken der übrigen Gäste schützte.

Ich wollte ihm gerade meine Meinung geigen, da griff Roberto mit seiner behaarten Pranke nach meiner linken

Hand und verbog den kleinen Finger so weit, dass ich vor Schmerzen das Gesicht verzog.

»Hallo Alex, ich würde dir raten, nicht zu schreien, sonst wird alles nur noch schlimmer«, raunte Narkov. »Wie geht es denn so?«

Ich nickte nur und versuchte meine Hand zu befreien. Eine blöde Idee. Der Schrank dehnte den Finger noch ein Stück, und ich gab meinen Versuch unter Schmerzen auf.

»Ich habe gehört, du suchst nach mir«, fuhr Narkov fort.

»Warum sollte ich das tun?«, presste ich durch die Zähne.

»Ich habe deine kleinen Anzeigen in den Stadtmagazinen gesehen. Was steht doch da gleich? *Haben Sie auch ein wertvolles Gemälde von der Narkov-Galerie erstanden und wissen nun nicht, ob es echt ist? Wir beraten Sie gerne. Chiffre* ... So oder so ähnlich, habe ich recht?«

Ich versuchte, tief in den Bauch zu atmen, um den Schmerz zu vergessen.

»HABE ICH RECHT«, betonte Narkov, während Roberto meinen Finger ein Stück weiter dehnte.

»Ja, ja, ja«, hechelte ich. »Du hast recht.«

»Das ist aber kein feiner Zug von dir. Wir waren doch mal Freunde, Alex. Eine so böse Unterstellung. Vielleicht sollte ich dich erneut wegen Verleumdung verklagen.«

Ich schnaufte abfällig. Narkov würde mich gerade eben nicht verklagen können. Dann erfuhr die Öffentlichkeit von meinem Verdacht – ach was, von meiner Gewissheit, dass er den Leuten teure Fälschungen andrehte. Die ersten Tränen liefen mir die Wangen herunter. Lange würde ich diese Schmerzen nicht mehr stillschweigend aushalten.

»Du bist ein kleiner, pissiger Verräter.« Sein Gesicht kam meinem ganz nahe. Er flüsterte nur noch: »Hab ich dir schon mal gesagt, was ich mit Verrätern mache?«

* * *

Das Büro im vierten Stock des Glasgebäudes war in Dunkelheit gehüllt. Die grellen Neonlichter, die an der Decke hingen und den Raum in Sekunden erhellen konnten, waren schon lange wieder kalt. Nur eine altenglische Bibliothekslampe mit grünem Glasschirm brannte noch auf dem Schreibtisch. Die Stille war zum Greifen.

Der alte Mann saß vornübergebeugt und war in den Katalog eines Einrichtungshauses vertieft, das mit altenglischen Möbeln handelte. Seine Augen flogen über die Abbildungen und Preise von Ohrensesseln. Die grünen, braunen und dunkelroten Ledermöbel wirkten gediegen bei dem warmen, gelben Schein der Schreibtischlampe.

Ein dumpfes Klopfen schreckte ihn auf. Die Tür wurde hektisch einen Spaltbreit aufgestoßen, und ein Kopf schob sich in das Zimmer. Zu Bickenbach hob den Blick und sah den Mann an. Sein Name fiel ihm nicht ein, aber an das Gesicht erinnerte er sich: Wachdienst. Externer Mitarbeiter. Nicht gerade die intellektuelle Elite des Landes. Etliche mit Gedankengut, das man den meisten Deutschen seit Jahrzehnten mehr oder minder erfolgreich austrieb. Aber ein paar schwarze Schafe gab es überall.

Auch so eine Schlamperei, die er dringend abgestellt hätte. Aber die Aufstockung mit externem Personal war angeblich eine »vorübergehende betriebswirtschaftlich sinnvolle Maßnahme«. Eigene Leute waren dem neuen stellvertretenden Vorstandsvorsitzenden von Braun&Braun zu teuer. Sobald die Demonstrationen gegen die Afghanistan-Geschäfte erst einmal abgeklungen waren, würden auch die Externen verschwinden, so hatte es Leipnitz ihm erklärt.

Zu Bickenbach hatte die Faust in der Tasche gemacht und sich seinen Teil gedacht. Das ganze, dumme BWL- und Controller-Gewäsch. Hirnlose Zahlenakrobatik, die völlig an der Realität vorbeiging. Was waren schon ein paar tausend Euro jeden Monat an Gehalt verglichen mit dem Verlust eines Waffenprototyps, oder alleine nur der streng geheimen Pläne davon?

»Herr Graf!«

Innerlich stöhnte zu Bickenbach auf. Einigen dieser schnittigen Burschen mit dem äußerst konservativen Geschichtsverständnis konnte er einfach nicht klarmachen, dass er hier nicht mit seinem Titel anzureden war. »Was gibt es denn, mein Guter?« Ihm fiel doch beim besten Willen der Name nicht ein.

»Sie sollten kommen und sich das ansehen, Herr Graf!«

Zu Bickenbach warf einen Blick auf sein linkes Handgelenk. Die goldenen Zeiger des automatischen Uhrwerks standen kurz vor acht Uhr. Eigentlich wollte er nur noch nach Hause, den Kamin anmachen, in einem unterhaltsamen Buch lesen und sich den richtigen Platz für seinen neuen Ohrensessel aussuchen.

»Berichten Sie«, sagte er in militärisch-herrischem Ton.

»Wir haben eine Situation, Herr Graf!«

»Situation«, das konnte nun alles und nichts heißen, vom Wasserrohrbruch bis zur Bombendrohung. Wobei Bombendrohung realistischer war, wenn der Kerl um diese Zeit bei ihm anklopfte. Der Graf rappelte sich aus seinem Stuhl hoch, griff nach seinem Gehstock und hinkte in Richtung Tür. Das linke Bein, dessen Knie steif war, zog er nach.

* * *

Die Privatstraße in dem kleinen Neubauviertel war um diese Zeit menschen- und autoleer. Eine graue Katze huschte durch die Vorgärten. Die Bewohner, meist junge Familien, saßen zu Hause am Küchentisch oder vor dem Fernseher. In den Gärten, die nach hinten rausgingen, lagen noch vereinzelt Bobby-Cars, Fahrräder oder anderes Spielzeug herum. Vor so manchem Zimmer im ersten Stock, in dem ein Kleinkind schlief, waren die Rollläden bereits heruntergelassen.

Das schummrige Licht des Deckenfluters zeichnete das Wohnzimmer in Hausnummer 6 weich. Auf einer Zweisitzer-Stoffcouch lag rücklings ein Mann, den spärlich behaarten Kopf auf einer Armlehne, die Beine über die andere Lehne gehängt. Auf seinem Bauch lag ein frisch gebadetes, drei Monate altes Baby, in warme Handtücher gewickelt.

Lohmeier schnüffelte wie ein Jagdhund und lächelte.

Wie gut sie roch und wie sauber sie war, nachdem sie sich vor einer halben Stunde noch vom Po bis zur Halskrause eingeschissen hatte. Durchfall, der ganz normale Wahnsinn. Seit ein paar Tagen war die Verdauung von hart-kötelig auf nahezu flüssig umgeschwenkt.

Wie friedlich sie jetzt dalag, die winzigen Äuglein geschlossen. Schnarchte sie etwa? Der Kommissar drehte ein wenig den Kopf, um besser hören zu können. Sein Blick fiel auf seine Frau, die in einem Sessel saß, ein Buch auf den Knien. Sie las jedoch nicht, sondern beobachtete ihn aus warmherzigen Augen. Die kurzen Haare modisch geschnitten. Die vollen Lippen. Eine Welle der Zuneigung erfasste den Kommissar, rollte über ihn hinweg und begrub ihn unter sich.

»Ich glaube, sie schläft«, sagte Lohmeier voller Begeisterung.

»Markus, sie schläft die meiste Zeit«, in Helenas Stimme lag Zärtlichkeit.

»Auf meinem Bauch.« Er gluckste. »Ich glaube, das beruhigt sie.«

»Ja, ganz bestimmt.«

Ein Schlüssel wurde in das Schloss der Haustüre gesteckt und Sekunden später erschien ihr Sohn im Flur.

»Hallo zusammen«, rief er und erntete ein Schschsch-Duett.

»Die Kleine schläft«, flüsterte seine Mutter.

»Auf meinem Bauch«, ergänzte Lohmeier.

Gerd verdrehte die Augen, legte die Sporttasche unter die Garderobe und tapste in die Küche. Sie hörten, wie er den Kühlschrank aufriss, eine Glasflasche herausnahm und direkt daraus trank.

»Nimm dir ein Glas«, sagte seine Mutter.

»Schsch«, machte der Kommissar und deutete auf sein Töchterchen. »Du weckst die Kleine auf!«

»Du musst sie eh gleich ins Bett bringen.«

»Ein paar Minuten noch«, bettelte er, und sie gab lächelnd nach.

»Gute Nacht«, rief Gerd, stieg die Treppen in den zweiten Stock hoch und schloss seine Zimmertür.

»Du solltest mal wieder was mit ihm unternehmen, Markus.«

»Mit wem?« Lohmeier zählte die Haare auf dem Kopf seiner Tochter.

»Mit deinem Sohn!«

»Er ist auch dein Sohn.«

»Ich glaube, er fühlt sich ein wenig vernachlässigt, seit die Kleine da ist.« Sie legte das Buch auf den Beistelltisch neben sich, nahm die Decke von den Füßen und erhob sich.

»Als ich in seinem Alter war, fand ich meine Eltern doof«, brummte Lohmeier.

»Er hat Fragen, Markus.«

Der Kommissar erschrak. »Ich dachte, du hättest ihn schon vor Jahren aufgeklärt?«

»Markus, das hatte er schon als Achtjähriger in der Schule. Es geht mehr um Fragen des Lebens.« Jetzt stand sie neben ihm und schaute auf ihn herab.

Lohmeier sah seine Frau entgeistert an. Es gab da einen Ableger einer bekannten und zweifelhaften Sekte mitten in der Stadt. Hatte Gerd dort etwa ...?

»Er sucht nach dem Sinn, Liebling.«

»Welchen Sinn?« Sie sprach wieder mal in Rätseln. Der Kommissar erinnerte sich, dass Kollegen neulich erwähnten, wie vergesslich ihre Frauen nach der Geburt und durch das Stillen geworden waren. Vielleicht wurden manche Frauen ja auch einfach nur so merkwürdig, wenn sie die Brust gaben.

»Der Sinn des Lebens, Markus!«

»Das Leben hat keinen Sinn«, spuckte es aus ihm heraus. Im gleichen Moment schimpfte er sich einen Idioten, denn der zärtliche Blick aus Helenas Augen wich sibirischer Kälte.

Das Telefon klingelte. *Saved by the bell*, dachte der Kommissar, als seine Frau mit einem grimmigen Blick in die Diele entschwand. Die Kleine wurde wach und fing an zu schreien. Lohmeier setzte sich hin und schaukelte sie im Arm.

Helena kam mit dem Telefon in der Hand zurück: »Rate mal!«

* * *

Meine Lage war übel. Roberto dehnte meinen Finger ein paar Millimeter weiter nach hinten, sodass ich den Schmerz kaum noch aushielt. Gleichzeitig glotzte mich Narkov mit fiebrigem Blick hasserfüllt an. »Verräter«, hauchte er.

»Für wen ist das Schnitzel?« Die Stimme der blonden Kellnerin mit dem netten Lächeln brachte uns alle drei aus dem Konzept. Wir schauten sie verdutzt an.

Danach reagierte ich am schnellsten. Ich griff mit der freien Rechten nach meinem Glas, goss dem Gorilla den Inhalt ins Gesicht und fuhr mit dem leeren Glas einmal durch Narkovs Gesicht, sodass es an seiner Wange zersplitterte. Danach jagte ich Roberto den Stumpf des Glases in den Arm. Die beiden schrien wie am Spieß, und meine Hand war frei. Ich warf den Tisch um, der mich blockierte, flankte darüber, stieß die arme Kellnerin zu Boden und floh aus der ungastlichen Stätte.

Hier würde ich doch eher nicht als Kellner arbeiten, dachte ich, während ich die Straße entlangraste. Bange Blicke zurück zeigten mir schon bald, dass ich nicht verfolgt wurde. Doch leider hatte ich in der Eile nicht nach meiner Jacke gegriffen, die war wohl für immer verloren. Zum Glück steckten jedoch Geldbörse und Handy immer in meiner vorderen Hosentasche.

Ein paar Anrufe und eine gute halbe Stunde später saß ich in der Altbierbrauerei Schumacher und hielt meine zitternden Hände an einem Bierglas fest. Mir gegenüber saß Markus Lohmeier, Kriminalkommissar bei der Düsseldorfer Mordkommission und der einzige Bulle, den ich kannte. Nun ja, kennen war übertrieben. Wir waren uns vor ein paar Monaten mehrfach über den Weg gelaufen. Und das mit dem Einzigen stimmte auch nicht ganz. Es gab da einige von der Wirtschaftskriminalität und einige Streifenbeamte. Aber die Erinnerung an diese Mischpoke schob ich ganz weit weg.

Ich hatte Lohmeier angerufen und um ein Treffen gebeten, weil ich unbedingt mit jemandem reden musste. Jemandem,

dem ich vertrauen konnte und der diese Situation einschätzen konnte.

»Interessante Geschichte. Aber warum haben Sie mich angerufen?«, wollte Lohmeier wissen.

»Nachdem ich geflohen war, bin ich eine Weile durch die Gassen gelaufen und habe dann versucht, Gereon an die Strippe zu kriegen.«

»Das ist dieser Priester, mit dem Sie sich im Gefängnis angefreundet hatten?«

Ich nickte.

»Dem der Vampir vor einigen Monaten zwei Kugeln verpasst hatte, weil er Sie nicht verraten wollte, richtig?«

Ich nickte wieder. Der »neue Vampir von Düsseldorf«, wie Journalisten ihn schimpften, hatte junge Mädchen aus der Emoszene erdrosselt und dann am Rhein aufgebahrt. Auf der Jagd nach dem Täter waren Lohmeier und ich uns das erste Mal begegnet. Als ich dem »Vampir« dann auf die Spur kam, wollte dieser mich ausschalten. Und Gereon, mein bester Freund, stand ihm damals im Weg. Ich nickte gedankenverloren und murmelte: »Gereon konnte ich aber nicht auftreiben.«

»Also riefen Sie als Nächsten mich an?« Lohmeier klang überrascht.

Ich nickte erneut und ließ den Blick durch den Saal schweifen. Jeder hier war mit sich beschäftigt, sogar die Bedienung. Niemand fragte, ob wir was essen wollten. Musste gut gehen, der Laden. Sie hatten's nicht nötig. Vielleicht wollten sie aber nur unsere »Unterhaltung« nicht stören.

Ich senkte den Blick auf meine gefalteten Hände, die auf dem nach Bier riechenden Holztisch ruhten. »Ist doch naheliegend in meiner Situation: Sie sind Kommissar bei der Mordkommission und der einzige Polizist, den ich kenne.«

»Okay«, sagte Lohmeier, »das kriegt ein guter Anwalt hin, indem er auf Notwehr plädiert. Sie wurden ja offensichtlich massiv bedroht. Aber ich verstehe noch immer nicht, was die beiden von Ihnen wollten.«

»Ist 'ne lange Geschichte ...«

Der Kommissar machte eine vage Geste mit den Händen. »Ich habe Zeit.«

»Narkov ist Kunsthändler, genau wie ich vor Jahren noch einer war. Wir lernten uns auf einer Messe kennen und halfen uns danach gegenseitig mit Aufträgen. Eines Tages suchte einer meiner Kunden ein Nolde-Gemälde. Narkov kannte einen Sammler, der einen Nolde verkaufen wollte. Ich traf den Verkäufer, wurde mit ihm einig. Er lieferte das Bild und die Expertisen, Narkov kassierte eine Provision, und ich verkaufte das farbenfrohe Frauenbildnis für einen stolzen Preis an meinen Abnehmer.« Ich trank mein Bierglas leer und winkte der stoffeligen Kellnerin, bevor ich mit der Geschichte fortfuhr. »Kurze Zeit darauf kam mein Kunde stinksauer zu mir. Der Nolde sei eine Fälschung. Ich bestritt das, beauftragte aber zur Sicherheit einen eigenen Gutachter. Und leider hatte der Kunde recht. Er zeigte mich an und forderte sein Geld zurück. Woher sollte ich die 1,9 Millionen Euro nehmen? Alleine 1,5 Millionen Euro hatte ich dem Verkäufer gezahlt, 150.000 Euro waren schwarz an Narkov gegangen.«

Lohmeier hörte interessiert zu und trank nur in meinen Pausen etwas. Die Walküre kam und knallte uns zwei weitere Altbier hin. Ihre Pranke markierte den Bierdeckel.

»Ich versuchte, den Mann zu kontaktieren, der mir das Bild verkauft hatte. Es gelang mir nicht. Die Villa am Rheinufer, in der ich ihn ein paar Mal getroffen hatte, stand plötzlich leer. Narkov leugnete alles und bestritt vor Gericht, dass er mir einen Verkäufer vermittelt und Provision eingesteckt hatte. Vielmehr zeigte er mich wegen Verleumdung an. Ich hatte nicht genug Geld. Und die Vermögenshaftschutzversicherung war wertlos, weil ich angeblich versucht hatte, zu betrügen. Ich wurde verurteilt und landete im Gefängnis. So, jetzt kennen Sie auch diesen Teil meines Lebens.«

Der Kommissar schwieg eine Weile und betrachtete das Bierglas, das er in der Hand hielt. »Und wieso bedroht Narkov Sie jetzt?«

»Dank Frau Cordeli – Sie erinnern sich an die Dame?«

Er nickte nur, die Gesichtszüge versteinert.

»Frau Cordeli hatte sich von Narkov ein gefälschtes Bild andrehen lassen, und als sie das herausfand und ihn damit konfrontierte, hat er das Bild geklaut. Kein Beweis, kein Problem. Von jenem Zeitpunkt an wusste ich aber, dass Narkov nicht nur einer Person Fälschungen angedreht hat. Also habe ich inseriert, um bei ehemaligen Käufern von ihm Unruhe zu stiften. Wenn ich nur einen davon auftreiben könnte, würden wir Narkov überführen können. Ist er erst einmal verdächtig und verhaftet, finden wir in seiner Kundenkartei sicher noch andere Opfer.«

»Über diese Anzeigen ist er gestolpert?«

»Offensichtlich.«

»Warum sind Sie mit der Geschichte nicht zur Polizei gegangen?«

»Was glauben Sie denn, haben mir Ihre Kollegen gesagt, als sie erfuhren, dass ich damals vor Gericht Narkov die Schuld gegeben habe?«

Lohmeiers Handy vibrierte und bewegte sich langsam über den Tisch. Er griff danach, bevor es sich mit einem letzten Schwups über die Kante umbringen konnte.

Er bellte ein genervtes »Lohmeier« in den Apparat und hörte eine Weile schweigend zu, wobei sich seine Miene noch mehr verfinsterte.

* * *

Lohmeier fuhr im Schritttempo an dem *Braun&Braun*-Firmenschild vorbei, das am Straßenrand thronte. Gut zwei Dutzend Menschen mit Protestschildern marschierten vor dem Werkstor auf und ab. Erst als der Kommissar Blaulicht und Sirene einschaltete, gaben sie den Weg widerstrebend frei. Er erinnerte sich, im Radio von einer Demonstration gegen den Verkauf von Waffen gehört zu haben. Dass es sich um diesen Konzern handelte, war ihm nicht bewusst. Hatten die Demonstranten und der Tote, zu dem man ihn rief, etwas miteinander zu tun?

Das Firmentor wurde von uniformierten Polizisten bewacht, die ihm öffneten, als er sich auswies. Er parkte den Wagen nach gut hundert Metern weiter oben auf dem Hügel direkt neben zwei Streifenwagen mit Blaulicht. Die Luft roch feucht und frisch, obwohl den ganzen Tag die Sonne geschienen hatte. Die letzten Ausläufer des Sommers wurden verdrängt. Lohmeier mochte den Herbst nicht, die fallenden Blätter, die dunklen Stunden, die vom Rhein angefeuchtete Luft, welche Gliederreißen verursachte.

Er warf die Wagentür ins Schloss und eilte auf das moderne Gebäude zu. Sein Assistent Menz stand an einem separaten Eingang neben der mächtigen Drehtür und hielt dem Kommissar die Seitentür auf, vor der drei Beamte in Uniform dafür sorgten, dass niemand hinein- oder herausging, ohne dass die Personalien in eine Liste für mögliche Zeugen eingetragen wurden.

»Wo waren Sie, Chef?«

»Mit Herz was trinken«, brummte der Kommissar

»Mit Herz? Diesem abgehalfterten Privatdetektiv?«

»Sie mögen ihn nicht?«

»Vor Kurzem hat er noch eine wichtige Ermittlung behindert, uns belogen und war sogar tatverdächtig.«

»Er war unschuldig.«

»In dem Fall des Düsseldorfer Vampirs, aber er wurde vor Jahren wegen eines gemeinen Betrugs rechtskräftig verurteilt.«

»Herz sagt, man hätte ihn aufs Kreuz gelegt.«

»Eine Verschwörung?«

»So etwas in der Art.«

Menz lachte leise. »Er ist also so unschuldig wie die meisten, die in unseren Gefängnissen sitzen, Chef? Ganz ehrlich. Wenn ich davon ausgehen würde, dass die Justiz sich andauernd irrt, hätte ich den falschen Beruf ergriffen.«

Aus dem Gebäude drang Gemurmel, und ein schneller Blick durch die Glasfront zeigte dem Kommissar, dass sich dort Dutzende Menschen in kleinen oder größeren Grüppchen aufhielten, die aufgeregt gestikulierten oder unschlüssig herumstanden.

»Haben wir an den anderen Ein- und Ausgängen auch Leute von uns?«

»Natürlich«, murmelte Menz und ging voran. Widerspenstige Haare lugten unter der NYPD-Kappe hervor.

»Wo ist der Tote?«, fragte Lohmeier, als er die große, verglaste Halle betrat. Er erkannte nun auch Gesichter der rund sechzig Mitarbeiter: von blass bis dunkelrot. Einige warfen sich ängstliche, andere neugierige Blicke zu.

»Der Tote liegt hinten auf dem Rasen«, sagte Menz und deutete mit einem Kopfnicken ins Irgendwo. »Wir müssen zur anderen Gebäudeseite. Oder wollen Sie zuerst aufs Dach?«

»Was soll ich auf dem Dach?«

»Ist ein Flachdach. Von da ist er ...«

Menz sah seinen Chef mit einem leeren Blick an, den der Kommissar nicht deuten konnte. War sein Assistent nur müde, oder was? »Ist er ... was?«

Menz zuckte mit den Achseln. »Gefallen, gesprungen oder gestoßen worden. Ist noch alles offen.«

Ein dunkler Anzug mit ergrautem Haar löste sich aus einer der Gruppen und kam mit großen Schritten und weit ausgestreckter Hand auf Lohmeier zu.

»Leipnitz«, flüsterte Menz, »Stellvertretender Vorstandsvorsitzender und Chef der Entwicklungsabteilung von Braun&Braun.«

Man schüttelte einander unverbindlich die Hände, dann nahm Leipnitz den Kommissar beiseite, indem er ihm einen Arm um die Schulter legte und ihn von den Leuten wegbugsierte.

Lohmeier schnaubte ungnädig.

»Lieber Herr Kommissar. Lassen Sie mich Ihre wertvolle Zeit nicht lange beanspruchen.«

Ein Schwätzer, dachte Lohmeier, übte aber sein Lächeln.

»Ich kann mir vorstellen, wie unangenehm das alles für Sie sein muss, zu so später Stunde noch einmal von zu Hause weggerissen zu werden. Sicher haben Sie Familie.«

Ich war einen trinken, dachte der Kommissar, lächelte aber uninteressiert weiter.

»Tun Sie bitte, was Sie tun müssen. Aber um einen Gefallen möchte ich Sie bitten ... Kein Aufsehen. Wir befinden uns gerade in überlebenswichtigen Verhandlungen mit einem ausländischen Kunden. Wenn überall die Presse herumspukt und Ihre Leute meine Mitarbeiter verunsichern, geht uns womöglich ... diese Chance auf Kooperation verloren.« Leipnitz sah den Kommissar verschwörerisch lächelnd an und flüsterte: »Es stehen Arbeitsplätze auf dem Spiel und daran kann Ihr Präsident kein Interesse haben. Fällt ja auch auf ihn zurück. Er wird dann immer so mürrisch auf unseren gemeinsamen Golfrunden. Und das wollen wir doch nicht, oder?«

Auch Lohmeier senkte die Stimme, aber das Lächeln hatte ein Ende: »Mir sind Ihre Arbeitsplätze scheißegal. Falls Sie mit dieser rührseligen Drohung andeuten wollen, dass ich meine Arbeit nicht vernünftig machen soll, lasse ich Sie wegen Behinderung der Polizeiarbeit ein paar Stunden gesiebte Luft atmen. Haben wir uns verstanden?« Damit ließ er den sichtlich pikierten Stellvertreter des Vorstandsvorsitzenden stehen und durchquerte mit großen Schritten die Halle, um Menz einzuholen. »Sagen Sie den Streifenhörnchen, die sollen sich schon mal alle Namen und Adressen der Anwesenden hier drinnen aufschreiben«, wandte er sich an Menz, »vor allem von den Bonzen des Managements.«

»Okay, mache ich sofort. Sie müssen da hinten durch die Tür, und dort sehen Sie den Fundort schon.« Er wies mit seinem Arm auf das Ende der Halle. Dann bog er ab und lief zu einem der Polizisten zurück, die den Eingang bewachten.

Lohmeier trat ins Freie und wurde augenblicklich von Scheinwerferlicht geblendet. Er hielt eine Hand schützend vor die Augen und blinzelte. Mehrere Strahler standen in einem Halbkreis. Wesen in weißen Schutzanzügen fotografierten etwas, das der Kommissar nicht gleich erkennen konnte. Er trat ein paar Schritte näher. Als er sah, was die Aufmerksamkeit der Spurensicherung auf sich zog, zuckte er zusammen.

* * *

Ich hockte vor meinem dritten Altbierglas und spürte, wie mich der Alkohol auf meinen immer noch nüchternen Magen müde machte und meine Wahrnehmung verlangsamte. Mit phlegmatischer Ruhe im Blick registrierte ich, wie das Brauhaus voller wurde. Mehr und mehr Menschen setzten sich in Gruppen oder zu zweit an die hölzernen Tische und bestellten Alt. Der eine oder andere tauchte seine Nase in die Speisekarte mit herzhaften Gerichten wie Rostbratwurst mit Sauerkraut oder Sauerbraten mit Stampfkartoffeln. Die Kellner rannten von Minute zu Minute missmutiger herum, knallten schlanke Gläser mit brauner Flüssigkeit oder überquellende Teller auf die Tische und hetzten weiter. Je länger ich sie beobachtete, desto besser gefiel es mir, Privatdetektiv zu sein. Die Tür zum großen Saal öffnete sich erneut und ich beobachtete eine Gruppe Japaner in Anzügen, die freundlich lächelnd und zugleich staunend hereinkamen. Ein Kellner führte sie zu einem reservierten Tisch in der hinteren Ecke. Ich fragte mich, welche Messe zurzeit in Düsseldorf stattfand. Oder waren das Gäste eines der mehr als 450 japanischen Unternehmen, die in dieser Stadt angesiedelt waren? Sie schienen zum ersten Mal hier zu sein.

Lohmeier war bereits eine halbe Stunde fort und ich fühlte mich einsam. All die lachenden Menschen um mich herum – und ich zerbrach mir den Kopf. Was sollte ich nun tun? Ich fürchtete mich davor, nach Hause zu gehen. Mittlerweile waren ein paar Stunden seit dem Vorfall mit Narkov vergangen. Was, wenn er mir nun vor meiner Wohnung auflauerte? Wusste er überhaupt, wo ich wohnte? Wahrscheinlich. Immerhin hatte er mich in meiner Stammkneipe aufgesucht.

Früher oder später würde er bei mir zu Hause auftauchen und sich rächen. Ich musste erst mal ein paar Tage verschwinden. Eigentlich wollte ich zu Gereon. Der beantwortete meine Anrufe aber nicht.

Ich kannte ein günstiges Hotel in der Nähe, wo mich Narkov sicher nicht suchen würde. Nur einmal musste ich vorher noch nach Hause, ein paar Sachen holen. Konnte ich das riskieren? Ich spielte ein wenig mit meinem Altbier-Glas. Als ich es abstellte, war ich fest entschlossen: Ich würde schnell nach Hause gehen und eine Reisetasche packen. Für heute Nacht hatte Narkov sicher genug von mir.

Auf der Oststraße war nicht viel los. Mir kamen ein paar grölende Glatzköpfe entgegen, weshalb ich die Straßenseite wechselte. Später überholte ich eine Frau, die mit ihrem Terrier Gassi ging. Nach einigen Minuten bog ich links ab. Am Hofgarten hielt ich mich immer im Dunkeln. Der Duft von Gras lag in der Luft, gerauchtes Gras. Ein paar kichernde Stimmen von der anderen Seite des Parks. Ich dachte an Orangensaft und Schokolade. Mein letzter Joint musste Jahre her sein. Mehr als einmal drehte ich mich unvermittelt um. Doch es war niemand zu sehen. Auf der Duisburger Straße wechselte ich ein paar Mal die Seiten, und auch hier fiel mir nichts auf. Kein Auto, das mich verfolgte, keine Gestalten in Türeingängen oder Autos. Wenn, dann würde Narkov vor meinem Haus warten.

Die Gneisenaustraße lag nahezu verlassen vor mir. Fröstelnd schlang ich meine Arme um mich. War das nur die Kälte der Nacht? Ich hielt mich weiter im Schatten der Straßenlaternen und behielt jeden parkenden Wagen und jeden Hauseingang im Auge. Zur Sicherheit schlich ich an meinem Haus vorbei und betrat drei Gebäude weiter den Eingang. Hier standen sowohl die Vordertür als auch die Tür zum Garten stets offen. Ortskenntnis macht sich bezahlt, dachte ich grinsend, während ich in den Garten hinausging. Ich hielt mich links und flankte über den ersten von drei Zäunen, die mich von meinem eigenen Haus trennten.

Als ich die Hintertür zu meinem Gebäude aufschloss, achtete ich darauf, keinen Mucks zu machen. Hob man die Tür ein wenig an, quietschte sie auch nicht. Ich lauschte eine Weile. Doch es rührte sich nichts. Gedämpft hörte ich den kleinen Hund von den Hagenucks aufjaulen. Frauchen war ihm wohl wieder versehentlich auf den Schwanz getreten. Irgendwo lief ein Fernseher.

Vorsichtig und ohne das Flurlicht einzuschalten, erklomm ich die ersten beiden Etagen. Aus der Wohnung der Schmidts roch es nach Gebratenem. Leise knurrte mein Magen und ich erinnerte mich, dass ich außer dem Bier mit Lohmeier noch gar nichts zu mir genommen hatte. Das Wiener Schnitzel fiel mir wieder ein.

Ich schaffte eine weitere Etage. Alles war still. Narkov schien mir nicht aufzulauern. Etwas weniger vorsichtig nahm ich jeweils zwei Stufen auf einmal in den vierten Stock. Gerade als ich im Dunkeln versuchte, meine Wohnung aufzuschließen, hörte ich ein Geräusch hinter mir.

* * *

Der Schädel des Mannes lag auf dem rechten Ohr und wirkte wie eine aufgeknackte Nuss. Ein halb offenes Auge unter buschigen Brauen starrte den Kommissar an, als ob es fragen wollte: »Warum?« Der Hals des Toten war unnatürlich verrenkt wie bei einer geliebten Spielzeugpuppe, die in die Hände eines garstigen Nachbarsohns gefallen war. Daran schloss sich ein Klumpen Körper an, der schlaff auf dem Boden lag wie ein Sack Kartoffeln.

Lohmeier schloss für einen Moment die Augen und spürte den leichten, aber frischen Wind auf seinem Nacken. Er zog den Mantel enger um sich und gähnte herzhaft.

Der Kommissar betrat den Halbkreis und wandte sich an einen großen Mann mit kantigem Schädel, der bis auf Bartstoppellänge komplett rasiert war. Sie reichten einander die Hände und Lohmeier fühlte sich einen Moment, als wäre er in eine Autopresse geraten. Lautlos ertrug er den Schmerz, konnte aber nicht umhin, einen prüfenden Blick auf seine Rechte zu werfen. Sie fühlte sich taub an. Er schüttelte unauffällig die Finger aus. Wie konnte ein Mann, dessen Hände regelmäßig dienstagabends in einem Düsseldorfer Jazzclub schöpferisch über Klaviertasten streichelten, so einen zerstörerischen Druck ausüben, fragte sich der Kommissar.

»Wissen Sie, was wir hier haben?«, fragte er den Staatsanwalt und fischte gleichzeitig ein Päckchen Zigaretten aus der Manteltasche. Er riss das Plastikpapier auf, öffnete die Packung und reichte sie hinüber.

Rodenberg hob ablehnend die Hand. »Versuche gerade wieder einmal aufzuhören.« Sein verbissenes Lächeln sprach Bände über das kommende Scheitern.

»Geht mir ähnlich«, brummte der Kommissar und ließ die Packung schnell wieder in der Manteltasche verschwinden.

»Bin auch erst vor ein paar Minuten gekommen«, sagte Rodenberg mit einem müden Ausdruck in der Stimme. Erst jetzt bemerkte Lohmeier, dass der Staatsanwalt unter seinem Mantel einen schicken Anzug trug.

»Opernabend mit Ihrer Frau?« Lohmeier wusste, dass die Rodenbergs mit einem befreundeten Paar eine Loge während der Spielzeit hatten.

»Komödchen. Das hauseigene Ensemble. Ich habe Tränen gelacht. Zumindest bis zur Pause …«

Menz eilte herbei und begann sofort mit einem Bericht, als ihn zwei auffordernde Augenpaare ansahen.

»Der Tote heißt Manfred Heisen, fünfundvierzig Jahre alt, arbeitete als Wachmann. Sein Dienst hat am Vormittag um elf Uhr begonnen und sollte um neunzehn Uhr enden. Gefunden wurde er kurz nach zwanzig Uhr von Reinigungskräften, die sich eine Raucherpause gönnten. Waren total geschockt. Sie befinden sich beide in psychologischer Betreuung.«

»Ist denen etwas aufgefallen?«, fragte Lohmeier und sah dem Team der Spurensucher zu, wie sie die Leiche fotografierten und den Boden nach allen erdenklichen Teilchen absuchten, die etwas mit dem Fall zu tun haben könnten. Absperrband flatterte im auffrischenden Wind und klang wie der Plastikschwanz eines Drachens, den ein Junge am Nordseestrand steigen lassen will.

»Nein. Die beiden Frauen haben angeblich nichts oder besser niemanden bemerkt.«

»Haben Sie was gehört?« Sein Blick wanderte nach oben zum Dach. Auch dort flammte Blitzlicht auf, und ab und zu erschien schemenhaft der Kopf einer Person in Tatortkleidung an der Brüstung.

Menz schüttelte den Kopf.

»Und wer hat uns verständigt?«

»Jemand von der Sicherheitsabteilung von Braun&Braun. So ein Glatzkopf in Wachschutzuniform und ein alter Mann.«

Der Kommissar blickte sich suchend um. »Wo sind sie jetzt?«

»Mit Streifenkollegen reingegangen, um im Umkleideraum den Spind des Toten zu inspizieren.«

Rodenberg trat von einem Fuß auf den anderen und blickte mürrisch auf seine Uhr.

»Meine Herren«, verkündete er dann, »die Untersuchung ist bei Ihnen in guten Händen. Ich darf mich verabschieden.«

Er drückte kurz und schmerzhaft die Hand der beiden Beamten und wandte sich zum Gehen. »Ach, eines noch. Ihnen ist bekannt, womit Braun&Braun Geld verdient?«

»Waffen«, sagte Lohmeier lapidar.

»So könnte man es auch sagen. Aber wir reden nicht nur von Munition, Gewehren und Raketen. Braun&Braun hat sich in den zurückliegenden Jahren auf die elektronische Kriegsführung spezialisiert – Cyberwar, Sie verstehen? Natürlich stehen sie in sehr engem Kontakt zur Bundesregierung. Ich muss Ihnen nicht explizit sagen, was das bedeutet.«

Eine Menge Ärger und noch mehr Arschgeigen wie der Leipnitz, dachte Lohmeier.

»Gestalten Sie Ihre Ermittlungen bitte so höflich und unauffällig wie möglich. Und bevor Sie wieder aus dem Bauch heraus irgendwelche hohen Tiere verdächtigen, Lohmeier, sprechen Sie das bitte vorher mit mir und Ihrem Präsidenten ab. Un-be-dingt! Klar?«

Der Kommissar nickte, wie jemand, der zwar hört, aber den Sinn der Worte nicht erfassen will. Rodenberg seufzte leise, hob die Hand zum Gruß und stapfte zum Gebäude zurück.

»Wo ist eigentlich unser Gerichtsmediziner?«, fragte Lohmeier verärgert.

»Keine Ahnung, Chef. Ich habe Schlüther gleich nach unserem Telefonat angerufen.«

»Verdammt, ich will wissen, woran der Mann gestorben ist.«

»Wahrscheinlich ist sein Kopf bei dem Aufprall zertrümmert worden«, mutmaßte Menz.

»Das ist mir auch klar. Aber gibt es Anzeichen für einen Kampf, bei dem er über die Brüstung gestoßen wurde? Oder war es ein Unfall?«

»Er ist gesprungen, Lohmi«, hörte der Kommissar hinter sich eine markante Stimme, die ihm bekannt vorkam, auch wenn er sie viele Jahre nicht mehr gehört hatte.

* * *

Ich sprang den Schatten hinter mir an und ging ihm mit einer Hand sofort an die Gurgel, während ich seinen beleibten Wanst gegen die Flurwand drückte. Der Kerl wog mehr als zwei Zentner, keine Frage. Aber er schien kein geübter Kämpfer zu sein, denn er verlor schon bei der ersten Berührung seinen Stand. Ich spürte, wie er beschwichtigend die Hände hob und hörte, wie er krächzte. »Ich bin's.« Die Stimme erkannte ich natürlich nicht wieder, aber plötzlich ging das Licht an und ich sah in schreckensgeweitete Augen.

»Gereon?« Ich lockerte den Griff und er schüttelte mich unwirsch ab. »Warum sitzt du hier im Dunklen?«

»Ich habe auf dich gewartet und bin eingenickt. Wen hast du denn sonst erwartet?«

»Wie hätte ich mit dir rechnen können«, gab ich patzig zurück.

»Weil du mich fünfmal in einer halben Stunde angerufen und mir dreimal auf die Mailbox gesprochen hast.«

»Und dann kommst du angeflogen, oder was?«

»Ich bin ja auch gar nicht hier!«

»Warum bist du nicht ans Telefon gegangen?«

»Meine Güte, Alex. Ich habe auch ein Privatleben, in dem ich nicht mit meinen Häftlingen rumhängen will.«

»Ich bin also nur ein Ex-Häftling für dich?«

»Ich habe gebadet!«

Ich grinste.

»Das ist nicht komisch. Hab's am Rücken.« Wir sahen uns einen Moment an, dann lächelte auch er.

»Magst du vielleicht endlich mal reinkommen?«, fragte ich.

»Wenn du vor lauter Zittern noch den Schlüssel ins Schloss deiner Wohnung kriegst ...«

Ich hielt mich mit einer passenden Antwort zurück, öffnete die Tür und ließ ihm den Vortritt. Er schaltete automatisch das Licht in der Diele an und hielt sich rechts. Einen Moment später saß er am Küchentisch und sah mich erwartungsvoll an.

»Bier?«, fragte ich.

»Alt«, brummte Gereon.

Ich fischte eine Flasche aus dem Kühlschrank, öffnete sie und reichte sie ihm. »Glas?«

Er schüttelte den Kopf wie jemand, der nicht glauben kann, dass man ihn so etwas Blödes gefragt hat. Während ich mir einen Gin Tonic mischte, setzte er den Flaschenhals an die schmalen Lippen und goss den Gerstensaft in die Kehle. Er schluckte nicht einmal und es schien mir, als würde er das Bier direkt in den Magen kippen. Baden machte wohl durstig.

Mit einem Ruck setzte er die Flasche auf dem Tisch ab. »Also, Alex. Was ist los?«

Ich brachte ihm zwei weitere Flaschen, setzte mich an den Tisch und erzählte ihm haarklein, was vorgefallen war. Er nickte, schürzte ab und zu den Mund und an zwei Stellen zog er grimmig die Augenbrauen zusammen. Als ich endete, trank er gerade die dritte Flasche Bier.

»Du kommst für ein paar Tage zu mir«, entschied er.

Ich winkte ab. »Nicht nötig. Mir passiert schon nichts.« Von meinem Plan, ins Hotel zu ziehen, sagte ich nichts.

»Das habe ich vorhin gemerkt.«

»Wieso, ich bin doch sehr wehrhaft!«

»Eher schreckhaft. Wenn Narkovs Mann dich abgepasst hätte, hättest du schon ein Loch im Schädel.«

Ich gab es nicht gerne zu, aber er lag richtig. Gegen den Typen konnte ich nur etwas ausrichten, wenn ich ihn überraschte, nicht umgekehrt.

»Pack ein paar Sachen ein, wir fahren zu mir«, wiederholte Gereon und erhob sich schwerfällig.

»Okay«, willigte ich ein. »Aber nur, wenn du mir deine Autoschlüssel gibst!«

Er schüttelte den Kopf.

»Gereon!«

»Bin mit dem Fahrrad gekommen!«

Aha. Erst eine halbe Stunde gebadet und dann »mit Rücken« durch die kalte Nacht auf dem Rad, und jetzt auch noch betrunken. Ich war mir nicht sicher, wer hier für wen etwas Gutes tat. Morgen würde ich Krankenschwester im Hause Börner spielen dürfen: Wadenwickel, Süppchen kochen, Schmerztabletten kaufen ... Egal. Ich öffnete ihm eine weitere Flasche, denn darauf kam es jetzt auch nicht mehr an. Momente später verschwand ich im Schlafzimmer, um ein paar Sachen zu packen. Ich fühlte mich nicht wohl in meiner Haut.

* * *

Lohmeier fuhr auf dem Absatz herum und starrte für einen Augenblick den älteren Herrn an, der sie angesprochen hatte.

»Arthur!«

Der Mann stützte sich auf einem Gehstock ab und lächelte verkniffen, wobei er seine erstklassig gearbeiteten Dritten aufblitzen ließ. Er trug über dem Hemd lediglich ein kariertes Jacket mit Armschonern.

Lohmeier ging auf ihn zu und nahm ihn vorsichtig in den Arm. Der Alte fühlte sich kalt an. Kein Wunder bei der leichten Kleidung. »Arthur!«

»Das sagtest du bereits«, sagte der alte Mann ungewöhnlich laut.

Lohmeier fürchtete zunächst, sein Gegenüber sei mit den Jahren taub geworden. Doch dann erinnerte er sich, dass Arthur schon immer gebrüllt hatte, egal, ob er ein Gedicht rezitierte, mit jemandem über das Wetter redete oder Befehle bellte.

»Willst du mich nicht deinem Kollegen vorstellen?«

»Willst du dir nicht lieber einen Mantel überziehen?«, fragte der Kommissar besorgt. Zehn Jahre war es her, dass sie sich gesehen hatten, doch zu Bickenbach schien um mindestens das Doppelte gealtert. Der ehemals aufrechte Stand eines Vorzeigeoffiziers war gebeugten Schultern gewichen. Lohmeier erinnerte sich gut an seine letzten Worte: »Wenn du was brauchst, Arthur, ruf mich an. Helena und ich helfen dir, wo immer es geht.« Zu Bickenbach hatte seine Hand gedrückt und ihn aus rotumrandeten Augen schweigend eine Weile angesehen. Dann war er erhobenen Hauptes zum Ausgang des Dorffriedhofs marschiert und hatte allen Kontakt zu Freunden und Bekannten abgebrochen.

»Papperlapapp«, winkte zu Bickenbach ab.

Lohmeier ließ den alten Mann los. »Menz, das ist Arthur zu Bickenbach. Mein Ausbilder von damals. Arthur, das ist mein Assistent Dieter Menz.«

Die beiden Männer nickten sich zu und taxierten einander, Menz mit einem freundlich aufgesetzten Lächeln, das nicht verriet, was er dachte. Zu Bickenbach mit einem grimmigen Gesicht, das nichts Gutes ahnen ließ.

»Dein Mann dort ist gesprungen«, sagte zu Bickenbach einen Augenblick später und wedelte mit einem Schreiben.

Lohmeier nahm es ihm ab und las vor: *»Ich habe lange überlegt, ob ich diesen Brief überhaupt schreiben soll. Es gibt ja eigent-*

lich keinen, dem ich diese Zeilen schicken kann. Keiner, dem ich erklären möchte, warum ich mich für Suizid entschieden habe. Genau das ist der Grund: Es ist niemand mehr da, der mir etwas bedeutet, dem ich etwas bedeute. Die Krankheit meines Vaters hat mich isoliert. Nun ist er tot, ich bin einsam. Was soll ich noch hier? Bis zur Rente ackern und dann die Füße hochlegen? Nein, danke. Warum ein sinnloses Leben führen, dessen einziges Ziel es ist, mit dem Tod zu enden? Warum warten, wenn das Unvermeidliche so oder so passiert? Lieber ein Ende mit Schrecken als ein Schrecken ohne Ende. Manfred«

Er ließ das Blatt sinken.

»Ein Selbstmörder«, murmelte Menz. Er klang enttäuscht.

»Vor etlichen Monaten hat man ihn nach Jahren der Betriebszugehörigkeit bei seinem alten Arbeitgeber entlassen. Arbeitslosengeld, Hartz IV, dann eine unterbezahlte Stelle als Wachmann. Er hat seinen Vater geliebt und gepflegt – bis in den Tod. Das kann einen schon aus der Bahn werfen«, sagte zu Bickenbach mitfühlend.

»Arbeiten Sie hier?«, wollte Menz wissen und zückte sein Handy, auf dem er sich alles notierte, was ihm für den jeweiligen Fall relevant schien.

»Ich bin externer Sicherheitsberater.«

»Was machen Sie genau?«

»Braun&Braun haben mich vorübergehend angeheuert, damit ich deren Systeme prüfe.«

»Was für Systeme?«, fragte der Kommissar.

»Die Sicherheit. IT, Kameras, Wachmannschaft. Eben alles.«

»Warum ist das nötig?«

»Braun&Braun haben einen Großauftrag von der Regierung bekommen. Da geht es um viel Geld. Dafür müssen sie beweisen, dass sie sich vor Spionage schützen können.«

»Und?«

»Verbessern kann man immer was ...«, sagte zu Bickenbach ausweichend.

»Hat das etwas mit unserem Toten zu tun?«, fragte Lohmeier.

»Glaube ich kaum. Er war zwar ›Wachmann‹ im Haus, ein zuverlässiger, pünktlicher Kollege, aber die Sicherheit leisten im Grunde ganz andere Abteilungen.« Lohmeier sah ihn fragend an, worauf der Graf fortfuhr: »Einerseits die IT&Software-Abteilung, die dafür sorgt, dass niemand von außen, also einfach gesagt per Internet sich in die Systeme hackt und Betriebsgeheimnisse klaut. Und andererseits die Überwachungsanlagen wie Kameras, Sicherheitssysteme an Türen, die nur per Fingerabdruck oder mit speziellen Chipkarten oder Codes funktionieren. Solche Sachen.«

Aus den Augenwinkeln sah der Kommissar, wie ein Männlein mit Hut, Mantel und Ärztetasche den Fundort betrat. »Entschuldige mich bitte einen Augenblick, Arthur.« Er eilte dem Gerichtsmediziner entgegen.

»Schlüther, endlich. Wo waren Sie so lange?«

»Singen.«

»Singen?«

»Kirchenchor. Wir haben Sonntag in drei Wochen einen Auftritt. St. Maximilian. Soll ich Ihnen und Ihrer Frau Karten reservieren?«

* * *

Der Konferenzraum war karg eingerichtet und wirkte auf Lohmeier improvisiert. Ein ovaler Konferenztisch und acht frei schwingende Stühle mit verchromten Beinen. Auf der Kopfseite des Tisches standen ein Laptop und ein Telefon, das mehr Knöpfe hatte als die Tastatur seines Bürocomputers. In der Mitte befand sich das obligatorische Tablett mit ein paar Erfrischungsgetränken wie Wasser und Saft, daneben Gläser. An der dem Fenster abgewandten Längsseite hingen gerahmte Drucke von Monet und Chagall.

Zu Bickenbach setzte sich und forderte den Kommissar mit einem Kopfnicken auf, es ihm gleichzutun. Lohmeier warf einen Blick auf die Uhr und stöhnte lautlos: fast Mitternacht. Die Überstundenuhr lief auf Hochtouren. Und am Ende eines Jahres stellte Vater Staat sie wieder auf Null, ohne dass er dafür Geld oder Freizeit bekommen hätte. Eine Farce. Von wegen faule Beamte.

»Kann ich dir was anbieten, Lohmi?«

Zu Bickenbachs Stimme erschütterte den Raum, und der Kommissar war insgeheim froh, dass er sich einige Stühle weit weggesetzt hatte – eigentlich, um seinem Gegenüber besser ins Gesicht sehen zu können. Dass Graf zu Bickenbach ihn mit »Lohmi« anredete, war dem Kommissar unangenehm. Es war eine Sache, als Frischling von seinem Ausbilder so genannt zu werden. Vor allem, wenn ein Spitzname bedeutete, dass er von dem großen zu Bickenbach überhaupt wahrgenommen wurde. Etwas, wovon seine damaligen Kollegen nur träumen konnten. Doch heute, mehr als zwanzig Jahre später, fand er diese Vertrautheiten fehl am Platz. Was, wenn Menz davon erfuhr? Dann würde es auch das ganze Präsidium wissen. Doch wie sollte er dem einen Riegel vorschieben?

»Lohmi?«

»Hmm? 'tschuldigung, war in Gedanken.« Der Kommissar griff nach einem Sprudelwasser und einem Orangensaft. Er sah fragend zu dem alten Herrn hinüber.

Der lehnte mit der routinierten Geste eines Aristokraten ab, der in seinem Leben schon tausende Getränke abgelehnt hatte.

Lohmeier mixte den Inhalt beider Flaschen. Durstig leerte er das Glas in einem Zug, was ihm den belustigten Blick seines ehemaligen Mentors einbrachte. »Immer noch ganz oder gar nicht, was?«

»Ich hatte Durst.«

»Selbstverständlich ...«

»Hast du kein eigenes Büro?«

»Doch, aber hier redet es sich ungestörter.«

»Ungestörter?«

»Zu unserem toten Wachmann. Wie siehst du die Dinge?« Der Graf tippte mit dem Zeigefinger auf ein beschriebenes Blatt Papier, das vor ihm lag.

Der Kommissar zuckte mit den Achseln. »Weiß ich noch nicht. Erzähl mir doch noch ein bisschen mehr über diesen Heisen. Was war das für einer?«

»Typ Einzelgänger. Kam von einer Sicherheitsfirma, bei der wir vor Wochen zusätzliche Leute angefordert haben. Seit den Demonstrationen und dem Großauftrag der Regierung ist der Vorstand vorsichtiger geworden.«

»Leipnitz?«

Zu Bickenbach lächelte. »Der eher nicht. Ist aber erst seit ein paar Monaten hier und hat noch nicht so den Durchblick. Ein Grund, warum ich das Unternehmen berate. Leipnitz kommt nicht aus der Waffenbranche, ist aber Chef der Entwicklungsabteilung geworden. Neue Waffensysteme. Besonders heikel.«

»Wie hat er den Posten bekommen?«

Der Graf zuckte mit den Achseln. »Du weißt doch, wie so etwas läuft ...«

Lohmeier presste die Lippen aufeinander.

»Zurück zu euren Externen. Wie viele Leute habt ihr angefordert?«

»Ungefähr ein Dutzend.«

»Keiner davon war mit Heisen befreundet?«

»Soviel ich weiß nicht. Er kam jeden Tag pünktlich und alleine mit dem Rad zur Arbeit. In der Kantine hat er stets alleine gesessen.«

»Mit wem hat er zusammengearbeitet?«

Zu Bickenbach blätterte in einem Aktenordner. »Seit er hier ist, hat er die Nachmittagsschicht. Zusammen mit Frauke Bieling und Markus Schaffer.«

»Wo finde ich die beiden?«

»Normalerweise im Kontrollraum. Aber die sind jetzt schon zu Hause. Schichtende war um neunzehn Uhr. Aber wenn du willst, gebe ich dir ihre Adressen.«

Lohmeier winkte ab und lehnte sich im Stuhl zurück. »Das hat Zeit bis morgen.«

Der Graf schloss den Aktenordner. Stille. Lohmeier empfand nicht jenes angenehme Schweigen zwischen guten Freunden, die abends beim Lagerfeuer am Ufer eines Sees sitzen und der Sonne beim Untergehen zusehen. Die Stille in dem Konferenzraum zog sich wie stundenaltes Kaugummi.

»Wie ist es dir in den letzten Jahren ergangen, Lohmi?«

»Gut, danke. Bin immer noch Kriminalkommissar beim Morddezernat.«

»Ich meinte privat. Wie geht es Helena? Ihr seid doch noch zusammen, oder?«

»Ja. Wir haben auch noch einmal nachgelegt. Eine kleine Prinzessin.« Er wollte keine Reaktion zeigen, musste aber trotzdem stolz lächeln.

Zu Bickenbach zog überrascht eine Augenbraue hoch. »Glückwunsch. Wie alt ist sie denn?«

»So ziemlich genau drei Monate.«

Zu Bickenbach grinste. »Daher die Augenringe ...«

»Und selbst?«, konterte Lohmeier. »Hast damals alle Anrufe ignoriert ...«

Ein Schatten legte sich auf zu Bickenbachs Gesicht. »Nach Marias Tod hatte ich keine Lust mehr. Habe mir eine Auszeit vom Polizeidienst genommen und mich eine Zeitlang versteckt, vor den Leuten und dem Leben. Aber irgendwann hat auch mal das größte Selbstmitleid ein Ende. Da bin ich zurück nach Düsseldorf. Auf Polizei hatte ich keine Lust mehr, zu viele alte Erinnerungen und Menschen, die Maria und mich gekannt hatten. Deshalb habe ich mir eine ganz neue Arbeit gesucht.«

»Sicherheitsberater?«

»Ja.«

»Privates Unternehmen?«

»Du bist aber neugierig!«

Lohmeier sah zu Bickenbach an. »Gibt es denn was zu verheimlichen?«

Der Graf seufzte. »Ich war immer stolz auf dich, als du noch mein Schüler warst. Aber ganz ehrlich. Deine Terriermentalität wird mich sicher ein paar graue Haare kosten ... Aber ich habe nichts anderes erwartet, als ich dich vorhin dort unten gesehen habe.«

»Wo liegt dein Problem? Willst du mir etwas anvertrauen, das ich wissen sollte?«

»Alles zu seiner Zeit. Morgen kann ich dir sicher mehr sagen. So gegen elf Uhr im Präsidium?«

Lohmeier zuckte mit den Achseln. Er war müde und hatte für heute genug Räuber und Gendarm gespielt. Bis morgen früh konnte er problemlos warten. Er wollte sich aus dem Stuhl erheben, doch zu Bickenbach bat ihn mit einer Geste, sitzen zu bleiben.

»Ich bräuchte mal deinen Rat als kundiger Düsseldorfer«, sagte der Alte.

»Worum geht's?«

»Seit einiger Zeit wächst mir das Haus ein wenig über den Kopf. Ich will es verkaufen.«

»Kann ich mir nicht leisten, Arthur.«

»Das habe ich auch nicht erwartet, auch wenn deine Frau ja ganz schön was in der Hinterhand haben soll.«

»Gerede«, sagte Lohmeier einsilbig.

»Gut. Wo war ich?«

»Dein Haus.«

»Ich will es schuldenfrei verkaufen. Macht einen besseren Eindruck. Dafür muss ich aber ein paar meiner Gemälde abstoßen.«

Lohmeier hob eine Augenbraue.

»In ein paar Tagen findet eine wichtige Auktion statt, auf der ich eines der Bilder anbieten möchte. Jetzt kann ich aber wegen der Sauerei hier nicht weg. Kennst du jemanden, der ein Gemälde vertrauensvoll transportieren könnte?«

2. Kapitel

Ich saß ahnungslos in meinem Büro am Computer und ging konzentriert die Fotos durch, die ich gestern von dem Versicherungsbetrüger mit der angeblich kaputten Hand geschossen hatte. Als es klopfte, schreckte ich hoch.

Das Männchen, das in mein Büro humpelte, löste bei mir sofort Mitleid aus. Sein schmächtiger Körper steckte in einem Sakko im englischen Stil mit markanten Lederknöpfen. Schlohweiße Haarspitzen lugten wie Teppichfransen unter der Mütze im Fischgrätmuster hervor. Es trug eine Metallrolle an einem Riemen über der Schulter, kam auf einen Gehstock gestützt näher und stoppte vor meinem Schreibtisch.

»Guten Tag«, rief es und ich zuckte einen Augenblick zusammen. Eine derart kräftige Stimme hätte ich dem Mann nicht zugetraut.

Ich erhob mich und sah hinunter in tiefblaue, vor Jugend strotzende Augen, die im krassen Widerspruch zu dem pergamentpapierfarbenen und von Furchen übersäten Gesicht standen. Mein Mitleid nahm ab. Arm schien er auch nicht. Die Stoffe waren teuer. Er stand leicht nach vorne gebeugt und stützte sich auf einem Spazierstock ab, wie ihn Wanderer oder Jäger gerne mit sich führen. Der Knauf schien mir aus Silber.

»Verzeihen Sie«, sagte er, »sind Sie Alexander Herz?«

Warum fragte das jeder, der zur Tür hereinkam? Draußen stand nur mein Name, hier drinnen gab es außer diesem Schreibtisch, einem Regal mit Akten, einem Stehtisch mit einer Kaffee-Maschine, ein paar Schwarz-Weiß-Fotos und einem sagenhaften Ausblick auf den Stadtteil Friedrichstadt nur noch mich.

»Ich bin sein eineiiger Zwilling«, sagte ich.

Der Alte stutzte.

»Kleiner Scherz.« Ich zog ein Grinsen auf.

»Wenn ich mich kurz vorstellen darf. Arthur, Graf zu Bickenbach.« Der Fremde reichte mir seine Rechte.

»Angenehm«, log ich und schüttelte seine Hand behutsam, da ich nichts zerbrechen wollte. Erst kürzlich hatte ich gelesen, dass ein Rentner einen Handwerker erfolgreich auf Schmerzensgeld verklagt hatte, weil der kräftige, junge Klempner dem Achtzigjährigen die Glasknochen der rechten Hand zertrümmert hatte.

»Es tut mir leid, dass ich Sie so unangemeldet überfalle, Herr Herz. Aber die Angelegenheit erlaubt keinen Aufschub.«

»Kein Problem. Ich schiebe Ihren Termin einfach irgendwie dazwischen.«

Er stutzte wieder. Humorloser Zausel!

»Worum geht es denn bitte?« Ich deutete mit der Hand auf den Besucherstuhl vor meinem Schreibtisch.

Umständlich nahm zu Bickenbach Platz. Seinen Stock und das Metallrohr lehnte er an die linke Armlehne. »Wir haben einen gemeinsamen Bekannten, der Sie empfohlen hat«, begann zu Bickenbach.

»Wie klein die Welt doch ist«, sagte ich ironisch. Heute hatte ich aber auch einen aufmüpfigen Tag. Schlecht geschlafen. Das Sofa in Gereons Wohnung war gewöhnungsbedürftig und der Straßenlärm ebenfalls. Er merkte in seinem Schlafzimmer nach hinten raus natürlich nichts davon.

»Markus Lohmeier«, antwortete Bickenbach auf meine nie gestellte Frage.

Ich zog überrascht eine Augenbraue hoch. Eine Verbindung zur Düsseldorfer Mordkommission hätte ich dem Grafen nicht zugetraut. Und wenn ich ehrlich war: Noch viel weniger konnte ich mir vorstellen, dass Lohmeier Kontakt zur Düsseldorfer Oberschicht pflegte. Notorisch schlecht gelaunt und angriffslustig schien er mir nicht gerade der ideale Gesprächspartner für einen Aristokraten, der womöglich mit Silberbesteck und Benimmfibel aufgewachsen war.

»Er sagte mir, Sie seien zuverlässig, engagiert und absolut vertrauenswürdig.«

Ich nickte und unterdrückte ein Lächeln. Vor ein paar Monaten hatte Lohmeier mich noch einen kranken Mörder geschimpft und versucht, mich um jeden Preis wieder ins Gefängnis zu bringen. Gut, das hatte sich geändert. Nicht ohne Grund hatte ich ihn gestern nach meinem Narkov-Debakel um Hilfe gebeten. Aber eine dicke Männer-Freundschaft konnte man das nicht nennen. War er nicht mitten im Gespräch wegen eines Falls aufgestanden? Ja, doch. So war es.

»Ich möchte, dass Sie einen Auftrag für mich übernehmen. Er ist heikel und nicht ganz ungefährlich. Aber ich zahle gut.«

»Schießen Sie los!«

»Bringen Sie dieses Gemälde bitte morgen einem Freund von mir in Dublin«, sagte zu Bickenbach und griff nach der Metallrolle neben sich.

Ich glotzte ihn an. War der Mann noch ganz bei Trost? »Irland? Morgen?«

Er reichte mir die Rolle, die an beiden Seiten verplombt war. »Sie bekommen 2.500 Euro und natürlich das Flugticket.« Zu Bickenbach zog einen Umschlag aus der Innentasche seines Sakkos und reichte ihn mir. Ich warf einen flüchtigen Blick hinein und erkannte sowohl das Geld als auch ein Ticket von Aer Lingus mit meinem Namen. Der Kerl hatte Nerven! Eine Weile schwiegen wir uns an.

»Warum fliegen Sie nicht selbst?«, fragte ich in die Stille hinein.

»Ich habe leider eine dringende Verpflichtung, die mich bindet!«

»Und das muss morgen erledigt werden?«

»Dieses Bild soll übermorgen auf einer Auktion verkauft werden. Und nur, wenn es auch vor Ort gezeigt werden kann, wird es einen Käufer finden.«

»Warum ist Ihnen das so viel Geld wert?«

Der Graf grinste scheu. »Weil es sich um ein sehr wertvolles Bild handelt, das mir viel Geld einbringt. Da kann ich großzügig sein.«

»Konnten Sie das nicht mit einem Paketdienst schicken?«

Er blickte mich ungläubig an.

»Okay, klar«, sagte ich. So eine Rarität wollte er offensichtlich nicht der Post anvertrauen. Ich warf einen weiteren Blick auf das Ticket. Abflug morgen Vormittag. Ich reichte ihm das Rohr zurück. »Tut mir leid«, sagte ich. »Ich kann nicht.«

* * *

Das Fenster war geschlossen, dennoch drangen Geräusche in den Raum, die von den vier Stockwerke tiefer vorbeifahrenden Autos stammten. Die Luft war stickig. Er hatte noch vor einer Viertelstunde gelüftet. Weil es jedoch schon empfindlich kalt draußen war, lief die alte Elektroheizung auf Hochtouren.

Das Jackett hing an der Garderobe, die Pistole lag in der Schreibtischschublade. Mit mürrischem Blick starrte er auf die Tür, ohne jedoch etwas wahrzunehmen. Lohmeier war stinkig. Es klopfte, Sekunden später wurde die Tür aufgerissen und Menz stand auf der Schwelle zum Büro im Düsseldorfer Polizeipräsidium.

»Der Graf ist da.«

Der Kommissar seufzte. Die Ziffer über der Tür zeigten genau elf Uhr an, und er hatte am Ende kaum geschlafen. Eine Frage quälte ihn: Was verheimlichte Arthur? »Ist er alleine gekommen?«

Menz musste einen Moment überlegen, bevor er nickte.

»Schicken Sie ihn rein, und lassen Sie mich mit ihm eine Weile unter vier Augen sprechen. Ich rufe Sie später dazu. Und nutzen Sie die Zeit, ein paar Informationen über eine Frauke Bieling und einen Markus Schaffer zusammenzutragen. Haben bei Braun&Braun mit Heisen zusammengearbeitet.« Lohmeier sah, wie sich Enttäuschung auf dem Gesicht seines Kollegen niederschlug. »Tut mir leid«, ergänzte der Kommissar, ohne es so zu meinen. Er wusste, dass eine solche Floskel Menz' Laune nicht bessern würde. Aber sein Assistent hatte einen Dämpfer verdient, nach der Aktion beim Polizeipräsidenten heute früh.

Menz hatte eifrig die Fakten vorgetragen und sogar Worte wie »meines Erachtens« und »es ist für mich ganz offensichtlich, dass ...« und ein paar Mal »selbstverständlich habe ich ...« eingestreut.

Der Esel nennt sich immer zuerst, dachte Lohmeier. Er konnte vieles mit der Ungeduld der Jugend entschuldigen, seit er Vater eines Teenagers war. Aber wenn Menz den Streber-Modus einschaltete, kannte er weder Feind noch Freund.

Der Polizeipräsident hingegen lächelte bei den Ausführungen aufmunternd. Schleimscheißer, dieser aalglatte Armani-Träger.

»Haben Sie den Ausführungen des Kollegen noch etwas hinzuzufügen, Lohmeier?«, kam die Frage. Nein, hatte er nicht. Er wollte schon aufstehen, doch der Präsident hielt ihn zurück.

»Ich brauche Sie noch, Lohmeier. Kollege Menz, vielen Dank für die exzellenten Ausführungen. Sie können gehen.«

Menz ging nicht nach draußen, er entschwebte.

Als die Tür sich leise schloss, sah der Präsident den Kommissar mit stahlhartem Blick an. »Es gibt eine Beschwerde über Sie.«

Der Kommissar grinste.

»Finden Sie das komisch?«, herrschte der Präsident ihn an.

»Natürlich.«

Das brachte sein Gegenüber wieder aus der Fassung. »Ich erbitte mir mehr Respekt!«

»Leipnitz hat die Ermittlungen behindert und Einfluss nehmen wollen. Da kann ich ihm wohl kaum den Respekt zollen, den er von seiner Sekretärin oder seinem Assistenten erwartet. Wir ermitteln in einem Mordfall.«

»Nehmen Sie sich zurück, Lohmeier. Das ist hohe Politik. Und davon verstehen Sie leider gar nichts!« Der Präsident wischte sich mit dem Taschentuch kurz über die Lippen. »Wenn ich noch einmal von einer solchen Entgleisung höre, geben Sie den Fall ab. Dafür werde ich mich persönlich einsetzen!«

Zu Bickenbachs Schritte schlurften über den Gang. Sein Gehstock klackerte laut. Einige Augenblicke später betrat der Graf den Raum und schloss die Tür hinter sich.

»Hallo Arthur.«

»Lohmi!«, rief er. »Du siehst schlecht aus. Alles in Ordnung?«

»Hat dir eigentlich mal jemand gesagt, dass du nicht so brüllen musst?«

Der Alte sah ihn halb verdutzt, halb ärgerlich an.

»Tee?«

»Du hast es nicht vergessen«, rief zu Bickenbach schon einige Dezibel leiser und lächelte erfreut. Lohmeier glaubte einen Anflug von Rührung zu erkennen. Aber vielleicht war das auch Wunschdenken.

»Drei Stück Zucker und einen Schuss Milch?«

»Ich bin halt ein Süßer«, sagte zu Bickenbach und lachte herzlich über seinen Kalauer.

Lohmeier grinste freundlich mit. Ein Süßholzraspler bist du, und das schon seit Jahrzehnten, dachte er und nahm den Hörer ab, um der Abteilungssekretärin die Bestellung von einem Tee und einem Kaffee durchzugeben.

Zu Bickenbach nahm ihm gegenüber Platz, lehnte den Gehstock gegen den Schreibtisch und sah sich um. »Nett hast du es hier.«

Machte sich der Alte lustig über ihn, fragte Lohmeier sich einen Augenblick, während er die ehemals weiß gestrichenen Wände, die graue Schreibtischeinrichtung und die trostlosen Wandschränke betrachtete. Als sein Blick dann den Grafen streifte, konnte er weder Ironie noch Boshaftigkeit oder Schalk in dessen Augen erkennen.

Lohmeier schob den Gedanken beiseite und konzentrierte sich auf den Block, der vor ihm lag. Er war aufgeschlagen und fein säuberlich vollgeschrieben. »Lass uns zur Sache kommen, Arthur. Schlüther hat sich noch in der Nacht unseren Toten angesehen. Zwar hat er ihn noch nicht vollständig obduziert, aber er ist sich in einem Punkt sicher. Der Mann hat einen vor den Schädel bekommen, bevor er gestorben ist.«

»Kann das vom Aufprall stammen?«

»Dann hätte ich es anders formuliert«, sagte Lohmeier trocken.

Der Alte hob abwehrend die Hände. »Warum bist du so angefressen?«

»Es gibt ein paar Dinge, die nicht so laufen, wie ich es mir wünsche. Hinzu kommt deine Heimlichtuerei!«

»Ich bin mir sicher, dass wir das jetzt hier und heute klären können und du mich nachher verstehst.«

»Na, da bin ich aber mal gespannt ...«

»Dein Mediziner glaubt also, dass Heisen vom Dach gestoßen wurde?«

»Er sagt lediglich, dass er eine Kopfverletzung hat, die kurz vor dem Sturz entstanden ist. Er ist also vorher schon mal auf den Kopf gefallen. Oder es hat ihn jemand geschlagen.«

»Wo ist die Stelle denn?«

»Linke Schläfe.«

Zu Bickenbach grinste. »Klassische Stelle, wenn man jemanden niederschlagen will. Du nimmst also an, er wurde gestoßen.«

»Das wäre eine Möglichkeit.«

»Das ist sogar sehr wahrscheinlich«, betonte der Graf.

»Wolltest du mir gestern nicht noch einen Selbstmord einreden?«, wandte Lohmeier spöttisch ein.

»Gestern war gestern, und da wusste ich noch nicht, dass ich dich in die Situation einweihen durfte«, parierte der Graf galant.

Na, was ein Glück, sagte Lohmeier zu sich selbst. »Warum dann der Abschiedsbrief?«

»Eine Finte des Mörders«, vermutete zu Bickenbach. »Habt ihr den Brief schon untersucht?«

»Es wurden keine Abdrücke von Heisen darauf gefunden. Die anderen werden noch abgeglichen. Wenn ein Mörder ihn geschrieben hat, wird er aber keine Abdrücke hinterlassen haben.«

»DNA? Hautschuppen?«

Lohmeier zuckte mit den Achseln. »Du wolltest mich einweihen?«

Für einen Augenblick sah ihn zu Bickenbach irritiert an, dann lächelte er wie ein Kind, das vor den Augen der Eltern unbemerkt einen Keks aus der Dose stibitzt hat. »Ich habe dir gestern in Bezug auf meinen Job nicht alles erzählt. Ich bin nicht wirklich bei einer privaten Sicherheitsfirma angestellt, so wie es gestern vielleicht den Eindruck erweckte.«

Lohmeier lächelte. »Das habe ich dir auch nicht abgenommen. Freie Wirtschaft, das passt nicht zu dir. Außerdem hast du dich gestern verplappert.«

Zu Bickenbach schaute ihn fragend an.

»Der Regierungsauftrag«, fuhr der Kommissar fort. »Wenn ein Rüstungsunternehmen für das Land Waffen baut und Angst vor Spionage hat, holen sie sich Hilfe beim Verfassungsschutz. Oder sie bekommen sie aufgedrückt. Und der Sprung vom Polizisten zum Verfassungsschützer ist auch nicht mehr so groß.«

Zu Bickenbachs Züge entgleisten für einen Moment. Dann fing er laut an zu lachen. »Lohmi, du bist ein Ass.«

Es klopfte an der Tür und eine blonde Frau Mitte vierzig, stark geschminkt und mit frischen, blonden Strähnchen, erschien mit einem Tablett. Sie stellte den Tee vor zu Bickenbach und den Kaffee vor Lohmeier. Leise verschwand sie wieder.

»Warum hast du mir gestern nicht einfach die Wahrheit gesagt?«, fragte der Kommissar.

»Weil die Information, dass ich vom Verfassungsschutz bin, streng vertraulich ist und nicht mal die von Braun&Braun das wissen. Also zumindest nicht viele. Nur die Geschäftsführung.«

»Leipnitz?«

»Klar.«

»Was machst du denn nun wirklich bei denen?«

»Die Abteilung, für die ich seit einigen Jahren beim Verfassungsschutz arbeite, kümmert sich, vereinfacht gesagt, um die Abwehr von Werks- und Wirtschaftsspionage. Firmen können uns anfordern, wenn sie den Eindruck haben, dass andere Unternehmen oder Staaten versuchen, an ihre Geheimnisse zu kommen. In diesem Fall machen sich Braun&Braun und die Bundesregierung Sorgen. Die Russen und die Chinesen klauen, was die in sie Hände bekommen. Deren Auslandsgeheimdienste werden sogar angehalten, die heimische Wirtschaft zu stützen und deswegen Geheimnisse und Know-how in anderen Ländern zu stehlen. Die da oben«, er blickte zur Zimmerdecke, »haben mich und einen Kollegen deswegen diskret als Berater für Sicherheitsfragen eingeschleust, damit die neuesten Entwicklungen der Cyberkriegsführung geheim bleiben.«

»Cyberkriegsführung?«

»Lohmi, in welcher Welt lebst du denn?« Als der Kommissar keine Reaktion zeigte, fuhr zu Bickenbach fort. »Vereinfacht gesagt: Kriege werden heute zuerst im Internet und mit Computern gewonnen. Den Gegner ausspionieren. Elektronik und Netzwerke lahmlegen. Einrichtungen angreifen und fernsteuern. Wenn man so etwas wie Fukushima von einem Laptop aus absichtlich hervorrufen könnte, muss man keine Atombombe mehr abwerfen. Dafür braucht man aber Zugriffe auf die Computersysteme des Feindes. Oder du zerstörst seine Computerinfrastruktur, sodass er quasi blind und taub wird. Darum geht es – vereinfacht gesagt.«

»Braun&Braun arbeitet an solchen ... Waffen?«

»Viren, Würmer, Trojaner et cetera. Ja. Sie sind führend in Deutschland und ihre Forschung ist elementar wichtig.

Haben in der Vergangenheit viele fähige Programmierer aus dem Osten mit Geld und deutscher Vita abwerben können.« Zu Bickenbach nippte an seinem Tee.

»Was hat der tote Wachmann damit zu tun?« Auch Lohmeier griff zur Tasse.

»Das ist ein ziemlich großes Problem. Sieh mal. Es gibt zwei Wege, an Informationen zu kommen. Der erste und mittlerweile einfachste ist das Internet. Du hackst dich mittels Trojanern oder anderer Schadsoftware in das Netzwerk eines Unternehmens, liest die E-Mails, siehst dir deren Forschungsergebnisse an und druckst dir die Baupläne für alles Mögliche aus. Fast ein Kinderspiel, weil kein Netzwerk, das Zugang zum Internet hat, wirklich sicher ist. Also haben wir Braun&Braun schon vor einiger Zeit geraten, sie mögen ein internes Netzwerk aufbauen, das absolut keinen Zugang zum Internet hat. Nichts geht raus, nichts geht rein. Das ist schon deutlich sicherer. Hier müssen andere Spione den zweiten Weg einschlagen und eine Person einschleusen, die es bis zu dem gesicherten Netzwerk schafft.«

Lohmeier nickte. »Wie früher, zu Zeiten des kalten Krieges.«

»Genau. Normalerweise durchleuchten wir regelmäßig alle festen Angestellten, ihre finanzielle Situation, ihre Neigungen. Wir lassen sie ausspionieren, um rechtzeitig auf Gefahren zu stoßen.«

»Was heißt das konkret?«

»Stell dir vor, ein Mitarbeiter ist spielsüchtig oder hat gewisse sexuelle Präferenzen, die ihm die Ehefrau nicht erfüllen kann oder will. Bis hin zu Pädophilie. Wenn diese Leute ihre Hobbys woanders ausüben, können Geheimdienste oder Detekteien sie ausspionieren und kompromittieren.«

»Erpressung?«

»Exakt. Wir versuchen also rechtzeitig die Achillesfersen der Mitarbeiter herauszufinden.«

»Wovon diese nichts wissen, nehme ich an«, sagte Lohmeier zynisch.

»Natürlich nicht. Aber es geht ja um das Wohl aller.«

»Ich verstehe immer noch nicht, was das mit dem Wachmann zu tun hat.«

»Hast du von den Demonstrationen dieser linken Chaoten gehört, die seit einigen Wochen vor den Toren von Braun&Braun stattfinden?«

»Du meinst die engagierten Leute, die sich darüber aufregen, dass deutsche Soldaten in Afghanistan mit deutschen Hightechwaffen getötet werden? Ja, von diesen Demonstrationen habe ich gehört.«

»Nun, ja. Wenn du das so sehen magst.«

»So sehe ich das, Arthur.«

»Tut auch nichts zur Sache. Wir sind ein liberales Land. Aber wegen der Demonstrationen gegen die Firma wurden externe Wachleute zur Verstärkung angeheuert. Wir haben natürlich alle Leute mehrfach überprüft und nichts Auffälliges bei Heisen festgestellt. Jetzt im Nachhinein mache ich mir Vorwürfe, denn der Mann war früher Informatiker. Er kennt sich auch mit Netzwerken aus. Hat immerhin als Administrator in einem Chemieunternehmen gearbeitet. Da kennt er natürlich auch die Schwachstellen unseres von der Außenwelt abgeschotteten Netzwerks für Forschungs- und Entwicklungszwecke. Es sieht so aus, als ob er Betriebsgeheimnisse gestohlen hätte.«

»Hast du dafür Beweise?«, fragte Lohmeier überrascht.

»Seit heute früh, ja. Aber das möchte ich mit dir und deinem Kollegen besprechen, sobald Philipp da ist.«

Der Graf nippte erneut an der Tasse und Lohmeier dachte an einen Spatz, der sich an einer Vogeltränke bedient. So würde die Teetasse aber nie leer werden. Schmeckte es zu Bickenbach nicht? Sie hatten doch extra frischen Tee aufgebrüht, statt ihn am Automaten zu ziehen.

»Wer ist Philipp?«

Philipp stellte sich mit dem Nachnamen Müller vor, und Lohmeier war überzeugt, dass er den drahtigen, jungen Mann mit dem sympathischen Lächeln und den wachen, blauen Augen unter anderen Umständen für einen Bankangestellten gehalten hätte, aber niemals für einen Verfassungsschützer.

Sie saßen zu viert in dem engen Büro, jeder mit einem Becher dampfender Flüssigkeit vor sich.

Müller ergriff das Wort. »Zunächst zum weltweiten Waffenhandel, meine Herren. Da können Sie sich ein erstes Bild machen. In den zurückliegenden fünf Jahren hat der weltweite Waffenhandel um 25 Prozent zugenommen. Den größten Reibach machen die USA, gefolgt von Russland. Beide zusammen haben mehr als die Hälfte des weltweiten Umsatzes. Und auf Platz drei kommt auch schon unser Land. Ebenfalls erstaunlich. Wir sind zwar nicht gerade eine Nation der Seefahrer, aber trotzdem verkaufen sich unsere U-Boote und Fregatten sehr gut, zum Beispiel ins bankrotte Griechenland. Aber gern gesehene Kunden sind auch Südkorea oder Afrika ...«

Menz hing andächtig an Müllers Lippen und notierte immer wieder mal ein Stichwort auf seinem Handy.

Lohmeier hörte zwar zu, wurde aber von Minute zu Minute ungeduldiger. »Was hat das jetzt alles mit dem Toten zu tun?«

»Wir vermuten, Heisen hatte den Auftrag, bei Braun&Braun einen neu entwickelten Trojaner zu stehlen.« Er saß in Lohmeiers mittlerweile überfülltem Büro neben zu Bickenbach und hatte einen Tablet-PC in der Hand.

Menz, der neben dem Kommissar an dessen Schreibtischseite Platz genommen hatte, warf immer wieder mit leuchtenden Augen einen Blick auf diese technische Spielerei der Abwehr, auf der alle möglichen Informationen abzulesen waren. Lohmeier versuchte sich zu erinnern. Wie hatte sein Kollege das Ding genannt? Ei-Irgendwas.

»Einen Trojaner?«, fragte der Kommissar.

»Ein Trojanisches Pferd«, sagte Menz.

»Wie in der Sage?«

»Da kommt der Name her.«

»Wo ist da der Unterschied zum Virus?«

»Das ist kompliziert.«

»Und Sie meinen, ich würde das nicht verstehen?«, herrschte Lohmeier seinen Kollegen an.

Menz stotterte: »Nein, das meinte ich natürlich nicht, aber ...«

»Aber was?« Der kleine Klugscheißer! Spielte sich schon wieder vor anderen in seiner Gegenwart auf.

»Ein Computervirus ist eigentlich ein Programm, das sich selbst verbreitet, indem es sich in andere Computerprogramme einschleust und sich damit vervielfältigt. Wie eine Krankheit eben. Es kann dann die Hardware oder Software verändern, ohne dass man es merkt. Oft beeinträchtigen diese Viren die Funktion der Computer, bringen sie zum Absturz«, erklärte Menz.

»Aha.«

»Trojanische Pferde«, fuhr Menz fort, »werden bewusst auf fremde Computer eingeschleust und installieren heimlich ein Schadprogramm, das eigenständig läuft. Beispielsweise Spionageprogramme, die Tastatureingaben aufzeichnen oder mit denen man den Computer unbemerkt über das Internet fernsteuern kann.«

»›Computervirus‹ wird aber häufig als Synonym für ›Computerwürmer‹ und ›Trojanische Pferde‹ genutzt, da es oft Mischformen gibt. Die meisten können den Unterschied kaum erkennen«, sagte Müller beschwichtigend.

»Wozu ist es dann wichtig, wie das Ding heißt und ob man es unterscheiden kann?«, grummelte Lohmeier und sah Menz grimmig an. Für einen Moment herrschte Schweigen.

»Wir haben noch gestern Nacht Heisens Kontenbewegungen analysiert, aber nichts gefunden«, sagte Müller und löste damit die unangenehme Stille. Menz lächelte sein Gegenüber freundlich und dankbar an. Der junge Verfassungsschützer erwiderte das Lächeln und fuhr sich mit der Rechten durch die kurzen Haare.

Lohmeier grinste. Ob sich sein Kollege und der junge Verfassungsschützer etwa gefielen? Er räusperte sich, so laut er konnte. »Warum wurde Heisen eurer Meinung nach ermordet?«

»Unsere Analysen ergeben zwei Szenarien: Entweder hat er seinem Auftraggeber das Gewünschte nicht liefern können oder wollen, woraufhin sie ihn vom Dach gestoßen haben. Oder er hat ihnen gegeben, was sie wollten, und war nicht mehr nützlich. In jedem Fall haben sie ihn zum Schweigen gebracht«, sagte Müller.

»Wer ist mit ›sie‹ gemeint?«, fragte Menz.

Zu Bickenbach ergriff das Wort: »Das wissen wir nicht mit Bestimmtheit. Im Verdacht haben wir ausländische Geheimdienste, angefangen natürlich bei den Russen, Chinesen und Amerikanern. Aber auch innerhalb Europas und der EU wird eifrig spioniert. Es könnten also auch die Franzosen oder Engländer gewesen sein.«

»Ein anderes Unternehmen, sei es deutsche Konkurrenz oder Ausländer, ist nicht wahrscheinlich?«, wollte Lohmeier wissen.

»Ausschließen kann man das natürlich nicht«, antwortete Müller, »aber die Skrupellosigkeit der Tat hat schon etwas vom Geheimdienst. Meiner Erfahrung nach gehen Unternehmen deutlich diplomatischer vor.«

Lohmeier sah das anders, verzog jedoch keine Miene und sagte nichts dazu. »Ich gehe davon aus, dass sich ab diesem Moment der Verfassungsschutz alleine um den Fall kümmert«, mutmaßte der Kommissar, und jeder im Raum merkte ihm die Enttäuschung in der Stimme an.

Zu Bickenbach lächelte weise. »Ich habe meinen Vorgesetzten empfohlen, dass wir den Fall gemeinsam angehen. Ihr habt zum Teil ganz andere Möglichkeiten als wir. Wenn wir die Vorgehensweisen verbinden, kommen wir schneller zum Ziel.«

Er griff in die Innentasche seines Sakkos, zog ein Schreiben heraus und reichte es Lohmeier. »Unser Chef hat mit dem Polizeipräsidenten gesprochen, und gemeinsam haben sie unsere Zusammenarbeit vereinbart. Wir vier sind jetzt ein Team.«

Der Kommissar nahm das Schreiben entgegen und ließ es ungelesen in einer Schreibtischschublade verschwinden. »Wer leitet unsere kleine Gruppe?«

»Du und ich gemeinsam.«

»Fein, wo fangen wir an?« Der Kommissar sah seinen ehemaligen Ausbilder an.

»Müller und Menz fahren in die Wohnung von Heisen und sehen sich dort um. Wir beide fahren zu Braun&Braun. Ich zeige dir die Beweise für den Diebstahl. Vielleicht fällt dir etwas auf, was wir in all den Wochen übersehen habe.«

* * *

»Du hast den Auftrag abgelehnt?« Gereons Stimme war eine Oktave höher und auch einige Dezibel lauter als sonst. Ich schnitt derweil ungerührt weiter die Karotten in kleine Stücke. Es würde heute Mittag ein Gemüsereisgericht à la Herz geben. Gesund und scharf, dank Curry und Chili und ein paar anderer Kleinigkeiten.

»Warum in aller Welt verzichtest du auf das Geld und einen geschenkten Kurzurlaub?«

»Ich bin noch an Narkov dran, da kann ich nicht weg«, flunkerte ich und gab die Karotten in die Pfanne zu den bereits geschmorten Zwiebeln und dem anderen Gemüse. Es roch köstlich, und mein Magen freute sich schon.

»Da hat sich doch noch keiner auf die Anzeige gemeldet.«

»Eben drum. Das kann jeden Moment passieren. Da will ich nicht in Dublin in einem Pub sitzen und die Chance verpassen, Narkov zu kriegen.«

»Ich denke, die melden sich schriftlich bei dir, Chiffre und so.«

Hm, jetzt musste mir aber etwas einfallen. »Klar, aber ich habe mit der Zeitung ausgemacht, dass die mich sofort benachrichtigen, falls ein Brief eintrifft.« Zu durchsichtig?

Gereon erhob sich vom Küchentisch und kam näher. Mist, ertappt. Er sah mich an. Er starrte, suchte Augenkontakt. Ich schnippelte Gurken, bewegte die Pfanne, sah nach dem kochenden Reis, tat alles, um Gereons Blick nicht erwidern zu müssen.

»Du lügst.«

»Nein.« Was bildete sich dieser Geistliche eigentlich ein? Direkter Draht zur Allwissenheit?

»Doch. Und wie du lügst.«

»Ich biege die Wahrheit, das ist was anderes«, betonte ich.

»Ex-Knacki-Gewäsch!«

Oh, wie es ihm Spaß machen musste. Und ich Idiot zappelte wie ein Fisch am Köder. Nur eisernes Schweigen konnte mich retten.

»Ex-Knacki-Ge-wäsch, A-lex-ander!«

»Ich weiß, wie ich heiße. Aber danke für den Tipp.«

»Worum geht es wirklich?«

»Narkov!«

»Das Geld kann es nicht sein.«

»Narkov!«

»Der Job ist genau deine Kragenweite, ein wenig undurchsichtig, spannend, hat mit Kunst zu tun.«

»Narkov!« wiederholte ich wie eine Platte mit Sprung.

»Du reist auch gerne.«

Ich schwieg. Das war der Fehler. Hätte ich doch bloß erneut »Narkov« gesagt.

»Es ist die Reise?«

»Narkov«, versuchte ich es noch einmal schwach.

»Nein, nein, nein. Die Reise ist dein Problem. Warum? Irgendein Problem mit Irland? Wohl kaum! Schöne Frauen, tolles Bier.«

Ich gab mich geschlagen. Er würde mich nerven, bis mein Blut kochte.

»Fliegen«, sagte ich leise, während ich das mittlerweile heiße Gemüse würzte.

»Fliegen? Verstehe ich nicht.«

»Ich fliege nicht gerne.«

»Du hast Flugangst?«

Ich nickte. Flugpanik traf es wohl besser. Bluthochdruck, Herzrasen, und nicht nur Schweißperlen, sondern Wasser auf der Stirn ...

»Seit wann?«

»Ich bin schon seit mehr als zehn Jahren nicht mehr geflogen.«

»Wie bist du dann nach Rom und Barcelona gekommen, oder sind die Bilder in deinem Büro gar nicht von dir?«

Ich lächelte. »Doch. Man kann noch immer auf die altmodische Art reisen.«

»Was soll das denn heißen? Zu Fuß, mit dem Pferd?«

»Sehr witzig! Nach Rom bin ich mit dem Zug und nach Barcelona mit einer Bustour.«

Gereon seufzte. »Mensch, Alex. Daran müssen wir arbeiten.«

»Ich schaffe es mit Bus, Bahn oder Auto nicht rechtzeitig nach Dublin, also ist der Job futsch.«

»Fliegen!«

»Habe ich es dir eben nicht erklärt?«

»Dir fehlt nur etwas Gottvertrauen und Gereons Spezialtrick für Flugängstliche.« Er stiefelte in den Flur und kam mit dem Telefon zurück. »Ruf zu Bickenbach an und sag ihm, dass du morgen im Flieger sitzt!«

* * *

Das Treppenhaus sah aus wie tausend andere Treppenhäuser. Weiße Wände mit Flecken und Streifen, wo Umzüge Spuren hinterlassen hatten. Der Boden, ein unauffälliges Muster aus Grau, Schwarz und wenig Fantasie. Es roch leicht nach Müll.

Menz und Müller klingelten bei *Familie Rupp/Hausmeister*. Zunächst blieb alles ruhig. Erst als der Verfassungsschützer den Finger nicht mehr von der Schelle nahm, schlurfte auf der anderen Seite der Tür ein Paar Füße heran und eine Stimme nörgelte: »Ist gut. Ich komm schon. Ich komm ja schon!«

Die Tür schwang auf und ein untersetzter Mann in einem Morgenmantel funkelte sie feindselig an. Er hatte eine große

Hornbrille auf, die etwas schief saß, sodass seine linke Augenbraue zu sehen war, die rechte jedoch vom Rahmen des Ungetüms verdeckt wurde. Durch die Gläser der Brille wirkten seine Augen riesig. Puck, die Stubenfliege, dachte Menz und widerstand dem Impuls, auf die Uhr zu sehen. Er wusste auch so, dass es mittlerweile gegen 13:00 Uhr sein musste.

»Kriminalpolizei. Könnten Sie uns bitte die Wohnung von Herrn Heisen aufschließen?« Lohmeiers Kollege hielt den Durchsuchungsbeschluss gut sichtbar hoch.

»Hat der was ausgefressen?«

»Er ist tot«, antwortete Müller.

Die Augen des Hausmeisters weiteten sich vor Schreck. »Ach Herrje. Der Heisen. Erst der Alte, jetzt der Sohn. Werksunfall?«

»Wenn Sie bitte die Schlüssel holen würden«, sagte Menz so freundlich er es mit Nachdruck in der Stimme vorbringen konnte.

»Versteh schon. Ist geheim. Habe Se den armen Kerl umgebracht?«

»Die Schlüssel?«

»Ich muss mir erst was überziehen. Wollen Sie solange reinkommen und im Wohnzimmer Platz nehmen? Ein Schnäpschen?«

Müller hob abwehrend die Hand. »Danke, wir warten hier.«

Die Tür wurde geschlossen, und die beiden jungen Männer sahen sich an. Menz probte ein Lächeln. Es gelang ihm, obwohl er nervös war. Schließlich arbeitete man ja nicht jeden Tag Hand in Hand mit einem Kollegen vom Geheimdienst.

Müller lächelte zurück. »Wie lang arbeitest du denn schon für Lohmeier?«

Menz überlegte. »So ungefähr ein dreiviertel Jahr.«

»Und? Wie ist er so?«

»Weiß nicht, wie ist Lohmeier? Lohmeier eben ... Ein wenig speziell … eigenbrötlerisch.«

»Nicht gerade ein Freund der modernen Kommunikationstechniken, oder?«

Sie grienten sich an. »Nein«, sagte Menz, »eher das Gegenteil. Der Computer ist ihm ein Graus, und mit dem Handy kann er lediglich telefonieren.«

Müller lachte leise. »Das erinnert mich ein wenig an zu Bickenbach. Legendär der Mann, und ein toller Lehrer. Nur mit der Zeit ist er nicht gegangen. Aber er lernt schnell.«

»Die Arbeit muss super spannend sein?«

»Ja und nein. Viel am Schreibtisch, viel Observation in letzter Zeit. Mal die rechten, mal die linken Extremisten. Wobei zu Bickenbach und ich für die Spionageabwehr arbeiten. Da geht es die meiste Zeit um Sicherheitssysteme, Computer und Internet. Das ist ...«

Die Tür wurde wieder aufgerissen und Rupp stand im Blaumann da. Die Brille saß weiterhin schief. Wahrscheinlich lagen die Ohren unterschiedlich hoch, vermutete Menz.

»Meine Herren, allzeit bereit.«

Er ging ihnen voraus und stieg die Treppe zum vierten Stock hinauf. Bei jeder Stufe klimperte der riesige Schlüsselbund an seinem Gürtel. Menz und Müller folgten ihm. Der Hausmeister war trotz seiner Leibesfülle gut in Schuss. Als sie oben ankamen, war er nicht mal aus der Puste, während Menz versuchte, sich nicht anmerken zu lassen, wie sehr seine Pumpe arbeitete.

Zu jeder Seite der Treppe gab es zwei Wohnungstüren.

»Hier, rechts, diese Tür ist es«, sagte Rupp und deutete auf das Klingelschild. Dann fummelte er einen Schlüssel hervor und beugte sich zum Schloss hinunter. Auf halbem Wege hielt er inne.

»Was ist?«, fragte Menz und seine Stimme verriet Unruhe.

* * *

Lohmeier rümpfte die Nase und sah kurz auf. Er und zu Bickenbach waren zu Braun&Braun gefahren, hatten den Wagen direkt vor dem Hauptportal abgestellt und waren schnurstracks in einen fensterlosen und überwiegend dunklen Raum im zweiten Stock gegangen. Die Überwachungszentrale des Waffenfabrikanten. Eine große Bildschirmwand, übersät mit Dutzenden kleinerer Bilder, zeigte bestimmte Kameraeinstellungen innerhalb und außerhalb des Gebäudes.

»Heisen hat Daten geklaut«, sagte ein untersetzter Mann. Er saß an einem von zwei großen Schreibtischen mit Computerterminals, von denen aus die Zentrale gesteuert wurde. Der Kommissar nahm ein leises Klackern wahr, als die Finger des Computerexperten über eine Tastatur tanzten. Daneben lag ein halb geschlossener Pizzakarton, der noch ausdünstete.

Lohmeier musterte den Computerexperten von Braun&Braun beiläufig und schätzte ihn auf höchstens Mitte zwanzig. Babyspeck, keine Falten im Gesicht – bis auf kleine Lachfalten um die Augen.

Lachten Informatiker überhaupt, fragte sich der Kommissar, ließ die Frage unbeantwortet und wunderte sich lieber darüber, dass der Mann eine auffällige Halbglatze und einen Pferdeschwanz hatte.

»Um präzise zu sein, er hat den Prototypen des Kernkraftwerk-Trojaners heruntergeladen.«

»Woher wissen wir, dass es Heisen gewesen ist?«

»Man kommt in bestimmte Räume nur mit Fingerabdruck und Code rein. Ein Computer zeichnet auf, wer sich wann und zu welchem Raum Zugang verschafft hat. Wir wissen, von welchem Computer des internen Netzwerks für Forschung und Entwicklung das Programm heruntergeladen wurde«, sagte der Informatiker.

»Heisen war also zu jener Zeit in dem Raum mit dem Computer, als dieses Virus geklaut wurde«, fasste Lohmeier zusammen.

»Er war nachweislich der Einzige zu der Zeit«, sagte der junge Mann.

»Wissen Sie auch, wann er das Dach betreten hat und wer noch mit ihm da oben war?«

»Leider nein. Das Dach gehört nicht zu den Sicherheitsbereichen, die mit Codes gesichert sind. Wir könnten uns die Aufzeichnungen der verschiedenen Überwachungskameras ansehen.«

»Auf den Schirm«, murmelte Lohmeier und grinste über seinen Spruch. Auch der Informatiker lächelte tiefsinnig. Nur zu Bickenbach reagierte nicht.

»Welche Zeit interessiert Sie?«

»Zeigen Sie uns alle Kameraaufzeichnungen ab achtzehn Uhr«, befahl zu Bickenbach.

Der junge Mann ließ die Finger wieder über die Tastatur rasen. Und rasen. Und rasen. Er zog die Stirn in Falten.

»Ich kann keine Videoaufzeichnung von der gewünschten Zeit finden.«

»Warum nicht?« Zu Bickenbachs Stimme bekam einen ungeduldigen Unterton.

»Es scheint keine da zu sein.«

»Strengen Sie sich an, junger Mann!«

»Herr Graf, das ist keine Frage der Anstrengung. Das ist Computertechnik. Ich habe keine Aufzeichnungen zwischen 17.30 Uhr und 19.00 Uhr.«

»Wie kann so etwas passieren?«, wollte Lohmeier wissen.

»Eigentlich nur, wenn jemand die Aufzeichnungen gestoppt oder gelöscht hat.«

»Kann Heisen das getan haben?«

»Die Wachmannschaft besteht immer aus drei Leuten«, erklärte zu Bickenbach. »Das kann nur mit dem Wissen von Bieling und Schaffer geschehen sein.«

* * *

»Sie treten bitte zurück«, sagte Müller leise zu dem Hausmeister. Dann nickte er Menz zu, der mittlerweile seine Waffe in beiden Händen hielt. Vorsichtig öffneten sie die Tür, deren Schloss aufgebrochen war, und lugten schnell hinein, um sich sofort wieder zurückzuziehen. Als sich nichts tat, stürmten sie in die Wohnung. In den tristen Flur, vorbei an einem Badezimmer mit grünen Achtzigerjahre-Kacheln, einer ausgeblichenen Einbauküche, in ein Wohnzimmer mit schmuckloser, schwarzer Garnitur aus einem Möbelcenter. Variante günstige Lederimitation. Beide Männer hielten einen Moment inne und ließen das Chaos auf sich wirken.

»Verdammter Mist«, entfuhr es Menz.

Irgendjemand hatte den Raum durchsucht und sich keine Mühe gegeben, es zu verheimlichen. Aus dem Wohnzimmerschrank waren Schubladen herausgerissen und der Inhalt war wahllos über den Boden verteilt worden. Sogar die Polstergarnitur hatte man aufgeschlitzt. Menz und Müller schlichen weiter. Der nächste Raum war ein Schlafzimmer, das ebenfalls durchwühlt worden war. Wäsche lag über den

Boden verstreut, die Matratze lehnte in Fetzen an der Wand. Eine weitere Tür führte in eine Art Gästezimmer. Auch hier herrschte Chaos.

Menz deutete auf das offene Zimmerfenster.

Müller schlich sich ran und sah hinaus. »Eine Feuerleiter.«

»Haben wir den oder die Täter gestört?«, fragte Menz.

»Wie kommst du darauf?«

»Bad und Küche sind nicht angerührt. Wenn die was gesucht haben, hätten die sich doch auch in den anderen beiden Räumen umgesehen.«

»Oder sie haben im hintersten Raum angefangen und sich bis zum Wohnzimmer vorgearbeitet und dort gefunden, was sie gesucht haben«, sagte Müller.

»Ich lass die Spurensicherung kommen«, sagte Menz und griff zum Handy.

Müller nickte und verließ den Raum. Im Hausflur wartete noch immer Rupp. »Ist Ihnen gestern Abend oder heute Morgen irgendetwas aufgefallen?«

»Was denn?«

»Fremde im Haus?« Kopfschütteln. »Oder ein ungewöhnlicher Krach?« Kopfschütteln. »Handwerker?« Nicken. »Geht es vielleicht etwas präziser?«, hakte Müller nach.

»Na ja, ich weiß es nicht. Irgendein Mieter hat heute früh einen Installateur kommen lassen, weil er angeblich ein neues Bad kriegen sollte. Hat zumindest der Installateur gesagt.«

»Können Sie sich noch an den Namen erinnern oder die Firma?«

Rupp kratzte sich am Kopf. »Irgendetwas mit Mann am Ende. Hirschmann oder Hellmann oder so.«

Müller zückte sein Handy und machte sich darauf eine Notiz.

Als er erneut das Wohnzimmer betrat, sah er, wie Menz über dem ausgekippten Papierkorb kniete. Er hatte sich Handschuhe übergezogen und durchsuchte den Müll.

»Nichts!«

Beide schweigen eine Weile. »Ich fahre zurück ins Präsidium«, sagte Müller, »und versuche, den Installateur aufzutreiben, der laut Rupp im Haus gearbeitet hat. Wartest du auf die Spurensicherung?«

Menz nickte. Als der Kollege zur Tür hinaus war, folgte er einem Impuls. Was, wenn sie den oder die Einbrecher nun doch gestört hatten? Er begann seine Suche im Bad, öffnete das Schränkchen, sah in jede Dose und jede Packung. Schmerztabletten, Wundsalbe, Augentropfen. Nichts Interessantes.

Auch in der Küche öffnete er jede Müsli-Verpackung und jede Teedose, durchsuchte alle Schubladen und Schränke. Wieder nichts. Enttäuscht ließ er sich auf den erstbesten Küchenstuhl fallen. Sekundenlang saß er unbeweglich dort und grübelte. Dabei fiel sein Blick auf den Kühlschrank.

Eine Stunde später betrat Menz mit einem Umschlag in der Hand und einem Siegerlächeln auf den Lippen Lohmeiers Büro. Alle Fenster waren aufgerissen, es zog und er fröstelte. Dafür roch es in dem Raum nicht mehr so muffig. Sein Chef und zu Bickenbach waren nicht da.

Aber Müller saß an dem Schreibtisch des Kommissars und schrieb eine Notiz. Offensichtlich war ihm warm. Er sah hoch, als Menz näher kam. »Ich habe den Installateur gefunden.«

»Und? War er es?«, Menz griente und verschwieg seinen Fund zunächst. Er ging zu den Fenstern und schloss eines nach dem anderen.

»Haltermann heißt das Unternehmen. Ein Herr Botic war am Vormittag bei einer Frau Kühnlechner wegen des Badezimmers.«

»Das ist alles?«

»Das ist alles«, sagte Müller leicht pikiert. »Was hast du denn erwartet?«

»Einen Undercoveragenten.«

Müller sah Menz an, als wäre sein Mitstreiter irre.

»... oder zumindest eine Visitenkarte des KGB«, fuhr Lohmeiers Assistent fort. Dann grinste er breit und auch Müller kapierte, dass Menz scherzte. Er legte den Umschlag auf den Schreibtisch. »Mach auf!«

»Das heißt jetzt übrigens FSB.«

»Bitte?«

»Der KGB heißt nicht mehr KGB, sondern FSB.«

Menz nickte nur.

»Was ist da drin, Dieter?«

»Wirst du schon sehen. Mach endlich auf ... Aber zieh Handschuhe an.«

Müller verdrehte die Augen, holte aus der Jacketttasche Handschuhe, zog sie über und öffnete flink den Umschlag. Zum Vorschein kamen Geldbündel.

»Was ist das?«

»Geld!

»Danke, das habe ich ohne dich auch erkannt.«

* * *

Ich ging in die Hocke, überhörte das Knacken in meinen Knien, legte die Lilien langsam auf das Grab und stand vorsichtig wieder auf. Ein frischer, kühler Wind zog mir in den Nacken. Die Septembersonne schien durch die Friedhofsbäume, deren Farbe von einem saftigen Grün unaufhaltsam in Braun und Rot überging. Ich zog den Mantel ein wenig fester und erschnupperte den naheliegenden Rhein - das Feuchte, Moderige. Der Herbst war meine liebste Jahreszeit: sanftes Licht, einige letzte lauwarme Tage, die Vorboten einer grauen Zeit.

Mein sonnenbrillengetönter Blick fiel auf den schlichten Grabstein: *Bettina Katharina Söderlin, geboren 16. Juli 1992, gestorben 9. Juli 2011*. Ihren 19. Geburtstag hatte sie nur knapp verpasst. Ich erinnerte mich, wie ich eines Morgens mit einem brummenden Schädel aufgewacht war, während sie neben meinem Bett gestanden und mich beobachtet hatte: die großen, unergründlichen Augen, das schwarz-weiß-gestreifte Mieder, die langen Beine ...

»Herr Herz«, donnerte eine sonore Stimme.

Aus den Tiefen meiner trüben Gedanken herausgerissen, fuhr ich herum und starrte zu Bickenbach an, der unbemerkt neben mir aufgetaucht war.

»Verzeihen Sie«, fuhr er laut fort, »ich wollte Sie nicht erschrecken.«

Hatte er aber! Wusste er nicht, dass er furchtbar laut sprach? Seit dem Mord an Bettina war ich ein wenig schreckhaft. Doch der Therapeut sagte, das würde sich geben. Laber-Rhabarber, der konnte einem viel erzählen für neunzig Euro die Stunde. Zuhören mit halb geschlossenen Lidern und einem Gesichtsausdruck, der verriet, dass er in Gedanken an einem schönen Südseestrand Cocktails trank. Außerdem war da ja noch Narkov, der mich wahrscheinlich auch lieber tot sehen wollte als lebendig.

»Ungewöhnlicher Ort für ein Treffen.«

»Sie sagten, Sie hätten es eilig, Herr Graf.«

Er reichte mir zum zweiten Mal an diesem Tag das Metallrohr mit dem Gemälde und den Umschlag mit dem Geld. Ich nahm beides an mich und nickte.

»Lassen Sie uns ein Stück zusammen spazieren.« Er deutete mit dem Kinn Richtung Friedhofskapelle und setzte sich im Schneckentempo in Bewegung. Unsere Schuhe knirschten eine Weile einvernehmlich über den Kies, während wir schweigend nebeneinanderher schlichen.

»Was hat Sie umgestimmt?«

»Es hat sich eine überraschende Wendung in dem Fall ergeben, an dem ich dran bin«, log ich. »So kann ich ein paar Tage entbehren.«

»Ein paar Tage sogar, aha. Wenn Sie wollen, bleiben Sie doch etwas länger in Dublin. Den Rückflug können Sie innerhalb der nächsten dreißig Tage frei wählen.«

»Wo und wann muss ich das Gemälde abgeben?«

»Ich habe Ihnen ein Zimmer für eine Nacht im Shelbourne reserviert. Gegen 9.30 Uhr wird übermorgen ein Mitarbeiter des Auktionshauses, ein gewisser James Huntington, Sie dort aufsuchen. Ihm, und nur ihm, geben Sie die Lieferung. Das ist ganz wichtig. Niemand sonst darf dieses Bild bekommen. Auch kein anderer Mitarbeiter des Auktionshauses. Verstehen Sie?«

Ich nickte.

Erneut kramte er in seinem Sakko und fischte eine Fotografie heraus, die einen Mann Mitte fünfzig mit Nickelbrille zeigte.

Ich zögerte. »Wird er mir den Empfang bestätigen?«

Zu Bickenbach winkte ab. »Das ist nicht nötig.«

»Wie erreiche ich Sie in Notfällen?«

Der Graf drückte mir eine Visitenkarte mit Familienwappen, Anschrift und Telefonnummer in die Hand. »Auf dem Handy können Sie mich jederzeit erreichen. Bei Tag und bei Nacht. Wenn Sie eine Frage oder ein Problem haben, rufen Sie an. Versprechen Sie mir das!«

Ich nickte.

Ein Lächeln der Erleichterung huschte über sein Gesicht, und ich spürte, dass ich ihm eine schwere Last von den Schultern nahm. Er gab mir die Hand mit viel Gefühl und beinahe glaubte ich, er würde eine Träne verdrücken. Wahrscheinlich fiel es ihm schwer, sich von dem Bild zu trennen. Ob er in Geldnöten steckte? Er tat mir in diesem Moment leid.

»Gute Reise, Herr Herz. Und passen Sie auf sich auf, mein Junge!«

»Wie ein Schießhund«, sagte ich.

* * *

Ein schnelles, hartes Klopfen, gleich darauf wurde die Tür von Lohmeiers Büro aufgerissen. »Wie weit bist du?«, begrüßte ihn zu Bickenbach.

Lohmeier grunzte, dann sagte er: »Die Kollegen versuchen gerade, Frauke Bieling und Markus Schaffer aufzutreiben. Menz und Müller kommen auch gleich. Sie haben Neuigkeiten für uns.«

Wie aufs Stichwort klopfte es erneut, diesmal jedoch leise. Die Tür wurde normal geöffnet. Müller und Menz kamen herein.

»Jungs, perfektes Timing«, rief zu Bickenbach. »Lohmi und ich sprechen gerade über die neuesten Entwicklungen des Falls.«

Bei dem Wort »Lohmi« hob Menz eine Augenbraue und grinste breit, zumindest bis er Lohmeiers bösen Blick erhaschte.

»Da können wir auch einiges beitragen«, sagte Müller im Brustton der Überzeugung.

»Setzt euch.« Zu Bickenbach wartete ab, bis die beiden Platz genommen hatten, dann berichtete er von den verdächtigen Kollegen Heisens, ohne die er die Videoaufzeichnung nicht unbemerkt hätte unterbrechen können.

»Das passt ja wie die Faust aufs Auge«, sagte Müller und erzählte von der verwüsteten Wohnung Heisens und wie Menz dort hinter dem Kühlschrank 10.000 Euro gefunden hatte. »Wir haben das Geld der Spurensicherung übergeben. Vielleicht finden die dort Abdrücke. So bekommen wir also nicht nur das Trio der Diebe, sondern auch gleich den Hintermann.«

»Sie meinen, das Geld ist von dem Auftraggeber, der das Programm haben will?«, fragte Lohmeier.

Müller nickte. »Klar. Und ich bin sicher, wir finden auch bei den anderen beiden jeweils 10.000 Euro. Ich lasse gleich mal deren Konten überprüfen. Vielleicht waren sie so unvorsichtig und haben es eingezahlt.«

»Aber von wem wurde Heisen dann umgebracht?«, wollte Menz wissen.

»Von seinen beiden Kollegen«, schlug zu Bickenbach vor. »Wobei ich da eher auf Schaffer tippe.«

»Vielleicht ist Heisen gierig geworden und wollte einen größeren Anteil«, griff Müller den Gedanken auf. »Immerhin hatte er das Programm ja in seinen Händen.«

»Oder der Hintermann will lästige Mitwisser erledigen«, sagte Lohmeier. »Damit dürften dann auch Bieling und Schaffer in Gefahr sein.«

Es klopfte erneut. Ein uniformierter Beamter steckte die Nase zur Tür herein. »Markus Schaffer sitzt in Verhörraum eins.«

Lohmeier nickte dankend und wandte sich an die Kollegen. »Gleich werden wir wissen, ob sie ihn vom Dach geschubst haben.«

Er erhob sich und nickte zu Bickenbach zu.

Auch Menz sprang auf. »Kann ich kurz mit Ihnen reden, Chef?«

»Jetzt ist schlecht.«

»Wäre aber wichtig!«

»Worum geht's?«

»Ist was Persönliches«, sagte Menz, »kann aber nicht warten«, schob er hinterher, als Lohmeier seinen Mund gerade öffnen wollte. »Dauert nur eine Minute. Bitte.«

Der Kommissar sah zu Bickenbach und Müller entschuldigend an. Die beiden nickten und verließen den Raum. »Wir gehen schon mal zum Verhörzimmer«, verabschiedete sich der Graf.

»Was ist denn so wichtig, Menz!« Lohmeier war sichtlich genervt.

»Habe ich etwas falsch gemacht?«

»Wie meinen Sie das?«

»So wie ich es sage. Habe ich etwas falsch gemacht?«

»Warum?«

»Weil Sie schon den ganzen Tag so kurz angebunden sind.«

»Wir haben da draußen ein paar Verdächtige in einem Mordfall, einer davon ist zum Verhör einbestellt, Menz. Und Sie kommen mit Ihren Befindlichkeiten?«

»Ich möchte lediglich zu Ihrer Zufriedenheit arbeiten, Chef. Das geht nur, wenn Sie mir sagen, warum Sie sauer auf mich sind.«

»Bin ich nicht. Die Minute ist um.«

Menz blickte einen Augenblick zu Boden und nahm dann zwei Schnellhefter von seinem Schreibtisch.

»Hier die Infos über Bieling und Schaffer, um die Sie mich heute Morgen baten.«

»Ah, richtig. Fassen Sie's kurz zusammen.«

Menz klappte den ersten Schnellhefter auf: »Frauke Bieling: Mutter zweier Kinder im Alter von sieben und elf, Grundschule und Gesamtschule. Sie ist seit dreizehn Jahren verheiratet, ihr Mann Busfahrer bei der Rheinbahn. Er hat regelmäßig Krankmeldungen wegen Migräneanfällen und war vergangenes Jahr einige Monate in Kur. Die Familie wohnt in einer Vier-Zimmer-Eigentumswohnung in einer sechzehnstöckigen Wohnanlage in Eller. Der Kredit läuft noch über die nächsten vierzehn Jahre. Sie zahlen regelmäßig ab, keine negative Schufa-Auskunft. Sie fahren einen alten Ford Fiesta. Frauke Bieling arbeitet neben der Stelle bei Braun&Braun noch morgens in einer Bäckerei, Vierhundert-Euro-Job. Sie ist so gut wie nie krank, hat positive Arbeitszeugnisse, gilt als loyal, zuverlässig und pünktlich. Netto-Lohn bei Braun&Braun 1.200 Euro.« Er legte den Hefter zurück auf den Schreibtisch und blätterte im zweiten: »Markus Schaffer, ist schon interessanter. Seine Frau hütet das Haus, hat aber Geld von ihren Eltern geerbt. Dennoch zahlen sie gemeinsam einen Kredit für ihr Haus ab, das in Gerresheim steht. Die beiden sind seit fünf Jahren verheiratet. Sie hat eine Tochter mit in die Ehe gebracht, die jetzt fünfzehn ist. Es gibt einen gemeinsamen Sohn, knapp fünf Jahre. Schaffer gehört zu den externen Wachleuten, die von einem Personaldienstleister kommen. Nettolohn 1.500 Euro. Mittelmäßige Arbeitszeugnisse. Er war eine Zeitlang in unregelmäßigen Abständen montags krank. Das hörte auf, als ein Arzt ihm gesundheitliche Probleme wegen der Leber bestätigte. Schaffer trifft sich einmal die Woche mit Kollegen vom Wachschutz in einer Kneipe, die *Berliner Eck* heißt. Er wurde schon einmal angezeigt wegen häuslicher Gewalt – gegen seine jetzige Frau. Sie hat die Anzeige zurückgezogen.« Menz klappte den Schnellhefter zu und legte ihn zu dem anderen.

Lohmeier hatte aufmerksam zugehört. »Das stand alles bei uns in den Akten?«

»Mehr oder weniger«, sagte Menz und sah zum Fenster hinaus.

»Was heißt das nun wieder?«

»Ich habe mich ein wenig umgehört und schlau gemacht, weil wir praktisch nichts über die beiden in unseren Akten hatten, von der zurückgezogenen Anzeige mal abgesehen.«

»Umgehört? Bei wem?«

»Im Internet.«

»Das alles steht im Internet? Da kann jeder so einfach dran?«

»Mehr oder weniger ...«

»Menz!«

Der Kollege rang mit sich. »Ich glaube, das möchten Sie nicht so genau wissen.«

»Weil die Technik so kompliziert ist?«, fragte der Kommissar mit einem Augenzwinkern.

»Genau.« Menz' Gesicht war mittlerweile tomatenrot.

»Dann behalten Sie es lieber für sich«, sagte Lohmeier und grinste hintergründig. Hatte sich der Kollege in fremde Computer eingeschlichen?

* * *

Der Mann mit der hohen Stirn hockte in sich zusammengesunken auf dem Stuhl, war auffallend blass und blickte unruhig nach allen Seiten. Immer wieder einmal nippte er an dem Glas Wasser, das vor ihm auf dem Tisch stand. Daneben vegetierte ein belegtes Brötchen unberührt und luftdicht in Plastikfolie verschweißt vor sich hin.

Lohmeier und zu Bickenbach standen schon eine ganze Weile im Nebenraum hinter einer verspiegelten Glaswand und schauten zu.

»Der macht sich vor Angst in die Buxe«, sagte der Graf. »In der Kantine immer große Töne spucken. Da hörst du ihn gleich, wenn du den Raum betrittst. Aber hier ...«

Lohmeier schwieg und starrte in den Verhörraum.

»In der Firma geht das Gerücht um, er würde seine Frau schlagen. So eine Kleine von knapp 1,50 m. Typ Twiggy.« Der Graf seufzte und ging ein paar kleine Schritte auf und ab. Sein Gehstock klackerte schnell und hart über den Boden. »Feiges Schwein«, murmelte er. »So einem traue ich alles zu.«

Der Kommissar schwieg immer noch.

»Wie lange willst du ihn dir noch ansehen, Lohmi? Der Kerl ist reif wie ein Spargel Ende Mai.«

»Dann los.«

Sie betraten den Raum, und Schaffer schreckte hoch.

»Mein Name ist Lohmeier, den Kollegen zu Bickenbach kennen Sie ja.«

»Herr Graf, was machen Sie denn hier?« Die hohe Stirn legte sich in Falten. Acht Furchen zählte der Kommissar.

»Die Wahrheit finden, Schaffer. Warum haben Sie Heisen vom Dach gestoßen?«

Schaffer wurde noch blasser. »Hab ich nicht! Ich wusste bis heute Mittag gar nicht, dass er tot war.«

Lohmeier schlug eine Akte auf.

»Wollten Sie durch den Diebstahl des Computerprogramms Ihre Geldsorgen loswerden?«, fragte der Kommissar.

»Welche Geldsorgen?« Acht Falten und eine Ader, die sich von der Nasenwurzel zur Stirn hoch unter der blassen Haut abzeichnete. Entweder würde der Typ gleich cholerisch herumschreien oder in sich zusammenbrechen, vermutete der Kommissar. Er konnte nur noch nicht sagen, welches Extrem sich durchsetzen würde.

»Der Hauskredit.«

»Nein.«

»Sie wollten die Schulden nicht loswerden?«

»Ich meine, ich habe nichts gestohlen. Wie auch? Ich verstehe überhaupt nichts von Technik.«

Das würde dann erklären, warum Heisen diese Arbeit übernommen hatte, dachte der Kommissar. »Wie haben Sie von dem Tod Heisens erfahren?«

»Ich glaube, ich möchte einen Anwalt sprechen ...« Schaffer wimmerte ein wenig. Die Stirn war wieder glatt, die Ader verschwunden. Dafür schwitzte er. Feine Tröpfchen bildeten sich am Haaransatz.

Plötzlich fuhr zu Bickenbach hoch, stützte sich auf seinen Stock und brüllte den Mann an: »Was glauben Sie, wo wir hier sind? Beim Kaffeekränzchen? Du Waschlappen, es geht um Landesverrat, um den Diebstahl von für die Sicherheit der Nation relevanten Computerprogrammen. Das ist Terrorismus. Du weißt doch, was das bedeutet?«

Schaffer war zusammengezuckt und schnappte nun nach Luft, brachte aber keinen Ton heraus.

»Al-Kaida? Schon mal gehört? Dann ist dir auch klar, dass wir hart durchgreifen seit 2001. Du kannst dir deinen Anwalt in den Arsch schieben! Da wird keiner kommen. Wir packen dich in ein dunkles Loch und holen dich nur wieder raus, um deinen beschissenen Kopf in eiskaltes Wasser zu tauchen, bis die Lungen platzen. So sieht deine Zukunft aus!«

»Ich habe doch nur mit ihr gebumst«, schrie Schaffer und zugleich roch Lohmeier es. Scheiße, dachte er, das fehlt mir noch.

»Was heißt ›nur gebumst‹«, herrschte zu Bickenbach, dessen Nase offenbar nicht so schnell war, den Mann an.

»Die Frauke und ich. Abends, wenn der Heisen seine Tour machte. Dann liebten wir uns eben – kurz!« Seine Stimme wurde immer schwächer.

»Wo?«

»Auf der Tioeraslfljasklf«

»Bitte?«

»Toilette, Toilette, Toilette! Wir lieben uns auf der Toilette.« Jetzt schrie er wieder, während ihm Tränen die Wangen herunterliefen.

»Du hast deinen Platz verlassen und auf der Toilette die Kollegin gefickt und deswegen nicht gesehen, wie Heisen das Computerprogramm geklaut hat und wie er ermordet wurde? Ist das deine Geschichte?« Zu Bickenbach brüllte immer noch.

Lohmeiers Stirn legte sich in Falten.

Schaffer nickte.

»Ich kann dich nicht hören!«

»Ja, ja, das ist meine Geschichte. Wir haben erst später festgestellt, dass die Aufzeichnung nicht lief und sie einfach wieder angeschaltet.«

»Hätten Sie nicht auch zu Hause mit Frau Bieling ...?«, fragte Lohmeier ruhig.

»Wir sind beide verheiratet!«

»Und dass Heisen nicht mehr aufgetaucht ist, hat Sie nicht gestört?«

»Heisen hat es nie so eng mit der Arbeitszeit genommen. Wenn der seine Runde durch hatte, ist er gegangen. Er wusste ja, dass wir ihn nicht verpetzen würden.«

* * *

Der Verkehr auf der Corneliusstraße riss auch in den Abendstunden nicht ab. Noch immer fuhren viele Pendler über die Ausfallstraße gen Süden aus der Stadt. Dieter Menz hatte erst Lohmeier nach Hause gefahren, sich dann zu Hause umgezogen, geduscht und war noch einmal mit klopfendem Herzen aufgebrochen. Seinen Wagen parkte er zwanzig Minuten später am Fürstenplatz und lief den Rest. Zwar schwamm er in der abendlichen Bewegung der Stadt mit wie ein Fisch im Schwarm, aber er bemerkte weder den Abgasgestank noch die Menschen, die ihm auf der Straße entgegenkamen. Er war mit den Gedanken ganz woanders.

Kurz darauf blieb er vor dem schäbigen Eingang eines Mehrfamilienhauses stehen und drückte dreimal kurz hintereinander auf die Klingel. Der Türsummer brummte und er betrat den Flur. Die engen Holztreppen zum vierten Stock flog er förmlich hoch. Ein Fünfzigerjahre-Bau, einigermaßen gepflegt von innen. Menz kannte andere Behausungen von Freunden aus der Studentenzeit. Verwahrloste Gebäude mit Schimmel im Keller und kaputten Treppenstufen. Wie die Bewohner, so die Unterkunft.

Sie stand lässig in der Wohnungstür, die blonden Haare zum Zopf gebunden. Als Menz den vierten Stock erreichte, versank er mit seinen Lippen in ihren.

Einige Zärtlichkeiten später lachte Christine und schob ihn von sich. »Wie wär's mit Reingehen? Oder soll die ganze Nachbarschaft zusehen?«

Er seufzte wohlig und streifte die Schuhe ab.

Sie nahm ihn bei der Hand und führte ihn durch einen schmalen Flur in die hell erleuchtete Küche. »Didi, was ist? Du machst so ein bedrücktes Gesicht.«

»Lohmeier ist heute irgendwie sauer auf mich. Ich weiß aber nicht, warum. Wir kommen in dem Fall gut voran und arbeiten mit den neuen Kollegen effizient zusammen.«

»Neue Kollegen?«

»Verfassungsschutz. Aber behalte es bitte für dich.«

»Nett?«

»Philipp ja. Sein Chef ist so ein alter Kauz und Freund von Lohmeier. Die hocken zusammen und machen erst einmal alles unter sich aus, bevor sie Infos weitergeben. Vertrauensvolles Arbeiten sieht anders aus.«

Sie nahm ihm die Kappe vom Kopf und fuhr mit der Hand durch die verwuschelten Haare. »Gräme dich nicht. Ich habe versucht, Waffeln zu backen.« Sie grinste ihn keck an.

Gerührt nickte Menz und nahm die junge Frau erneut fest in den Arm. Mund auf Mund. Eine kurze Ewigkeit.

»Doch leider ist mein Waffeleisen kaputt gegangen, wir haben nur die Rohmasse ...«

»Hm, was machen wir denn jetzt?« Er schälte sich aus der Jacke und hängte sie über einen der vier Stühle, die aussahen, als kämen sie vom Antikmarkt. Es roch gut in der Küche. Nicht nach Gebackenem, aber irgendwie gut nach Lebensmitteln.

Sie fuhr mit dem Finger durch die Masse, die in einer Schüssel auf dem Küchentisch parkte.

»Probier doch mal.« Genüsslich leckte er ihren Finger.

»Ich wüsste da noch was«, flüsterte sie ihm ins Ohr, während sie sich am Gürtel seiner Hose zu schaffen machte.

Menz zog überrascht die Luft ein, fing dann aber an, mit flinken Fingern, ihre Bluse aufzuknöpfen.

»Ich bin schneller«, giggelte sie und schon rutschte seine Hose auf die Knöchel.

»Das sind auch weniger Knöpfe ...«

* * *

Philipp Müller trat aus dem Polizeipräsidium heraus und bedeckte die Augen. Die Sonne stand tief. Einen Moment überlegte er, ob er die Sonnenbrille aufsetzen sollte, entschied sich aber dagegen. So schlimm war es jetzt auch nicht. Er würde sich an das Licht gewöhnen.

Er schlenderte Richtung Carlstadt zum Schwanenmarkt. Den Wagen ließ er auf dem Parkplatz des Innenministeriums stehen, da er es nicht weit bis nach Hause hatte. Auf der Hohen Straße kamen ihm noch etliche Leute entgegen, einige kannte er vom Sehen, den Bäcker oder den freundlichen Inhaber eines Bettengeschäfts. Am Carlsplatz, dem großen Dauermarkt der Stadt, machten die Händler langsam dicht. Er schaute auf seine breite Sportuhr und wusste, dass ihm nur wenig Zeit blieb, das Abendessen einzukaufen. Die Verkäufer am Fischstand trugen blau-weiß gestreifte Schürzen und waren im Begriff, den Fisch ins nahe gelegene Kühlhaus zu packen. Er lächelte eine Frau Mitte fünfzig an, die die Auslagen putzte.

»Guten Abend!«

»Ach, hallo Herr Müller. Sie sind spät dran.«

Er zuckte mit den Achseln.

»Kabeljau?«

Er nickte. Heute war ihm nicht nach Reden. Seine Gedanken kreisten um das gestohlene Computervirus. Eine Katastrophe. Die Amerikaner hatten jahrelang geheimhalten können, dass sie angeblich in Zusammenarbeit mit den Israelis einen Wurm entwickelt und in iranische Atomanlagen eingeschleust hatten, der empfindliche Bauteile steuern, überlasten und somit zerstören konnte. Das war aber noch in alter Spionagemanier geschehen. Einen Mann einschleusen, der das Virus auf die Computer aufspielte. Denn diese Steuereinheiten konnte man nicht per Internet erreichen. Dass dieses Virus dann doch in die freie Wildbahn entkommen war, musste ein dummer Zufall gewesen sein.

Die Verkäuferin nahm den Fisch aus einer zweiten Auslage, packte ihn in Papier ein und ging zur Kasse. Sie fragte nicht, ob er noch einen Wunsch hätte. Er nahm immer nur einen Kabeljau. Sie nannte ihm einen Betrag, den er gar nicht wirklich mitbekam. Er reichte ihr in Gedanken versunken einen Zehn-Euro-Schein.

Dass die Bundesregierung auch ein Virus bauen ließ, war naheliegend und vernünftig aus seiner Sicht. Peinlich war allerdings, dass diese Waffe noch vor einem ersten Einsatz geklaut worden war. Unter wachsamen Augen!

Er nahm das Wechselgeld und trottete mit hängendem Kopf die Bergerstraße hinunter, er sah nicht die Touristen, die sich in den Lokalen der Altstadt tummelten, und auch nicht die Obdachlosen, die ihre Zeitung verkauften oder vor dem Supermarkt hockten und Bier tranken. Er bog einmal links und einmal rechts ab und schloss die Haustür auf. Ein paar Stufen und er war endlich zu Hause.

Jacke auf einen Bügel, Schuhe ins Regal, Pantoffeln an, die Aktentasche auf ihren Platz an der Garderobe. In der Küche trank er einen Schluck Wasser, spülte das Glas und stellte es zurück in den Schrank.

Das Telefon klingelte. Nach dem dritten Schellen sprang der Anrufbeantworter an. »Hallo Philipp, hier ist die Mama. Bist du da?«

In einem ersten Impuls ging er Richtung Telefon, nahm dann aber doch nicht ab. »Also, wenn du nicht da bist, ruf doch zurück. Papa möchte wissen, ob du am Wochenende zum Frühstück kommst. Kuss.«

Er lächelte. Papa wollte das sicher nicht so sehr wissen wie seine Mutter selbst. Doch meistens schob sie andere Leute vor, um etwas zu erfahren. Er seufzte, weil er wusste, dass er am Wochenende wohl nicht bei seinen Eltern in der Eifel frühstücken würde. Statt Hillesheim stand Düsseldorf auf dem Plan, denn der Alte würde unter Garantie auch am Wochenende arbeiten wollen. Heisen hatte unbemerkt das Virus entwendet und war tot. In wessen Händen war das Virus jetzt? Was hatten sie übersehen?

3. Kapitel

Eigentlich mochte ich Gereons neue Wohnung. Die Küche war gemütlich im Licht der aufgehenden Herbstsonne, das Bier von meiner Lieblingsbrauerei und kalt und die Schlafcouch im Wohnzimmer neu und zu weich. Dass ich trotzdem die Nacht über kein Auge zugetan hatte, konnte also nicht an meinem Gastgeber und seiner Behausung liegen. War es die Angst vor Narkovs nächstem Schritt? Nein! Das Problem kam aus einer anderen Richtung.

Ich sah mit müden Augen auf das Metallrohr, in dem zu Bickenbachs Gemälde steckte. Mein Flug ging in zwei Stunden. Gleich würde ich zum Flughafen aufbrechen. Und ich hatte Muffensausen. Elende Flugangst. Gereon hatte mir eine Schlaftablette hingelegt. »Die nimmst du nachher und spülst sie mit einem Whiskey runter, den du dir im Duty-Free-Shop auf dem Flughafen gönnst.« Ich fand Alkohol hin und wieder ja ganz nett, aber in Verbindung mir einer Schlaftablette ...

»Ist gegen die Angst und wirkt immer«, sagte er. »Du wirst den Flug genießen.«

Danach war er zur Tür raus und fort zum Gefängnis. Da wollte wohl jemand seine Sünden bekennen. Doch zunächst musste ich mich um ein anderes Problem kümmern. Ich öffnete das verplombte Metallrohr, zog vorsichtig den Inhalt heraus und stutzte: keine gewöhnliche Leinwand, wie ich es erwartet hatte. Das Material war deutlich gröber. Sackleinen, wie bei alten Kartoffelsäcken, was mich an Gauguin erinnerte. Der hatte auf seinen Inseln damals angeblich dieses Material verwendet. Ich rollte zu Bickenbachs Gemälde aus und erstarrte. War das ein schlechter Witz?

Es zeigte ein Herz in roter Farbe. Wobei Farbe wohl der falsche Begriff war. Ich führte den Stoff ganz nah an mein Auge. Das war Blut! Abrupt legte ich das Bild auf den Tisch zurück. Blut. Tierblut wahrscheinlich. Ich warf einen Blick auf die Signatur. Der Name war mir bekannt. Ein spanischer Künstler, der zum Teil sehr ungewöhnliche Materialien verwendete. Das also passte und ließ zugleich das Schlimmste befürchten. Ich stand auf und lief wie ein Panther hinter Stäben in der fremden Küche auf und ab. Die Anspielung auf meinen Namen musste zufällig sein, denn immerhin hatte mich Lohmeier empfohlen. Nächste Frage: Kam ich damit durch die Flughafenkontrollen? Das waren sicher keine Spezialisten für Blut. Wenn es Blut war.

Ich eilte in Gereons Arbeitszimmer und schaltete den alten PC ein. Während er hochfuhr, trommelte ich mit den Fingern auf der Schreibtischplatte und ließ den Blick durch das Zimmer irren. Ein schmaler Raum mit einer Bücherwand an der Längsseite, die vom Boden bis zur Decke reichte. Vollgestopft mit Philosophie und Theologie. Mir sagte kein einziger Titel etwas, von der Bibel mal abgesehen. Und die hatte er in Dutzenden von Ausgaben.

Der Computer war endlich wach, und ich suchte im Internet nach den Begriffen Blut und Sackleinen. Da war es: *Sangre de corazón,* Blut auf Sackleinen. Des Künstlers eigenes Blut. Ich fuhr den Computer runter und blieb eine Weile nachdenklich sitzen, dann fasste ich einen Entschluss und ging zurück in die Küche.

Statt die Eisenverpackung erneut zu benutzen, legte ich sie auf Gereons Küchentisch und wühlte im Schrank nach einer verstärkten Papprolle. Damit würden die Kontrolleure mich an der Kontrolle des Flughafens bestimmt durchlassen. Bei dem Metallding war ich mir nicht sicher. Am Ende hielten die Uniformierten es für eine Waffe und nahmen es mir ab. Nein, ich wollte kein unnötiges Risiko eingehen. Und zu Bickenbach fragen, war mir zu unsicher. Der wusste es wahrscheinlich auch nicht besser.

Schnell wieder Unterwäsche, zwei Hemden, eine Hose, ein paar Schuhe und den Kulturbeutel zurück in die Segeltuchtasche und ab durch die Mitte. Ein Taxi hatte Gereon mir gestern noch telefonisch vorbestellt, und als es schellte, griff ich nach dem Gemälde und meinen Sachen, warf die Tür ins Schloss und eilte die Treppen hinunter.

Unterwegs versuchte ich noch ein paar Mal, Lohmeier auf seinem Handy zu erreichen. Das alte Spiel: »Der Teilnehmer ...«

Gut, ich befand mich immer noch im Unklaren über die Person meines Auftraggebers. Aber immerhin kam ich seinetwegen ein wenig in der Welt herum. Ein paar Guinness trinken und ein wenig Inselflair genießen war auch nicht das Schlechteste. Hauptsache, ich würde im Flieger keine Panikattacke kriegen und völlig ausflippen.

Der nette Taxifahrer mit bayrischem Akzent öffnete mir die Tür, nahm mir die Tasche ab, verstaute sie im Kofferraum und fuhr los. Geschmeidig floss er im dichten Verkehr. Antenne Düsseldorf spielte Lieder wie *Rolling In The Deep* von Adele oder *Radio Gaga* von Queen, während ich mit den Fingern den Takt dazu trommelte. Der Fahrer belästigte mich nicht mit Gesprächen über das Wetter oder mein Reiseziel, was ihm ein nettes Trinkgeld einbrachte, als er mir die Tasche am Abflugterminal reichte und einen guten Flug wünschte.

Am Flughafen war nicht viel los. Ich passierte die Kontrollen ohne Probleme und scherzte noch ein wenig mit dem Security-Personal über das Bild. Wenige Minuten später saß ich in der Filiale einer amerikanischen Kaffee-Rösterei, deren

Preise nicht nur am Flughafen meinen Blutdruck in die Höhe trieben. Doch der junge Mann mit den Wuschelhaaren hinter der Theke war nett und engagiert. Meine Bestellung wurde ruckzuck ausgeführt, und kurz darauf ließ ich mich mit einem halben Liter Karamell-Latte in einen gemütlichen Sessel fallen, schnupperte die von Kaffeearoma getränkte Luft und hörte dem Rauschen des Espresso-Automaten zu. Mein Herz schlug bis zum Hals. Ich versuchte, die ganze Angelegenheit positiv zu sehen. Vielleicht tat mir die kleine Reise sogar gut. Ich nahm mir vor, gleich noch einen Reiseführer für Irland zu kaufen. Warum nicht die Küste im Süden bei Cork besuchen, dann den Ring of Kerry, von dem mir Freunde schon seit Jahren vorschwärmten?

Mein Blick fiel auf eine kleine Frau, die ihre Spiegelreflexkamera vor sich auf den Tisch legte, als sie sich ebenfalls mit einem riesigen Becher Kaffee in meine Nähe setzte. Ich war sogleich elektrisiert. Ein Profigerät, mehrere tausend Euro teuer und schon seit Jahren ein großer Wunsch von mir. Stunden hatte ich in den Shadowarkaden meine Nase am Schaufenster des Fotoladens plattgedrückt, nur um begierige Blicke auf ihren formvollendeten Körper zu werfen: schwarzes Gehäuse, eingebauter Blitz und ein großes Display. Doch die inneren Werte waren es, die mich von ihr überzeugten. Mit dem richtigen Objektiv konnte selbst ein Stümper preisverdächtige Fotos schießen. Mein Traum lag keine drei Meter von mir entfernt.

Die Besitzerin war definitiv eine Südländerin, irgendetwas zwischen Griechenland und Portugal: klein, zierlich aber drahtig dabei, lange, schwarze Haare. Ein Mann trat an sie heran und redete auf sie ein – also eigentlich brüllte er, fand ich. Die Sprache kam mir wie Italienisch vor. Sie antwortete in gleicher Lautstärke, was ich dem kleinen Körper gar nicht zugetraut hätte. Das wurde mir zu stressig. Ich kippte meinen Kaffee herunter und schlenderte lässig zu dem Laden mit Büchern und Zeitschriften und durchstöberte erst die Bestseller, dann die Reiseführer. Ich kaufte ein handliches Irland-Exemplar und pilgerte zum Duty-Free-Shop. Es galt, einen Whiskey zu kaufen und damit die verdammte Tablette zu schlucken.

Wir wollen uns da oben in der Luft doch nicht blamieren, oder?

* * *

Lohmeier warf eine Münze in den Automaten, drückte auf die Taste *Kaffee*, ignorierte die Optionen *Zucker* und *Milch* und trat einen Schritt zurück. In beinahe meditative Trance versunken sah er zu, wie der Plastikbecher in die Halterung fiel und wie eine schwarzbraune Sauce sich in den Becher quälte, begleitet von einem apokalyptischen Dröhnen. So plötzlich wie der Krach begonnen hatte, endete er.

Lohmeier wartete noch einige Sekunden regungslos auf dem Gang, erst dann griff er zu. Der Becher war noch heiß und natürlich verbrannte er sich. »Mist«, murmelte der Kommissar und fasste nur noch den Rand mit Daumen und Zeigefinger an. Das würde ein saumäßiger Tag werden. Gestern zu vorgerückter Stunde hatte diese Bieling die Geschichte von Schaffer bestätigt. Die beiden hatten Heisens Runden »gelegentlich« für ihre privaten Schäferstündchen genutzt. Sie waren ja so verliebt. Nur leider auch anderweitig verheiratet.

»Heisen muss das Ganze alleine ausgeheckt haben«, hatte die Bieling erklärt. »Sicher hat er die Bänder abgeschaltet.«

»Und sicher hat er sich dann auch erst niedergeschlagen und danach vom Dach geworfen?«, spöttelte Lohmeier.

Die Frau sah ihn irritiert an. »Ich verstehe nicht.«

»Sie verstehen ziemlich gut«, sagte er leise.

»Was passiert jetzt mit mir?«

Lohmeier wandte sich an den Streifenbeamten, der in der Ecke des Raums auf einem Stuhl hockte und unbeteiligt an die gegenüberliegende Wand starrte. »Führen Sie sie bitte ab.«

»Ich habe doch nichts getan«, zeterte sie.

Das wird dein Mann sicher auch so sehen, dachte Lohmeier, der Ehebruch feige und schändlich fand.

Als ob Frau Bieling seine Gedanken erraten hätte, wurde sie bleich. »Sagen Sie, mein Mann muss aber doch nichts davon erfahren?«

»Er wird schon wissen wollen, warum seine Frau plötzlich in Untersuchungshaft ist ...«

Sie schlug kurz die Hände vor den Mund. »Nein! Bitte nicht. Er würde das nicht verstehen. ... Und wir lieben uns. Und die Kinder.«

Der Kommissar nickte dem Beamten aufmunternd zu, folgte Frau Bieling mit den Augen, wie sie das Verhörzimmer verließ und auf dem Gang nach rechts abgeführt wurde.

Waren die beiden die Täter? Er wusste es nicht. Noch nicht. Möglicherweise hatten sie Heisen umgebracht. Vielleicht waren sie aber auch nur Mitläufer. Oder vielleicht sagten sie die Wahrheit. In jedem Fall würden sie am nächsten Tag dem Untersuchungsrichter vorgeführt werden. Der konnte dann entscheiden, ob es für eine Anklage reichte.

Als er zu Hause ankam, war Helena »not amused« und funkelte ihn an. Er zuckte mit den Achseln.

»Ich war verabredet«, sagte sie mit vor Wut zitternder Stimme.

»Tut mir leid.«

»Ich bin einmal in der Woche verabredet, und alles, was dir dazu einfällt, ist: ›Tut mir leid‹?«

»Ich bin Polizist, wir haben einen Mord und hatten ein paar Verdächtige zu befragen. Da konnte ich nicht weg. Ist Gerd nicht zu Hause?«

»Lass unseren Sohn aus dem Spiel. Es geht hier um dich und mich. Ich habe das so satt, Markus! Ab sofort nehmen wir uns ein Kindermädchen.«

»Die sind aber ...«

»Teuer? Das ist egal. Wenn du nicht pünktlich sein kannst! Ich habe keine Lust, immer auf mein bisschen Vergnügen zu verzichten. Du glaubst, Mutter zu sein, ist wie eine Beamtenstelle? Nein. Da täuschst du dich gewaltig. Falls du es schon vergessen hast: Mutter zu sein, bedeutet vierundzwanzig Stunden Bereitschaft und mindestens sechzehn Stunden Dienst. Und ich werde mich nach einer Putzfrau umsehen.«

»Was?«

»Ist dir auch zu teuer?«

»Na ja.« Helena war wirklich geladen, dachte Lohmeier und zog den Kopf ein.

»Passt dir nicht? Gut. Dann gehe ich eben in ein paar Monaten wieder arbeiten und wir bezahlen eine Tagesmutter. Ich bin doch nicht der Depp vom Dienst!«

»Helena ...«

»Kindermädchen und Putzfrau oder ich mache ab Februar wieder meinen Job!«

Eine Weile hörte man nur das Ticken der großen Pendeluhr.

»Kindermädchen und Putzfrau«, seufzte Lohmeier resignierend.

»Gut so. Und damit du ein wenig Ruhe zum Nachdenken hast, schläfst du heute Nacht auf der Couch!« Sie drehte sich wortlos um und eilte die Treppen hinauf.

Er hörte, wie die Tür ins Schloss fiel und der Schlüssel umgedreht wurde. Bockmist.

Er hatte es sich gerade auf der Couch unbequem gemacht, da hörte er den Schlüssel in der Haustüre. Kurz darauf schlurfte sein Sohn mit Straßenschuhen und Jacke durch das Wohnzimmer in die Küche, holte sich ein Glas Milch, kam zurück und fragte: »Wieder Stress?«

Lohmeier presste nur die Lippen aufeinander und nickte. Helena war nicht immer so, das wusste er. Aber manchmal, wenn sie sich besonders ärgerte, wurde sie zur Furie und er lag die halbe Nacht wach.

»Morgen, Chef«, grüßte Dieter Menz mit Elan und holte Lohmeier aus trüben Erinnerungen in die trübe Gegenwart zurück.

Der hat mir gerade noch gefehlt, dachte der Kommissar und brummelte etwas.

»Ich habe gute Neuigkeiten!«

»Wie schön für Sie.«

»Für uns, Chef. Für uns!«

»Wie schön für uns.« Immerhin schien Menz vom kategorischen Ich zum Wir zurückzukehren.

Sie liefen gemeinsam zum Büro.

»Wollen Sie denn gar nicht wissen, worum es geht?«

»Ich kann es kaum erwarten!« Fast hätte er »Demenz« ergänzt.

D. Menz hob die Mappe hoch, die er in der Hand hielt. »Die Fingerabdrücke vom Geld sind ausgewertet. Es gab einen Treffer in der Datenbank!«

* * *

»Sie sitzen auf meinem Platz!«

Ich blickte überrascht auf und sah in ein lächelndes Gesicht. Die Italienerin aus dem Kaffeeladen stand vor mir. Eine Schlange ungeduldiger, zum größten Teil männlicher Passagiere im Schlepptau, die sich nur zu gerne in dem engen Gang des Airbus 320 an ihr vorbeigedrängelt hätten, um auf Tuchfühlung gehen zu können.

Sie wedelte mit ihrem Ticket vor meinem Gesicht herum und grinste mich an: »Hopp, hopp!«

Ich hob entschuldigend die Hände, kramte mein Ticket heraus und erkannte, dass mich der mittlere Platz getroffen hatte. Schön ist was anderes – neben dem schnaufenden Herrn, der – seit er sich vor ein paar Minuten auf seinen Fensterplatz gesetzt hatte – kein einziges Mal den Blick von der Tragfläche abwenden konnte. Er tupfte sich unablässig die Stirn mit einem Stofftaschentuch und ich vermutete, ihn plagte die blanke Angst, denn warm war es in diesem Flieger wahrlich nicht. Die eingeschaltete Klimaanlage wollte uns offensichtlich schon auf das Wetter in Irland oder den Winter in Deutschland vorbereiten. Nun ja, da war ich mit meiner Panik nicht alleine, auch wenn ich gerade nichts davon spürte. Eigentlich spürte ich kaum etwas außer Benommenheit und Müdigkeit. Die Tablette und der Alkohol wirkten bereits. Lange würde ich mich nicht mehr wach halten können.

Ich rückte auf und sah dann zu, wie die Italienerin ihre knapp 1,60 Meter reckte, um ihre Fototasche in die Gepäckablage zu packen. Ein schlanker Schönling, der aus einer Ralph-Lauren-Werbung entsprungen schien, bot seine Hilfe an und nutzte die Gelegenheit, um die kapriziöse Frau gleich tüchtig anzubaggern, während die restlichen Passagiere sich die Beine in den Bauch standen. Erst die unhöfliche Aufforderung einer Flugbegleiterin zwang ihn zum Weitergehen. Ich grinste benommen, schüttelte leicht den Kopf und kuschelte mich in den Sitz.

Als mich eine Hand leicht an der Schulter berührte, wachte ich auf. Verschlafen stellte ich fest, dass ich sowohl die Vorführung der Flugbegleiterinnen zu den Sicherheitsmaßnahmen als auch den Start verpennt hatte. Wir befanden uns hoch in der Luft, und es wurde bereits ein leichtes Essen gereicht.

»Ich dachte, Sie könnten etwas zu essen gebrauchen«, erklärte meine Nachbarin mit einem leichten Akzent, nahm ihre Hand von meiner Schulter.

Ein wenig lustlos aß ich die Mikrowellen-Tortellini. Fades Zeug, fette Sauce. Ich war immer noch groggy, aber offenkundig nicht in Panik. Gutes Zeichen. Ich sah kurz zu meiner Nachbarin. Sie musste mich schon eine Weile angeschaut haben.

»Wo kommen Sie her?«, fragte sie und lächelte freundlich.

»Düsseldorf«, antwortete ich einfältig. »Und Sie?«

»Ich auch.«

»Und ursprünglich?« Der Akzent war nicht zu überhören.

»Aus Neapel, Italien.«

»Ja, das dachte ich mir schon.«

»Dass ich aus Neapel komme?«

»Nein, dass Sie aus Italien kommen …«

»... wegen meines Akzents?« Sie lächelte.

»Fliegen Sie nach Irland in den Urlaub?«, wechselte ich schnell das Thema, denn plötzlich fühlte ich mich unwohl bei dem Gerede über Nationalitäten. Zu schnell rutschte man in

Klischees ab oder erwischte den Gesprächspartner sogar auf dem falschen Fuß mit Halbwissen über das andere Land.

»Ich bin Fotografin und mache eine Reportage über Dublin. Danach möchte ich mir noch den Ring of Kerry ansehen.« Meine Reiseroute, dachte ich. »Daher die tolle Kamera!«

Sie sah mich fragend an.

»Vorhin im Coffeeshop saßen Sie am Nebentisch und tauschten Objektive aus. Da konnte ich das gute Stück bewundern.«

»Sie verstehen was davon?«

»Nein, nein.« Ich hob abwehrend die Hände. »Ich mache aus Spaß hier und da mal ein paar Fotos. Schwarz-Weiß-Aufnahmen. Nichts Besonderes.« Verdammt, warum laberte ich so viel? Wohl doch noch Flugangst.

»Haben Sie ein paar dabei?«

Ich schüttelte den Kopf.

»Ach, kommen Sie. Auf Ihrem tollen Handy ist doch sicher das eine oder andere Foto aus Ihrer Sammlung!«

Schlaues Mädchen! Ich zögerte.

»Zeigen Sie mal«, rief sie und griff beherzt nach meinem Telefon, das in der Sitztasche vor mir steckte.

Ich nahm es ihr aus der Hand. »Erst mal einschalten«, sagte ich grinsend. Noch bevor ich meine PIN eingeben konnte, stürzte eine Flugbegleiterin auf uns zu. »Keine Handys!«

»Flugmodus?«

»Dann ja.«

Ich spürte die Körperwärme meiner Nachbarin. Sie rückte näher an mich heran, um besser sehen zu können. Ich gab die PIN ein.

»Warum fliegen Sie denn nach Irland«, fragte sie.

»Beruflich«, wich ich aus.

Etwas blitzte in ihren Augen auf. »Jetzt bin ich aber neugierig.«

Ich überlegte einen Augenblick, ob ich eine Geschichte erfinden sollte. Doch wozu? Mein Beruf war keine Schande. »Ich bin Privatdetektiv.«

Ihre Augen wurden größer. »Nein!« Sie sah sich verschwörerisch um und fragte dann spitzbübisch: »Verfolgen Sie gerade jemanden?«

Ich war mir sicher, dass sie mich auf den Arm nahm, und lächelte scheu. »Ich transportiere für einen Kunden ein Bild zu einer Auktion, die in Dublin stattfindet.«

Mein Mobiltelefon signalisierte uns, dass es bereit war. Sie öffnete den Mund. Sicher wollte sie nachhaken. Doch ich kam ihr zuvor, weil ich nicht länger über meinen Job reden wollte. »Die Fotos wären dann soweit.«

* * *

»Haben Sie auf die Schnelle etwas über diesen Geldgeber erfahren?«, fragte Lohmeier, als er sein Büro mit zwei Bechern Kaffee betrat.

»Probst? Ja, ein wenig.«

Der Kommissar stellte den zweiten Becher auf Menz' Tisch. »Mit zwei Stück Zucker und extra Milch.«

Menz sah seinen Chef überrascht an. »Danke.«

»Was sagen Ihre »Quellen«?«

»Joachim Probst, achtundvierzig Jahre, promovierte in Geschichte an der Uni München. Er ist geschieden, Ex-Frau wohnt im Schwarzwald, zwei erwachsene Kinder; Probst lebt auf einem umgebauten Bauernhof im Düsseldorfer Umland. Der Bio-Hof dient auch als Basis der Aktivisten, die jüngst eine Gruppe mit dem Namen *Gegen Braun* gegründet haben. Das richtet sich nicht nur gegen den Konzern sondern ›gegen rechte Tendenzen in der Gesellschaft‹. So steht's auf der Homepage. Damit hat Probst sich bei einigen Aktivisten aus dem anderen Lager keine Freunde gemacht. Bei einer Demo gegen Neo-Nazis hat man ihn vor drei Jahren ziemlich übel zugerichtet: Rippen und Nase gebrochen, Gehirnerschütterung. Was man so hat, wenn man am Boden zusammengetreten wird. Täter wurden nicht ermittelt. Probst erhält auch regelmäßig Morddrohungen, sein Auto wird beschmiert. Er war auch schon bei Greenpeace und unterstützt die Occupy-Bewegung. Bücher sind im Eigenverlag erschienen: *Weltweiter Waffenhandel – unser aller Tod* und *Cyberwar – die stillen Terminatoren* sind die neuesten Werke. Sein erstes Buch hieß *Der braune Terror*. Seine Polizeiakte selbst ist aber auch nicht ohne.« Menz reichte Lohmeier eine Mappe, die der kurz durchblätterte.

»Dann wollen wir mal.«

* * *

»Herr Doktor Probst, mein Name ist Lohmeier, das ist mein Kollege Menz. Wie geht es Ihnen?«

»Ich sage nichts ohne meinen Anwalt!«

»Haben Sie Hunger oder Durst?«, fuhr Lohmeier fort.

»Was soll die Frage?«

»Ich muss das fragen, damit Sie uns später keine ›Grausamkeit‹ während der Vernehmung vorwerfen können. Ihr Anwalt wird Ihnen das sicher erklären. Es sei denn, wir definieren Sie als Terroristen. Da haben wir es natürlich viel einfacher.«

»Kann ich jetzt gehen?«

»Waren Sie auf der Toilette? Oder verspüren Sie die Notwendigkeit?«, fuhr der Kommissar bierernst fort.

»Sie können mich mal.«

»Ich werte das als ein Nein. Fürs Protokoll: Herr Probst hat ein Glas Wasser und ein Sandwich vor sich auf dem Tisch liegen. Würden Sie das bitte kurz ins Mikrofon bestätigen?«

»Wollen Sie mich auf den Arm nehmen?«, fragte Probst verärgert.

»Ja oder ja?«

»Ja, verdammt, hier ist ein Glas Wasser und ein Sandwich. Soll ich auch sagen, was drauf ist?«

»Sind Sie denn gegen Käse allergisch?«

»Nein, warum?«

»Dann brauchen Sie auch nichts zu sagen.«

Menz kicherte. Lohmeier sah ihn böse an.

Der Kommissar atmete tief ein und öffnete eine Akte, die vor ihm auf dem Tisch lag. »Sie haben ein ganz schön aufregendes Leben, Herr Probst. Zumindest wenn ich dem Geschriebenen hier Glauben schenken darf. Ruhestörung. Hausfriedensbruch. Widerstand gegen die Staatsgewalt. Oh, sieh an: Körperverletzung, das Opfer ist ein Polizist von der Hundertschaft. Das sehen wir gar nicht gern.«

»Das war auf einer Demo. Die Bullen haben angefangen auf uns einzuprügeln. Und ansonsten: Ohne meinen Anwalt sage ich nichts.«

»Müssen Sie nicht. Die Indizien reichen für eine Festnahme aus. Ein paar Fakten: Ihr Name ist Joachim Probst?«

Nicken.

»Sie sind der Anstifter zu den Demonstrationen gegen das Unternehmen Braun&Braun?«

»Das ist kein Unternehmen, sondern eine Waffenschmiede, mit deren Waffen sogar unsere eigenen Leute umgebracht werden. Alles für den Profit! Und ich bin kein Anstifter, sondern ein Organisator.«

Der Kommissar tat, als hätte er Probst nicht gehört, und fuhr unbeirrt fort: »Der Wachmann Manfred Heisen wurde bei Braun&Braun vom Dach gestoßen. Wir gehen von Mord aus, also einer Tat, mit dem Vorsatz jemanden umzubringen. Das führt zu besonders hohen Strafen. Wir haben 10.000 Euro in der Wohnung von Heisen gefunden. Auf dem Geldbündel waren seine und Ihre Fingerabdrücke. Da liegt der Schluss nahe, dass Sie ihm das Geld gegeben haben. Es gibt im Haus Nachbarn, die Sie gesehen haben wollen. Wofür waren die 10.000 Euro?«

Probst schwieg, aber er war merklich blasser im Gesicht geworden.

»Heisen hat ein gefährliches Computerprogramm gestohlen«, fuhr der Kommissar fort. »Die 10.000 Euro waren eine Anzahlung. Vielleicht wollten Sie ihm den Rest des Geldes nicht bezahlen. Es kam zum Streit bei der Übergabe. Sie haben ihn niedergeschlagen und dann vom Dach geworfen.«

»So ein Quatsch, wie soll ich denn ins Gebäude gekommen sein bei der Überwachung«, sagte Probst lakonisch.

»Sie bestreiten also nicht, Heisen das Geld gegeben zu haben, damit er das Programm klaut«, sagte Lohmeier und griente. Manchmal machten Verhöre richtig Spaß.

»Ich sage nichts ohne meinen Anwalt.«

»Sie haben aber bereits etwas gesagt. Und das belastet Sie schwer.«

Probsts Gesichtsfarbe war von weißlich zu einem leichten Grau gewechselt. Sein Blick hüpfte unstet hin und her.

»Ist Ihnen nicht gut?«, fragte Menz scheinheilig.

»Mord ist ein schweres Vergehen«, sagte Lohmeier lapidar. »Kooperation könnte natürlich beim Strafmaß helfen. Aber wenn Sie erst alles mit Ihrem Anwalt besprechen müssen, ist das natürlich kein Problem. Wir behalten Sie solange im Haus.«

Er schaltete das Mikrofon aus. »In der Sammelzelle ist doch noch Platz, oder?«

Menz nickte. »Da haben wir ein paar rechte Chaoten, Chef. Meinen Sie nicht, dass das ein wenig … unverantwortlich wäre? Ich meine, der Herr Doktor Probst ist ja ein bekannter Gegner. Und dann auch noch gegen die Waffenindustrie und so …«

Lohmeier winkte ab. »Nein, die werden sich schon benehmen. Die haben doch schon einen Totschlag am Hals. Wer will da nicht einen guten Eindruck machen? Ich seh da kein Problem.«

Menz zuckte mit den Achseln. »Sie sind der Chef.«

Beide Beamte erhoben sich.

Probsts Stimme war nur noch ein Piepsen. »Das kann nicht Ihr Ernst sein!«

Menz und Lohmeier gingen zur Tür, als hätten sie nichts gehört.

»Ey! Ich rede mit euch!«

Der Kommissar öffnete die Tür und rief einem Uniformierten zu: »Bringen Sie Probst bitte in die Sammelzelle.«

»Ich war das nicht. Ich habe Heisen nicht umgebracht!«

Lohmeier drehte sich noch einmal um. »Wann kommt Ihr Anwalt noch mal?«

»Ich bestehe auf einer Einzelzelle! Ich bin gefährdet! Die rechten Schweine machen mich doch platt!«

»Sonderbehandlung gibt es nicht umsonst. Kollege, führen Sie ihn bitte ab.« Der uniformierte Beamte trat an Lohmeier vorbei in den Raum.

»Und wenn ich rede?«

»Das wäre natürlich etwas anderes.«

»Das ist Erpressung!«

»Ich nenne das Wahlfreiheit.« Lohmeier schaltete das Aufnahmegerät wieder an.

* * *

Wir standen ein paar Schritte neben dem Gepäckband in einer Traube Reisender, die mit uns aus Düsseldorf gekommen waren. Meine Flugbekanntschaft deutete auf einen roten Koffer, der sich uns näherte.

»Teilen wir uns ein Taxi in die Stadt?«, fragte sie, während ich ihren Koffer vom Band hievte und mich durch das Gedränge der Passagiere und ihrer Gepäckwagen zu ihr zurückkämpfte.

»Klar. In welchem Hotel steigen Sie denn ab?«

»Ich habe noch keins.«

»Verstehe ich nicht.«

»Was jetzt?« Sie sah mich irritiert an.

»Sie fliegen beruflich nach Dublin und haben kein Hotel gebucht?«

»Hier gibt es doch genug. Die ganze Innenstadt ist voll davon. Da werde ich eins finden.«

Kaum zu glauben. »Einfach so?«

Sie nahm mir den Koffer ab. »Ihr Deutschen müsst immer alles geplant haben, sonst geht bei euch gar nichts.« Sie lachte.

Ich stöhnte innerlich auf. Jetzt kam genau diese Vorurteilsnummer, die ich im Flieger noch vermieden hatte. Die pünktlichen und zuverlässigen Deutschen, die effizient, aber unflexibel waren und an den Hotelpools morgens um fünf schon eine Liege mit ihrem Handtuch markierten. Bla, bla, bla.

Auch mein Koffer kam. Ich mogelte mich zum Gepäckband durch und griff danach. Eine willkommene Gesprächspause.

»Sind Sie mir böse?«, fragte sie, als ich zurück war. Sie sah mich aus großen, braunen Augen tiefgründig an.

»Nein.«

»Sie schummeln!« Sie hakte sich bei mir unter und zog mich zum Ausgang.

»Flunkern.«

»Wie bitte?«

»Sie meinen flunkern. Schummeln ist eher ein wenig betrügen bei einem Spiel. Flunkern ist ein nettes Wort für lügen.«
»Wollen wir uns nicht duzen?«

Für einen Moment verwirrte sie mich mit ihrem schnellen Themenwechsel.

»Ich heiße Adriana«, sie trat dicht an mich heran und küsste mich flüchtig rechts und links auf die Wangen. »Und du?«

»Alex.« Ihr Tempo überforderte mich ein wenig. Ich stand wegen der Schlaftablette noch ziemlich auf dem Schlauch.

»Wie viel Spielraum hat das Budget deiner Zeitung?«, fragte ich, um Zeit zu gewinnen.

»Keine Ahnung. 150 Euro? Warum? Willst du mir dein Hotel empfehlen?«

»Es soll laut Führer zumindest ganz gut sein.« Ich wedelte mit dem Büchlein, das ich vor ein paar Stunden in Düsseldorf erstanden hatte.

»Wie heißt das Hotel denn?«

»The Shelbourne.«

Sie zog die rechte Augenbraue hoch. »Oha! Wenn ich gewusst hätte, dass Privatdetektive so gut verdienen, wäre das auch ein Job für mich gewesen.«

Ich sah sie fragend an.

»Das Shelbourne ist so ziemlich das vornehmste Hotel in der Stadt.«

Zunächst checkte ich im Hotel ein und bat den Rezeptionisten, das Gemälde in den großen Hotelsafe zu legen, weil es nicht in die kleinen Dinger auf dem Zimmer passte. Danach begleitete ich Adriana zu einer Unterkunft, die sie sich leisten konnte und die mitten im Einkaufsviertel lag. Klein, einfach, aber sauber. Sie hatte es aus meinem Dublin-Führer herausgesucht, während ich meine Sachen auf das Zimmer gebracht hatte.

Gemeinsam zogen wir danach los: durch die malerischen Gassen und Fußgängerzonen des Einkaufsviertels in der Innenstadt. Wir bummelten die Dawnson Street herunter, besuchten Trinity College, gingen die Dame Street hinauf, bogen auf halber Höhe rechts in die Temple Street, die zum Flussufer führte. Adriana schoss auf dem Weg immer wieder Fotos, was unseren Bummel verlangsamte.

Sie knipste den Liffey, dessen Wasser das Sonnenlicht reflektierte. Wir durchquerten das Bar- und Restaurantviertel, in dem sich um diese Uhrzeit nur wenige Touristen herumtrieben. Sie fotografierte eine Hauswand, auf die verschiedene Bands gemalt waren, unter anderem U2. Als wir an einem kleinen Coffee-Shop vorbeikamen, kehrten wir ein. Sie belegte die letzten beiden freien Plätze, während ich an der Theke einen hausgemachten Blaubeermuffin und zwei Kaffee bestellte.

Während sie aß, griff ich nach ihrer Kamera und drückte auf den Auslöser, genau in dem Moment, als sie die Tasse zu ihren Lippen führte und der riesige Muffin ihr halbes Gesicht verdeckte. Sie versuchte, mir die Kamera zu entwenden, und revanchierte sich mit sanften Fußtritten gegen mein Schienbein.

Danach wanderten wir an skurrilen Geschäften vorbei, schlenderten durch das gregorianische Powerscourt Townhouse Center, in dem ein modernes Einkaufscenter mit eleganten Boutiquen und netten Restaurants untergebracht war. Wieder an ihrem Hotel angekommen, küsste sie mich zum Abschied zärtlich auf die Wange und sagte: »Ich lade dich zum Frühstück ein. Hol mich morgen früh um elf Uhr ab!« Ohne ein weiteres Wort verschwand sie durch die Drehtür.

Ich marschierte los, die Hände tief in die Hosentaschen vergraben.

* * *

Es war stickig und warm in dem kleinen Verhörzimmer. Angst und Anspannung lagen in der Luft. Lohmeier konnte Probst die Furcht vor der Sammelzelle mit rechten Chaoten im Gesicht ablesen.

»Erzählen Sie«, forderte der Kommissar ihn auf.

»Braun&Braun hat Waffen an die Taliban verkauft. Damit wurden vor allem US-amerikanische und deutsche Soldaten getötet. Dagegen und gegen die Geschäftspraktiken dieses Unternehmens protestieren wir schon seit geraumer Zeit. Also, verstehen Sie mich nicht falsch. Wir sind generell gegen Waffen, aber wenn Landsleute getötet werden, ist es natürlich medienwirksamer. Es ist eine unbeschreibliche Schweinerei, was ...«

»Könnten Sie bitte auf den Punkt kommen?«

»Ich bin ja dabei. Der Protest schien unterzugehen. Ist wie bei der Occupy-Bewegung. Irgendwann interessieren sich die Medien nicht mehr dafür. Wir brauchten einen Knaller, der alle wachrüttelt. Dieses neue Computerprogramm war genau das Richtige. Heisen bekam den Auftrag, das Programm … auszuleihen.«

»Ausleihen? So, so.«

»Wie haben Sie überhaupt davon erfahren?«, wollte Menz wissen. »Das war doch ein streng geheimes Projekt in Absprache mit der Bundesregierung.«

Probst winkte lässig mit der Hand, als wollte er eine Fliege verscheuchen. »Es gibt auch noch anständige und gewissenhafte Menschen bei Braun&Braun, denen eine solche Waffe Angst macht. Stellen Sie sich das mal vor: Von irgendeinem Computer auf dieser Welt können Sie in Atomkraftwerken eine Kernschmelze verursachen und damit ganze Landstriche verseuchen.«

»Was ich nicht verstehe«, fragte Menz weiter. »Atomkraftwerke haben doch ein geschlossenes Netzwerk, das keine Verbindung mit dem Internet, also der Außenwelt hat, um eben genau solche Hackerangriffe zu verhindern. Man kann Schadsoftware nur aufspielen, wenn man an diesen geschlossenen Kreis herantritt. Dafür muss man ins Kraftwerk eindringen, oder nicht?«

»Das ist ja eben das Geniale und auch Gefährliche an diesem Programm. Es hackt sich in die normalen Computer ein, die im Kraftwerk mit dem Internet verbunden sind und schafft dann den Sprung in das geschlossene Netzwerk.«

»Wie soll das gehen?«

»Das weiß ich nicht. Bin ja kein Techniker. Aber das ist das Revolutionäre. Bisher sind alle Versuche, ein solches Programm zu entwickeln, gescheitert. Das sei technisch und physikalisch nicht möglich, hieß es. Aber das haben die Ingenieure von Ford einst auch dem alten Henry gesagt, als er den Sechs-Zylinder-V-Motor haben wollte. Die Geschichte hat gezeigt, dass Fords Idee machbar war. Gegen den Widerstand seiner Ingenieure.«

»Sie verurteilen dieses Waffensystem und wollten es doch unbedingt stehlen?«

»Natürlich. Braun&Braun wäre endgültig am Ende gewesen, wenn die Medien berichtet hätten, dass der Waffenschmiede ihre letzte Hoffnung geklaut wurde.«

»Wieso ihre letzte Hoffnung?«

»Das Unternehmen ist praktisch bankrott. Die schreiben seit Jahren rote Zahlen. Deswegen fand ja überhaupt dieser riskante Deal mit den Taliban statt. Um überhaupt noch an Geld zu kommen. Dann geht plötzlich das Gerücht um, man würde erfolgreich dieses Wunderprogramm entwickeln. Und schon steigt der Aktienkurs rasant in die Höhe, und es gibt sogar ein paar ausländische Waffenschmieden, die Braun&Braun übernehmen wollen.«

»Seit wann kursiert denn dieses Gerücht?«

»Seit ein paar Wochen. Kurz nachdem Leipnitz dort Chef der Entwicklungsabteilung wurde!«

»Leipnitz? Was hat der damit zu tun?«, fragte Lohmeier.

»Eigentlich nichts. Das ist ja der Witz schlechthin. Der Mann ist ein Blender, aber wunderbar in der Finanzwelt verdrahtet. Das ist einer, der den Karren wieder aus dem Dreck zieht. Die Methoden sind zwar kriminell – nach meiner persönlichen Meinung. Aber man hat ihm noch nie etwas nachweisen können. Von Waffen und deren Entwicklung versteht der Mann rein gar nichts. Aber von medienwirksamen Geschichten und dem Umbau von Firmen eine ganze Menge.«

»Sie halten nicht viel von ihm?«

»Er ist skrupellos. Das macht ihn ja so erfolgreich. Soziopathen können sich wunderbar auf bestimmte Jobs konzentrieren, bei denen das Gewissen eher hinderlich ist. So einer ist Leipnitz. Würde mich nicht wundern, wenn der sich über drei Ecken mit Optionen auf Braun&Braun eingedeckt hätte, bevor die Geschichte mit dem Computerprogramm durchgesickert ist ...«

»Sie meinen Manipulation von Börsenkursen?«, fragte Menz, während Lohmeier nur verständnislos dreinschaute.

»Genau. Abzocken, Insiderhandel, Front Running. Das ganze Zeug halt. Für den wäre es doch auch das Ende gewesen, wenn wir dieses Programm in die Hände bekommen hätten.«

»Haben Sie aber nicht?«

»Nein. Ich habe Heisen das letzte Mal zwei Tage vor seinem Tod gesehen, als ich ihm das Geld gegeben habe.«

»Wie sind Sie auf ihn gekommen?«

»Das war Zufall. Klar haben wir uns die Mitarbeiter des Konzerns angesehen und auch die Aushilfskräfte. Ist ja geradezu fahrlässig, ausgerechnet externe Wachleute zu nehmen, wenn man ein derart gefährdetes Produkt entwickelt. Heisen war ideal. Ein Opfer von Leipnitz. Der hätte uns das Programm auch umsonst besorgt.«

»Wie meinen Sie das?«

»Leipnitz hat ihn damals persönlich rausgeschmissen, bei dem Chemiekonzern, bei dem er ›aufgeräumt‹ hat. Heisen ist seither nicht gut auf diesen Mann zu sprechen, das können Sie mir glauben. Hätte ihn am liebsten mit seinen eigenen beiden Händen erwürgt, wenn er ihn zufällig auf dem Gang bei Braun&Braun begegnete. Nun, jetzt scheint es, als wäre Leipnitz schneller gewesen.«

* * *

»Ihr habt euch den Verdächtigen alleine vorgenommen? Was habt ihr aus der linken Socke rausbekommen?«, fragte zu Bickenbach.

»Wie vermutet, hat Probst Heisen den Auftrag gegeben, das Programm zu stehlen. Er hat ihm sogar beigebracht, wie er dabei zu Werke gehen musste. Probst bestreitet allerdings, dass er etwas mit dem Mord zu tun hat. Das Programm hat er angeblich auch nicht.«

»Was habt ihr mit ihm gemacht?«

»U-Haft, bis sein Alibi bestätigt ist. Er will die ganze Zeit, die relevant ist, vor Braun&Braun protestiert haben. In der näheren Umgebung des Gebäudes sei er nie gewesen. Habt ihr Kameras, die das Tor filmen, Arthur?«

»Klar. Ich lass dir Kopien anfertigen. Aber das wäre ein schöner Mist, wenn er sich auch noch dank unserer Überwachung aus der Affäre ziehen könnte.«

»Er kann den Mord in Auftrag gegeben haben und wegen des Auftrags, das Programm zu stehlen, ist er sowieso dran«, wandte Menz ein. »Wir durchsuchen seinen Bio-Hof und lassen die anderen Mitglieder der Protestaktion überwachen, so gut es geht. Dass der Staatsanwalt jedoch eine Razzia in den Wohnungen aller Beteiligten anordnet, glaube ich kaum.«

»Da kann ich nachhelfen«, sagte zu Bickenbach. »Es geht immerhin um die nationale Sicherheit!«

»Es stellt sich noch eine Frage, Arthur«, schaltete sich Lohmeier ein. »Wie gut kennst du Leipnitz?«

»Was hat der damit zu tun?«

»Probst glaubt, dass Leipnitz ein Motiv hatte, Heisen zu töten. Denn sein Geld, sein Ruf und seine Arbeit wären in Gefahr gewesen, wenn dieses Programm das Unternehmen verlassen hätte.«

Zu Bickenbach lachte heiser. »Und deshalb hat er Heisen umgebracht? So ein Unsinn. Dazu hätte er ja wissen müssen, dass Heisen das Programm klaut, oder besser noch, im rechten Moment schon gestohlen hatte. Das hat aber doch keiner von uns bemerkt. Nicht einmal ich. Und es wäre meine Aufgabe gewesen. Schande. Nein, man kann über Leipnitz denken, was man will. Aber dass er Heisen getötet hat, halte ich für abwegig. Im Gegenteil. Er hätte ihn nicht getötet, sondern der Polizei übergeben. Damit wäre er der Held gewesen, hätte den Verfassungsschutz lächerlich gemacht und das Ganze vielleicht sogar auch noch medial ausgenutzt. Nein, Lohmi. Leipnitz ist gerissen. Alleine deswegen hätte er Heisen nicht getötet.«

»Und töten lassen?«, bohrte Lohmeier nach, der sein neues Täterbild noch nicht endgültig aufgeben wollte.

»Läuft doch auf dasselbe hinaus und ist deshalb Quatsch. Leipnitz hätte die Chance genutzt, den Diebstahl öffentlich zu machen, zumindest insoweit, als seine Position in der Firma dadurch deutlich gestärkt würde. Ich halte das Ganze eher für eine Schutzbehauptung unseres Herrn Probst. Er will uns auf eine falsche Fährte locken.«

* * *

Die Rotterdamer Straße verlief parallel zum Rhein von der Theodor-Heuss-Brücke zur Messe. Zu Messezeiten war die vierspurige Straße stark befahren. Aber jetzt schlichen nur vereinzelt Autos in Richtung Innenstadt. Auf der Promenadenseite zum Wasser hin war auch nicht viel los. Zwei Jogger schleppten sich verschwitzt und abgekämpft den Fußweg entlang und waren so mit sich selbst und ihrer Atmung beschäftigt, dass sie die beiden Männer nicht wahrnahmen, die auf einer Parkbank saßen.

Sie hatten etwas Militärisches an sich: mittelgroß, drahtig und mit kurz geschnittenen Haaren. Ihre Gesichter hatten sie der Sonne zugewandt. Vor ihnen zogen vereinzelt Lastkähne unter tiefem Brummen der Dieselmotoren vorbei. Am gegenüberliegenden Ufer spazierten vereinzelt Menschen zu zweit oder mit ihren Hunden die Wiesen und Wege am Rhein entlang.

Der Größere der beiden fuhr sich ab und zu über eine schon vor Jahren gut verheilte Narbe, die sich über seine linke Gesichtshälfte zog. Ansonsten waren die zwei unauffällig. Niemand würde sich später an sie erinnern können.

Es piepte zweimal. Der Kleinere schaute auf seine Armbanduhr und nickte. Ohne ein weiteres Wort standen sie gleichzeitig auf und liefen ein ganzes Stück den Rhein entlang nach Norden. Sie überquerten die Straße und schlenderten in ein gehobenes Wohnviertel mit freistehenden, weißen Häusern, vor denen die neuesten BMWs, Audis und Mercedesse geparkt waren.

Ohne Eile, fast gelangweilt gingen sie bis zu einem Gartentor mit der Nummer 11. Sie drückten die Klinke herunter und folgten den Steinplatten bis zur Haustür. Der Kleinere brauchte mit dem Dietrich keine fünf Sekunden, um die Haustür zu öffnen. Das leise Tuten einer Alarmanlage verriet, dass man besser in den nächsten Sekunden den Code eingab oder sich auf einen Alarm gefasst machte. Der Größere lief den Flur hinunter bis zur ersten Tür links. Er betrat die Küche und schraubte flink die Verkleidung von dem Bedienfeld der Alarmanlage und fummelte an den Drähten. Das Tuten hörte auf. »Dann wollen wir es uns mal bequem machen«, sagte der Kleinere.

* * *

Lohmeier schloss die Tür auf und stellte die Einkäufe auf den Boden, die er im Supermarkt gemacht hatte. Er hängte den Mantel an die Garderobe, streifte die Schuhe ab. Im ganzen Haus herrschte Stille, und es war dunkel. Doch diese Stille war anders. In der Küche brannte Licht. Er ging auf Zehenspitzen, beladen mit Einkaufstüten, und als er über die Schwelle trat, hellte sich seine Laune auf. Helena war mit dem Kopf auf ihren verschränkten Armen am Küchentisch eingeschlafen. Sie trug noch ihre Jacke und ihre Straßenschuhe. Neben ihr stand der Kinderwagen. In ihm schlief Natalie, die Decke bis zum Kinn, die schütteren Haare standen in alle Himmelsrichtungen ab.

Lohmeier presste vor Rührung die Lippen aufeinander und grub seine Tochter aus ihrer Daunendecke aus. Vorsichtig trug er das schlafende Baby in das gemeinsame Schlafzimmer und legte es dort ins Babybettchen. Er zog die Spieluhr auf und hörte ein Gute-Nacht-Lied.

Irgendetwas hatten sie bei ihrem Fall übersehen. Mit den Fingern fuhr er über Lillifee-Motive auf der Spieluhr. Die kleine Fee hatte überall ihren Zauberstab mit dabei. Zauberstab? Ein Gedanke lag ihm auf irgendeiner Synapse, wollte aber nicht ins Bewusstsein vordringen. Er sah aus dem Fenster in die dunkle Nacht. Ein Zauberstab. Woran erinnerte ihn der Zauberstab? Gleich würde es ihm einfallen. Der Zauberstab erinnerte ihn an ... Verdammt, es fiel ihm nicht ein.

Er schlich in die Küche, stellte den Kinderwagen in den Eingang und räumte Milch, Butter, Käse, Schinken und Joghurt in den Kühlschrank. Helena schlief weiter, sie musste total kaputt sein. Er lächelte und verstaute Reis, Nudeln, Äpfel, Bananen und Küchenkräuter in den verschiedenen Schränken. Dann weckte er seine Frau, indem er zärtlich ihr Haar küsste.

Sie schreckte hoch, sah sich einen Moment verwirrt um. »Natalie ...«

»Schschsch!« Der Kommissar legte ihr den Zeigefinger auf den Mund. »Im Bett.«

»Ich bin eingeschlafen ...«

»Das soll vorkommen.« Er lächelte, als er Helena aus Mantel und Schuhen half. Beides brachte er in den Eingang und kam mit Hausschuhen für seine Frau zurück.

»Nimmst du auch ein alkoholfreies Bier?«

»Haben wir noch Apfelsaft?«

Lohmeier öffnete den Kühlschrank, schnappte sich eine Flasche Altbier und die halbvolle Saftflasche. Beide stellte er auf den Tisch, bevor er aus dem Küchenschrank noch die passenden Gläser holte. Das Bier hätte er am liebsten aus der Flasche getrunken, doch er wusste, dass Helena sowas nicht gerne sah.

»Hast du alles bekommen, was ich dir aufgeschrieben habe?«

Er brummelte etwas Unverständliches. Sie nickte ihm müde zu und goss sich ein.

»Wie war dein Tag«, wollte sie wissen.

»Wir haben einen weiteren Verdächtigen im Mordfall Heisen. Aber er beteuert seine Unschuld.«

»Tun sie das nicht alle?«

* * *

Die Straße lag ruhig im Licht des ausklingenden Tages. Autos parkten friedlich und verlassen in Einfahrten oder quer zum Bordstein. Der Wind wehte Blätter von rechts nach links und wieder zurück.

Ein dunkler Wagen rollte durch die Straße und kroch in eine Einfahrt. Es dauerte eine Weile, bis das elektrische Gartentor sich weit genug geöffnet hatte, sodass sich der Fahrer traute, den Wagen bis vor die Haustür zu setzen. Der Motor erstarb, und es blieb nichts als das Rascheln der Blätter im

Wind. Nach einer ganzen Weile erst kletterte der Graf, auf den Stock gestützt, aus dem Wagen, schloss sorgfältig die Tür und humpelte die letzten Meter zur Haustür. Der Wind zerrte an der Mütze des alten Herrn, konnte sie ihm jedoch nicht vom Kopf pusten. Zu Bickenbach wühlte einen Augenblick in der linken Sakkotasche, bis er den Schlüsselbund fand. Umständlich wählte er den Haustürschlüssel aus und steckte ihn mit leicht zitternder Hand ins Schloss.

Noch immer war er nicht ganz sicher, ob er mit Herz den Richtigen für diese Mission ausgesucht hatte. Für ihn sprach, dass er Geld brauchte, nicht zu viele Fragen stellte und flexibel war. Keine Familie, kein Eigentum – er war unabhängig und nicht erpressbar. Andererseits hatte er auf zu Bickenbach den Eindruck eines gebrochenen Mannes gemacht. Die hängenden Schultern auf dem Friedhof und der müde Blick in dem sonst so athletischen Körper. Zart besaitet, der Mann. Vielleicht doch nicht der Richtige. Nun, es war zu spät. Das Bild war nicht mehr in der Hand des Grafen. Jetzt hieß es warten und hoffen. So ziemlich das Schlimmste von allem.

Als er die alte Haustür aus Eichenholz aufstieß, hielt er einen Moment inne. Die Alarmanlage gab nicht das gewohnte Fiepen von sich, das ihn normalerweise begrüßte. Hatte er wieder vergessen, sie einzuschalten?

»Seniler, alter Narr«, murmelte er vor sich hin. Das war jetzt schon das vierte oder fünfte Mal in diesem Monat. Zur Tür raus und aus dem Sinn, sozusagen.

Er hängte Hut und Stock an die Garderobe, streifte die hässlichen, aber bequemen Gesundheitsschuhe ab und schlüpfte in seine wärmenden Filzpantoffeln. Mit den Jahren kam die Kälte. Mittlerweile trug er manchmal sogar im Hochsommer eine leichte Strickjacke. Barfuß über irgendwelche Böden laufen – grausige Vorstellung. Da wurde ihm schon von der Vorstellung alleine kalt. Andererseits hatte er dann wieder Phasen, da schwitzte er, obwohl es gar nicht warm war. Im Büro bewahrte er stets ein paar T-Shirts auf. Erschöpft hinkte er an der Küche vorbei und überlegte einen Augenblick, ob er sich gleich ein Brot schmieren sollte. Nein, eigentlich hatte er keinen Hunger. Wozu der ganze Umstand, den Laib Brot aus der Kiste hervorholen, mit dem Messer eine Scheibe absägen, die harte Butter aus dem Kühlschrank in kleinen Bröckchen auf dem Brot verteilen, den glibberigen Kochschinken drauflegen, der auch eisekalt war? Er ging weiter ins Wohnzimmer und knipste das Licht an.

»Hallo Arthur!«

Zu Bickenbach wäre fast gestürzt vor Schreck. Gerade noch gelang es ihm, sein Gleichgewicht wiederzuerlangen. Dann erst warf er einen Blick auf den kleinen, ganz in schwarz gekleideten Mann, der eine Strumpfmaske übergezogen und es sich im Wohnzimmersessel gemütlich gemacht hatte. Der alte Herr erbleichte noch mehr und machte so schnell er konnte kehrt. Doch was er dann sah, nahm ihm den letzten Rest Hoffnung: Im Flur stand ein weiterer Mann, breit wie ein Schwergewichtsboxer, ebenfalls mit einer Strumpfmaske über dem Kopf.

»Wir müssen uns mal in Ruhe unterhalten, alter Mann«, sagte der Kleine hinter ihm.

Zu Bickenbach drehte sich wieder um und seufzte tief. Er hatte keine Angst vor dem Sterben. Doch er fürchtete sich vor dem bisschen Leben, das ihm heute noch blieb, bevor ihn der Tod von den Qualen erlösen würde.

* * *

Die Schwärze der Nacht hatte sich über Wittlaer im Norden Düsseldorfs gelegt. Vereinzelt markierten die Lichtkegel von

Straßenlaternen Flecken auf dem Bürgersteig. Der Rest der Straße und des Gehwegs blieb im Dunkeln. Im Süden leuchteten in einiger Entfernung die Lichter der Stadt. Mit etwas Fantasie hörte man das Lachen und Reden der Menschen in der Altstadt, stellte sich vor, wie sie Bier und Wein tranken, vor Restaurants auf der Straße unter Heizpilzen saßen und aßen. Doch hören konnte man hier draußen nur das tiefe Brummen der Dieselmotoren von Schiffen, die einen Steinwurf weiter den Rhein herauf- oder herunterfuhren und dabei Kohle, Container oder Schrott transportierten.

Die dreistöckige Villa lag ruhig und umgeben von einem weitläufigen Park. Im Wohnzimmer erklang leise Jazz-Musik aus den teuren Boxen. Diana Krall sang *Let's fall in love.* Nur zwei Männer hielten sich in dem riesigen Raum auf. Der eine hatte die rechte Hand bandagiert und schürte mit der linken das Feuer in einem Kamin. Der andere saß auf der Couch und starrte durch die bis zum Boden reichende Fensterfront in die Finsternis des Gartens. Seine linke Wange war halb von einem großen Pflaster verdeckt, unter dem sich Fäden einer genähten Wunde abdrückten.

»Wir hätten ihn anzeigen sollen, Boss«, sagte der Grobschlächtige und lehnte den Schürhaken vorsichtig an die Wand.

Narkov stöhnte auf. »Genau das hätte er ja gewollt.«

Roberto sah ihn fragend an – wie ein Tier, das einen vorbeifahrenden Regionalzug sieht. Die Musik war schneller geworden, denn die Krall sang *'Deed I do.*

»Niemand glaubt ihm bisher die Geschichte mit den gefälschten Gemälden. Wenn wir ihn anzeigen, wird es amtlich. Er erzählt es noch einmal der Polizei. Vielleicht schaltet sich die Presse ein. Das ist für die ein gefundenes Fressen. Und wir haben noch schlechtere Karten, an die Gemälde zu kommen.«

»Wie viele fehlen uns denn noch?«

»Drei.«

Roberto zog die Stirn in Falten. »Ich dachte, es wären nur noch zwei?«

»Heute Nacht holen sich die Jungs das Bild bei dem alten Spinner zurück. Dann fehlen nur noch der Professor und der Japse. Deren Bilder müssen wir auch dringend zurückholen, damit keiner auf die blöden Zeitungsanzeigen von Herz reagieren kann.« Ruhigere Töne kamen aus den Lautsprechern: *The look of love.*

Narkov wedelte mit einem leeren Whiskey-Glas. Roberto ging zu einem Serviertischchen, nahm die Kristallkaraffe mit der tiefbraunen Flüssigkeit und schenkte seinem Boss nach.

»Was machen wir mit Herz?«

»Ausschalten.« Narkov nippte genüsslich an seinem Glas. Roberto nickte nur, wurde aber einen Hauch blass um die Nase.

»Sie meinen umbringen?«

Narkov schüttelte den Kopf. «Erst bekommt er noch eine Chance. Du zertrümmerst ihm morgen das Knie. Das sollte ihn zur Vernunft bringen. Wenn er dann noch einmal etwas Dummes anstellt ...« Er ließ den Satz unvollendet und lauschte grimmig der Musik.

Roberto nickte zufrieden. Sie schwiegen beide eine Weile, während die Krall *I've got you under my skin* hauchte.

»Wie genau soll ich das machen?«, fragte Roberto in die betörende Musik.

Narkov sah ihn belustigt an. »Keule und draufhauen!«

»Ich meine, wo? Also soll ich ihn zu Hause besuchen oder ihm nachts auf der Straße auflauern. Oder wie?«

»Zu Hause abpassen, in den Kastenwagen mit ihm, Industriegelände, Knie entzwei und liegen lassen. Pass aber auf, dass er dich nicht erkennt.«

4. Kapitel

Eine massive Krankenschwester, deren Augenbrauen über der Nasenwurzel zusammengewachsen waren, riss Lohmeier die kleine Tochter aus den Armen. Er empörte sich heftig, doch es kam kein Laut über seine Lippen. »Nicht bestanden«, brüllte die Schwester ihn dafür umso verständlicher an. »Sie haben den Test für Väter nicht bestanden. DURCHGEFALLEN!«

Sie drehte sich mit dem Baby im Arm auf ihren Gesundheitssandalen um und schritt erhobenen Hauptes den Gang zur Kinderstation entlang. Lohmeier wollte Einspruch erheben. Wieder nichts. Er versuchte ihr nachzulaufen, doch seine Beine waren wie Gummi. Er kam nicht voran. Wie konnte diese Person seine Tochter entführen? Er wollte seine Pistole ziehen, doch sie war nicht im Halfter.

Er begann trotz seiner weichen Knie zu laufen. Obwohl der Abstand zu der Schwester immer größer wurde, wollte er nicht aufgeben. Niemals. Er rang um seine Stimme, konnte sie aber nicht wiedererlangen.

Da drehte sich die Schwester noch einmal um, und ihr Gesicht verwandelte sich in dasjenige eines Ausbilders vom Militär. »DURCHGEFALLEN! Du kannst es nächste Woche noch einmal versuchen.«

Wutentbrannt zog Lohmeier erneut seine Pistole. Dieses Mal war sie da. Ohne zu überlegen, leerte er das Magazin der Walther P99 in die hässliche Fratze, die seine Tochter entführte. In Zeitlupe konnte er die Flugbahn jeder einzelnen Kugel beobachten und auch, wie die Patronenhülsen eine nach der anderen seitlich den Pistolenlauf verließen und zu Boden fielen. Er zählte fünfzehn Stück. Die Kleine brüllte wie am Spieß. Schweißgebadet wachte der Kommissar in seinem Bett auf.

Der Albtraum verblasste sofort, obwohl seine Tochter immer noch schrie.

Helena legte ihm die Hand auf die Schulter und murmelte: »Ich geh schon.« Sie schlüpfte aus dem Bett, nahm Natalie aus ihrem Bettchen und setzte sich in einen Sessel.

Der Kommissar sah noch, wie sie ihr Nachthemd aufknöpfte und die Kleine an die rechte Brust setzte. Er drehte sich auf die andere Seite und bekam kaum mit, dass seine Frau das Baby stillte.

Als sie ihn plötzlich an der Schulter rüttelte, wurde er erneut wach. Verwirrt sah er sie an.

»Was ist los? Was hat die Kleine?«

»Für dich«, flüsterte Helena und hielt ihm den Hörer des tragbaren Telefons hin.

Er hatte es nicht klingeln hören. »Hallo?« Mühsam richtete er sich auf, wobei er die Beine aus dem Bett schwang. Die langen Hosenbeine seines gestreiften Pyjamas waren schweißnass.

»Es gibt ein großes Problem. Sie haben einen Toten für uns«, drang Menz' Stimme an sein Ohr. »Soll ich Sie abholen oder kommen Sie direkt dorthin?«

»Wie viel Uhr ist es denn?«

»Kurz nach sechs.«

Lohmeier stöhnte, in einer halben Stunde hätte er ohnehin aufstehen müssen. Doch kam er sich gerade so gerädert vor wie selten in den zurückliegenden Wochen. Er mühte sich in den aufrechten Gang und lief im Dunkel des Zimmers auf den Kleiderschrank zu.

»Wohin?«

Der Kollege nannte ihm eine Adresse, die ihm irgendwie bekannt vorkam. Er riss die Tür auf und griff sich den Notfall-Bügel, auf dem eine komplette Garnitur auf ihn wartete: Hemd, Hose, passendes Sakko, Gürtel, die Unterhose in der rechten, die Socken in der linken Tasche des Sakkos.

»Wie heißt das Opfer?«

Er griff nach dem Kleiderbügel und zerrte ihn aus dem vollgestopften Schrank. Wenn er doch nur nicht so viele Klamotten besitzen würde ...

Menz räusperte sich und flüsterte: »Es ist zu Bickenbach, Chef.«

Lohmeier hätte fast die Sachen fallen lassen. »Wie bitte?«

»Zu Bickenbach.« Es entstand eine Pause.

Er warf die Kleidung mit einer schnellen Bewegung auf das Bett.

»Holen Sie mich in zehn Minuten ab, Menz.« Dann legte er auf und drückte den Schalter für die Deckenleuchte.

Seine Frau blinzelte ins Licht und sah ihn besorgt an. »Was ist los?«

Der Kommissar schälte sich aus dem Pyjama und warf ihn achtlos vors Bett.

»Mach dir keine Sorgen«, murmelte er geistesabwesend und griff nach der Unterhose.

* * *

Das warme Wasser prasselte auf mich nieder. Die Glaswände der Duschkabine waren komplett eingenebelt, und ich konnte nichts mehr von dem luxuriösen Badezimmer erkennen. Dampfbad à la Herz, dachte ich und grinste. Seit geschätzten zehn Minuten stand ich hier und fühlte, wie mir das Wasser vom Kopf über den Rücken und die Beine herunterlief. Ich atmete den Dampf ein und spürte, wie meine Muskeln lockerer wurden. Das Bett in meinem Luxushotel war so weich, dass sich der Rücken ganz steif anfühlte, als ich wach wurde.

Für mich rückte die Zeit der Bildübergabe näher. Bis 9.30 Uhr blieb mir nur noch eine Dreiviertelstunde. Ich drehte den Wasserhahn zu und hüllte mich in warme, weiße Badetücher ein. Abgetrocknet und zurechtgemacht schlüpfte ich in eine frische Jeans, ein frisches, weißes Hemd und ein paar Segelschuhe. Noch eine halbe Stunde. Ich ging in die Lobby und ließ mir die Rolle mit dem Gemälde aus dem Hotelsafe geben.

Zurück im Zimmer setzte ich mich zufrieden in einen altenglischen Ohrensessel und probierte das Fernsehprogramm aus. Auf einem Sportkanal erwischte ich ein für mich komisch aussehendes Spiel, das sich Hurling nannte. Im Laufe der nächsten Minuten sah ich zwei Mannschaften mit einer Art Rollhockey-Schläger über einen Platz rennen. Die Regeln verstand ich nicht, lernte aber, dass es sich um das Finale handelte und Tausende Iren im Stadion dem Spiel zusahen.

Um halb zehn klopfte es auf die Minute genau an meiner Tür. Übergabe, dachte ich, schaltete den Fernseher stumm und ergriff die Papprolle mit dem Bild. Als ich erwartungsfroh die Tür öffnete, stutze ich. Vor mir stand ein kleiner, drahtiger Mann in einem leicht zerknitterten, schwarzen Anzug.

»Guten Morgen, Herr Herz. Ich komme, um das Bild von Graf zu Bickenbach abzuholen.«

Der Mann vor mir hatte keine Ähnlichkeit mit dem Foto, das mir der Graf gegeben hatte. Zudem sprach der Mann Deutsch. Nicht wie ein Ausländer, der er hätte sein müssen, sondern wie ein Muttersprachler.

»Ich habe einen anderen Herrn erwartet«, sagte ich alarmiert.

»Der Kollege ist verhindert. Magen-Darm-Virus«, mein Gegenüber zuckte mit den Schultern, verzog mitleidig das Gesicht. Dann streckte er die Hand nach der Rolle aus.

Ich zog die Rolle zurück und der Drahtige fasste ins Leere. Zorn blitzte in seinem Gesicht auf.

»Sie haben sicher nichts dagegen, wenn ich diese Änderung des Plans erst mit meinem Auftraggeber bespreche«, sagte ich in scharfem Ton.

»Selbstverständlich nicht.« Ein gezwungenes Lächeln. Er stand noch immer im Flur, da ich ihn nicht hereingebeten hatte.

»Bin gleich wieder bei Ihnen«, sagte ich und wollte vorsichtshalber die Tür schließen. Im letzten Moment schnellte sein Fuß nach vorne und verhinderte, dass sie ins Schloss fiel.

Unsere Blicke trafen sich, und ich konnte sehen, dass er seinen Fehler bitter bereute. Ich trat ihm mit aller Kraft gegen das Schienbein. Trotz des Schmerzes warf er sich mit seinem ganzen Gewicht gegen die Tür, die im Begriff war, sich endgültig zu schließen. Ich wurde von der Wucht überrascht und taumelte nach hinten. Der Mann in schwarz drängte in mein Zimmer.

* * *

Freistehende Einfamilienhäuser mit weißem Anstrich und schwarzen Dachpfannen. Dennoch glich kein Haus dem anderen. In diesem Stadtteil Düsseldorfs durften sich Architekten noch austoben. Die Klientel hatte Geld. Einige von den Gutbetuchten standen auf der Straße oder in ihren Einfahrten, teils in Pyjama und Mantel, teils schon in Hose und Pullover. Sie starrten zur Hausnummer 11 herüber.

Ein Krankenwagen, zwei Streifenwagen und drei Privatwagen, die hier sonst nie standen, parkten vor dem Grundstück. Männer liefen in unregelmäßigen Abständen zwischen dem Haus und einem kleinen Lieferwagen hin und her. Mal trugen sie einen Koffer, mal eine Kamera. Ein untersetzter Mann mit Schlapphut und Arztkoffer schritt durch das Treiben und verschwand im Haus.

Eine Viertelstunde später fuhr wieder ein Wagen vor. Auf der Beifahrerseite stieg ein Mann aus. Sein schütteres Haar war ungekämmt. Das Licht einer Straßenlaterne fiel auf sein Gesicht. Die Miene war gefroren und von Erschöpfung gezeichnet. Der Fahrer war deutlich jünger, hatte eine Baseballkappe auf und kaute Kaugummi. Sie zeigten ihre Ausweise einem Streifenpolizisten, der vor dem Grundstück wachte, von einem Bein auf das andere trat und sich immer wieder mal die Hände rieb.

Lohmeier und Menz betraten das Haus und gelangten in eine kleine Diele, von der links die Küche und eine Treppe in den ersten Stock, rechts ein Gäste-WC und geradeaus das Wohnzimmer abgingen.

»Üble Geschichte«, begrüßte Schlüther bereits im Flur die beiden Beamten von der Mordkommission mit gesenkter Stimme und Sorgenfalten auf der Stirn.

»Sie wollen schon gehen, Doc?«, fragte Lohmeier überrascht.

»Wenn Sie mal schneller bei einem Tatort erscheinen würden …« Schlüther ließ den Satz unvollendet. »Aber nein. Ich wollte bloß einen Schluck Wasser aus der Küche. Habe noch nichts im Magen.«

»Machen Sie noch Diät?«, wollte der Kommissar wissen und sah auf die dunkle Strickjacke, die sich über den dicken Bauch des Arztes spannte. Im Präsidium wussten vom Pförtner über die Sekretärinnen bis zum Präsidenten alle, dass Düsseldorfs Pathologenurgestein versuchte abzunehmen. Was dessen Laune rapide verschlechterte.

»Dass ich Sie mal sympathisch fand, kann ich beim besten Willen nicht verstehen!«

»Erzählen Sie mir mal was Neues, Doc. Zum Beispiel über den Tod von zu Bickenbach!«

Schlüther brummelte etwas und ging den beiden Beamten voraus in das Wohnzimmer. »Wie gesagt, hässliche Sache.«

Zunächst wurde Lohmeier von den Flutlichtstrahlern geblendet, die die Kollegen der Spurensicherung zusätzlich aufgestellt hatten, um mehr Licht in das nur spärlich mit Lampen ausgestattete Zimmer zu bringen. Einige in weiße Schutzkleidung gehüllte Männer fotografierten und suchten nach Fingerabdrücken und anderen Spuren. Einer tütete gerade ein paar benutzte Weingläser ein.

Das Wohnzimmer wirkte trotz der gespenstischen Atmosphäre wie ein Museum. An den Wänden hingen Dutzende Gemälde, die Jagdszenen und Stillleben zeigten. Hier und da standen wertvoll wirkende Kommoden und Glasvitrinen, in denen Porzellan ausgestellt war. Der Holzparkettboden war unter den vielen Perserteppichen kaum zu erkennen.

Der Graf saß in der Mitte des Raums, mit Kordeln an einen schlichten Holzstuhl gefesselt. Sein Kopf war in den Nacken gefallen. Die toten Augen starrten einen Punkt an der Zimmerdecke an. Lohmeier konnte ein Loch zwischen den Augenbrauen erkennen. Profis, dachte er automatisch.

»Versierter Schütze«, sagte Schlüther, der den Kommissar beobachtete. »Eine Kugel in die Stirn, nicht aufgesetzt. Ich schätze mal aus drei bis vier Metern Entfernung. Glatter Durchschuss. Zu Bickenbach war wohl sofort tot. Die Kollegen haben das Geschoss bereits aus einem der Biedermeierschränke gepuhlt. Sieht für mich nach neun Millimeter aus.«

»Sie sagten was von hässlich, Doc«, machte sich Menz bemerkbar. Er zückte sein Handy, das den klassischen Notizblock ersetzte. »Sieht doch nach einer schnellen Hinrichtung durch einen Profikiller aus.«

Noch bevor der Arzt antworten konnte, deutete Lohmeier auf die linke Hand des Toten.

»Und wie würden Sie diese besondere Behandlung nennen, Kollege Menz?«

* * *

Mein ungebetener Besucher griff hinter sich in den Gürtel. Diese Bewegung hatte ich zu oft gesehen, um nicht zu wissen, was sie bedeutete. Reflexartig zog ich ihm die Papprolle mit zu Bickenbachs Bild durchs Gesicht, die ich immer noch in der Hand hielt. Durchs Gesicht ziehen, darin hatte ich Übung. Er zuckte kurz vor Schmerz.

Zeit genug, ihm mit aller Wucht zwischen die Beine zu treten. Seine Augen quollen hervor, dann war ich schon an ihm vorbei.

Ich rannte zur Zimmertür hinaus und prallte im vollen Lauf gegen einen stämmigen Kerl, der auf dem Hotelflur stand. Etwas knackte und wir taumelten beide zu Boden. Er blieb benommen liegen, während Blut sein Gesicht herunterlief. Ich musste ihm die Nase zertrümmert haben. Mein Gewissen meldete sich. Doch noch bevor ich »Sorry« sagen konnte, bemerkte ich, dass auch er ganz in schwarz gekleidet war. Verdammt, wie viele denn noch? Mein Gewissen verstummte.

Ich rappelte mich hoch, griff nach der Bilderrolle, die mir beim Sturz aus den Händen geglitten war, und warf einen Blick zurück. Aus meinem Zimmer humpelte mir der andere Typ bereits hinterher, eine Hand in den Schritt gepresst, die andere hielt eine Pistole.

So schnell sie konnten, trugen mich meine Beine den Flur hinunter zu den Treppen. Hoffentlich kam das fiese Frettchen mit der Pistole nicht auf die Idee, hier zu schießen!

Etwas streifte meine Jeans. Dann hört ich ein Plopp, als ob jemand eine Sektflasche mit Bedacht öffnet, um ja keinen Tropfen des prickelnden Wässerchens an den Fußboden zu verschwenden. Schalldämpfer! Ich bekam Panik. Die beiden würden für das Bild töten!

Meine Hände knallten mit Wucht gegen den breiten Riegel des Notausgangs. Während ich in das kleine Treppenhaus stürmte, spürte ich, dass neben mir der Holzrahmen splitterte.

Ich nahm Stufe für Stufe, Absatz für Absatz, während ich aus den Augenwinkeln den Schatten wahrnahm, der mir folgte. Seine Schritte konnte ich gut hören. Er kam näher und näher. Ich hielt mich so nah wie möglich an der Wand, damit der Schütze in schwarz es möglichst schwer hatte. Doch auf meinem Weg nach unten spürte ich keinen weiteren Einschlag.

Eine gefühlte Ewigkeit später stürmte ich in die Hotellobby, in der einige Gäste herumstanden. Ich bemerkte die Augenpaare in meinem Rücken. Doch die waren mir im Moment herzlich egal. Ich rannte hier um mein Leben: über eine mehrspurige breite Straße, die gerade eben kaum befahren war, direkt in den St. Stephen's Green. Ich lief ein paar verschlungene Wege im Park entlang und blieb hinter einer Biegung stehen. Hinter mir waren Schritte zu hören. Auf Zehenspitzen schlug ich mich ins Gebüsch. Das eine oder andere Mal knackten verdorrte Äste unter meinen Füßen. Auch mein Gesicht bekam ein paar Mal mehr als nur die sanfte Berührung von Blättern zu spüren.

Ich lehnte mich gegen einen Baumstamm. Mein Herz raste, und ich versuchte leise und bedächtig wieder zu Atem zu kommen. Die kalte, feuchte Morgenluft zog mir in die Knochen. Schritte näherten sich. Ich bekam eine Gänsehaut.

* * *

Beide Hände von zu Bickenbach waren an den Handgelenken an die Armlehnen gefesselt. Seine Linke war jedoch merklich geschwollen.

»Sie haben ihm jeden Finger einzeln gebrochen«, sagte Schlüther. »Wobei brechen nicht ganz korrekt ist. Sie haben ihm die Finger platt geklopft wie ein Schnitzel. Und zwar hiermit.« Er hielt ein Nudelholz hoch, das mit Blut befleckt war. »Da und dort ist beim Klopfen die Haut aufgeplatzt«, erklärte der Doc.

Menz sog hörbar die Luft ein und wurde grün im Gesicht.

»Im Eingang die erste Tür links«, sagte der Kommissar trocken und sein Kollege stürmte los. Für einen Augenblick schauten alle Anwesenden im Raum dem rennenden Menz hinterher. Es war mucksmäuschenstill. Schritte hallten im Hausflur, eine Tür quietschte in den Angeln, als sie aufgerissen wurde. Ein Toilettendeckel knallte gegen die Wand. Als die ersten Würgegeräusche in das Wohnzimmer drangen, begannen alle wieder mit ihrer Arbeit. Zwei von der Spurensicherung grinsten sich an.

»Woher wusstest du, wo hier die Toilette ist?«, fragte Schlüther leise.

»Reihenhäuser sind doch alle gleich aufgebaut.«

»Das hier ist ein freistehendes Einfamilienhaus und mit Sicherheit nach den Plänen eines teuren Architekten entworfen. Also Markus! Wenn du mich verarschen willst, musst du schon ein wenig wacher hier auftauchen!«

Lohmeier grinste resignierend und tätschelte Schlüthers Arm. In all den Jahren hatte sich eine liebevolle Vertrautheit zwischen ihm und dem Pathologen entwickelt. Sie schätzten einander und waren sogar befreundet. Auch wenn das von den anderen Kollegen kaum einer vermutete, so wie die beiden sich an Tatorten, gedeckt von einem höflich-professionellen *Sie*, manchmal gegenseitig Gemeinheiten an den Kopf warfen.

»Du kanntest zu Bickenbach?«

»Ja, vor vielen Jahren mal. Da habe ich ihn und seine Frau hier besucht.«

»Woher?«

»Ist eine lange Geschichte.«

»Ich habe nichts mehr vor.«

Der Kommissar lachte heiser auf. »Wenn wir mal in Ruhe einen Wein bei dir zu Hause trinken, erzähle ich dir gerne mehr. Aber nicht hier.« Er deutete mit dem Kinn auf die Kollegen.

»Wird das ein Problem?«

»Inwiefern?«

»Für die Ermittlung?«

»Was meinst du?«

»Bist du in der Lage, die Suche nach dem Täter professionell zu führen?«

»Natürlich!«

Ein Problem wird das höchstens für den Mörder, dachte Lohmeier grimmig.

* * *

Meine Glieder wurden langsam steif. Eine gefühlte Stunde stand ich nun schon bewegungslos in dem Gebüsch. Es war feucht und modrig. Schritte waren näher gekommen, hatten sich aber nicht mehr entfernt. Stand mein Verfolger draußen vor diesem Busch und wartete darauf, dass ich mich verriet? Oder war er längst verschwunden und ich hatte es nicht bemerkt?

Vor dem Hotel kam mittlerweile Leben auf. Ich hörte Polizeisirenen. Fahrzeuge preschten heran, Wagentüren öffneten sich und schnelle Schritte hallten über den Bürgersteig. Man suchte. Nach wem? Nach mir? Nach meinem Angreifer? Wer war er? Keine Ahnung. Ich musste dringend mit zu Bickenbach sprechen. Dumm war nur, dass ich in der Hitze des Gefechts weder mein Handy noch mein Portemonnaie vom Nachttisch geschnappt hatte. Ich besaß kein Geld und keine Möglichkeit der modernen Kommunikation. Ins Hotel zurück kam auch nicht in Frage. Wer konnte wissen, was oder wer mich da erwartete. Wenn die schwarzen Herren dort lauerten, hatte ich schlechte Karten. Ob mich die irische Polizei schützen konnte, war auch ungewiss. Oder die beiden waren wegen des Polizeiaufkommens abgehauen. Dann würden mir die Beamten aber sicher eine Menge Fragen stellen und gegebenenfalls das Bild konfiszieren. Das wollte ich auch nicht. Also, was blieb?

Adriana!

Ein Glück, dass sie nicht im gleichen Hotel abgestiegen war. Da sie mich so oder so erwartete, wusste ich, wo ich sie finden würde. Nur, konnte ich mich von hier schon wegbewegen? Ich war mir nicht sicher, und dass, obwohl ich am ganzen Leib zu zittern begann. Die feuchte Kälte machte mich krank.

Ein größeres Fahrzeug brauste die Straße herunter und hielt dem Vernehmen nach vor meinem Hotel. Noch mehr Polizei. Türen auf, Türen zu. Dann hörte ich das Bellen von Hunden. Suchhunde! Klar, man würde die Viecher in meinem Hotelzimmer an meinen Sachen schnuppern lassen und ein paar Minuten später stünde eines von den Tieren zähnefletschend vor mir.

Ich nagte an meiner Unterlippe. Hunde oder Killer? Die Hunde waren eine zu hundert Prozent verlorene Situation, vor allem, wenn ich noch länger wartete. Das schwarze Duo war womöglich schon weg.

Als ich hörte, wie sich die ersten Hunde näherten, schlug ich mich durch das Gebüsch zur anderen Seite des Parks durch. Meine Lungen schmerzten und mein Herz raste, als ich unbehelligt von Reißzähnen und Kugeln den Ausgang gegenüber der Grafton Street erreichte. Ich hetzte über die Straße und tauchte in der schon gut besuchten Fußgängerzone unter.

Nun war ich froh, dass ich am Flughafen einen Reiseführer gekauft und mir die nähere Umgebung des Hotels auf der Karte eingeprägt hatte. Ich lief Richtung Trinity College, bog an der nächsten Ecke ab, schlug noch zwei Haken und verlangsamte meine Schritte. Hier und da waren Menschen unterwegs, jedoch schien sich niemand speziell für mich zu interessieren. Und dass, obwohl ich bei der Kälte nur ein Hemd trug. Aber vielleicht waren die Iren hart im Nehmen und hielten mich für einen von ihnen.

Als ich glaubte, dass weder Polizei noch Bilderdiebe mich verfolgten, betrat ich ein Café, das gerammelt voll war. Ich drängte mich durch dicht beieinander sitzende Menschen, die fast alle irgendein irisches Frühstück vor sich stehen hatten, welches mir den Magen umdrehte: Würstchen, Bohnen und anderes fettes Zeug. Ich fand die Toilette und sah mich um. Die Fenster waren nicht vergittert und gaben den Blick auf einen Hinterhof frei. Eine offenes Tor ging zu einer schmalen Straße. Sehr gut. Selbst wenn die Hunde meinen Weg bis zum Pub erschnüffeln konnten. Hier würden sie mich verlieren. Entweder schon in der Menschenmenge, spätestens aber hier auf der Toilette. Hoffentlich. Ich betrat eine Kabine, schloss die Tür und setzte mich, um nachzudenken. Mein Blick wanderte die Toilettenwand hoch bis zur Decke. Sie war abgehängt. Da kam mir eine Idee. Ich stieg mit der Bilderrolle auf den Toilettensitz und tastete die quadratischen Gipskartondeckenelemente ab. Sie ließen sich leicht anheben. Ich verstaute das Bild in dem Hohlraum, verließ die Kabine, kletterte aus dem Fenster und schlich mich davon.

* * *

»Sorry, Chef«, ein unter seiner Baseballmütze kreidebleicher Menz erschien erneut im Wohnzimmer. Er ging ein wenig wie auf rohen Eiern. Lohmeier machte eine wegwerfende Handbewegung. Einer der Spurensucher grunzte belustigt, wofür er sich einen bösen Blick des Kommissars einhandelte.

»Doc, wir waren bei seiner zertrümmerten Hand«, fuhr der Kommissar fort und wettete gegen sich selbst, dass Menz' nächster Gang zur Toilette in spätestens drei Minuten anstand.

»Der oder die Täter haben ihm auch die Kniescheibe malträtiert.«

»Welche Seite?«, fragte Lohmeier, der im selben Moment die Antwort schon kannte.

»Nicht die des steifen Beins, sondern das heile Knie, rechts.«

Menz ließ ein Glucksen des Entsetzens hören, woraufhin ihn sein Chef halb besorgt, halb belustigt ansah. Doch der junge Kollege machte keine Anstalten, erneut die Toilette aufzusuchen. Lohmeier kramte eine Tüte Pfefferminzbonbons aus der Sakkotasche und reichte sie Menz. Scheiß auf die Wette. Doch der Kollege lehnte dankend ab, während er hörbar deutlich durch die Nase ein- und durch den Mund ausatmete und dabei einen Punkt an der Wand fixierte.

»Sie sollten eins versuchen«, insistierte der Kommissar, »ist gut für einen flauen Magen.«

Widerwillig verschwanden Menz' Finger in der Tüte und kehrten mit einem Bonbon wieder, das er umständlich auspackte und gleich darauf in den Mund schob.

»Sonst noch was, Doc?«

»Alles Weitere nach der Obduktion.«

»War der Staatsanwalt schon da?«, fragte der Kommissar in die Runde. Das unverständliche Gemurmel wertete er als ein Nein. Die Sache konnte sich also noch verzögern, dachte er und seufzte.

»Chef?«

»Hmmm?«

»Ich habe nachgedacht.«

»Das ist schön. Und?«

»Wir gehen davon aus, dass der oder die Mörder zu Bickenbach gefoltert haben. Wahrscheinlich, um an eine Information zu kommen, die er ihnen freiwillig nicht geben wollte, richtig?«

»Deswegen foltert man Menschen ...«

»Und offensichtlich hat er ihnen lange widerstanden, wenn sie ihm erst ein Knie und dann die linke Hand brechen mussten.«

»Yep.« So war er eben, der Arthur, dachte Lohmeier traurig. Hart im Nehmen. Er presste die Lippen aufeinander.

»Danach wurde er durch einen einzigen Schuss in den Kopf getötet.«

»Worauf wollen Sie hinaus, Menz?«

»Also wenn ich jemanden so sehr quälen müsste, bis ich ans Ziel gelange, dann habe ich doch eine Stinkwut im Bauch, dass der Kerl mich so lange hinhält.«

Lohmeier wusste noch immer nicht, worauf Menz hinauswollte.

»Also wenn ich ein sadistischer Folterknecht wäre und mein Opfer würde mir so lange widerstehen, dann würde ich ihn doch nicht mit einem einzigen Schuss erlösen. Sondern ihm das ganze Magazin in die Brust schießen.«

»Was genau schließen Sie jetzt aus Ihren eigenen Worten?«

»Ich schließe daraus, dass der Mörder und der Folterknecht nicht dieselbe Person sein können«, sagte Menz. Er lutschte auffällig das Pfefferminzbonbon und schien sich langsam zu erholen. Seine Wangen hatten schon wieder etwas mehr Farbe.

»Das, lieber Kollege, ist eine nette Theorie. Aber sie hinkt leider an mehreren Stellen.«

»Wieso?«

»Sehen Sie, Menz. Gerade die Tatsache, dass zu Bickenbach gefoltert und danach mit nur einem Schuss in den Kopf getötet wurde, lässt auf einen einzelnen Profi schließen. Dabei handelt es sich wahrscheinlich um jemanden, der nicht aus Sadismus foltert, sondern emotionslos und zweckgebunden. Ein Profi.« Sein Zeigefinger wies auf das Loch in der Stirn. »Nachdem er hatte, was er wollte, hat er genauso gefühlskalt und zielgerichtet sein Opfer erschossen.«

Menz nickte nachdenklich. Auf seiner Stirn bildeten sich leichte Falten. Bedächtig zog er das Handy aus der Tasche und fotografierte den Leichnam. »Welche Information zu Bickenbach wohl preisgeben sollte?«

Lohmeier seufzte. »Keine Ahnung.« Sein Blick wanderte über die Wand gegenüber der Fensterfront. Dicht an dicht hingen dort die Gemälde. Im oberen Drittel links war eine Stelle kahl und etwas heller als die Tapete drumherum. Als er sich näherte, erkannte er einen Nagel.

Menz gesellte sich zu ihm und sagte: »Das war vorhin schon mein Fixpunkt.«

»Ihr Fixpunkt?«

»Wenn einem schlecht oder schwindlig ist, braucht man einen Fixpunkt, den man anstarrt, während man durch die Nase ein- und durch den Mund ausatmet. Dort fehlt ein Bild!«

Lohmeier schüttelte sich irritiert. Demenz' Gedankensprünge!

»Fragt sich nur, ob es gestern noch dort hing oder schon seit Tagen oder Wochen nicht mehr dort hängt.«

»Ein Sammler wie zu Bickenbach hätte doch sicher etwas anderes aufgehängt, wenn das Bild schon länger nicht mehr an seinem Platz gewesen wäre, oder?«

»Guter Punkt, Menz. Das hätte er sogar ziemlich sicher. Das Bild wurde wahrscheinlich vor Kurzem abgenommen.«

»Dann könnte es der Mörder mitgenommen haben?«

»Dafür hätte er zu Bickenbach weder foltern noch erschießen müssen.«

»Es sei denn, Chef, der Täter wusste nicht, wonach er suchte!«

»Verstehe ich nicht.«

»Es gibt doch seit Monaten diese Serie von Einbrüchen, bei denen immer nur ein einzelnes Gemälde gestohlen wurde. Was, wenn der Dieb beispielsweise den Auftrag hatte, ein Bild mit einem Jagdmotiv zu stehlen. Er bricht hier ein und stellt fest, dass im Wohnzimmer ein halbes Dutzend von den Dingern hängt. Was soll er tun? Erwischt er das Falsche, wird er kaum ein zweites Mal hier einbrechen können, denn der Besitzer ist gewarnt. Er wartet, bis zu Bickenbach zurückkommt, und foltert ihn, bis der sagt, welches Bild am wertvollsten ist ...«

»Das mit den geklauten Bildern ist angeblich dieser Narkov.«

»Dass Narkov die Bilder klauen lässt, ist eine Theorie von Herz ...«, gab Menz skeptisch von sich.

»Sie passt aber gut in den Tathergang. Wenn dieser Narkov wirklich Gemälde im Wert von mehreren Millionen gefälscht und reichen Sammlern verkauft hat, muss er um jeden Preis verhindern, dass er auffliegt. Das Sicherste ist, alle Fälschungen zurückzustehlen. Damit kann ihm nichts nachgewiesen werden«, argumentierte der Kommissar.

»Warum hat dieser Narkov die Bilder nicht schon viel früher zurückgeklaut?«

»Weil ihm Herz erst seit ein paar Monaten draufgekommen ist und nun nach den Betrogenen sucht, die nichts von ihrem Unglück wissen.«

»Und Herz, der Möchtegerndetektiv, ist schlauer als alle Sammler und Kunstexperten zusammen?«

»Dass Sie Herz nicht mögen, kann ich verstehen. Aber Sie sollten ihn deswegen nicht unterschätzen! Narkov hat angeblich täuschend echte Expertisen mitgeliefert.«

Ein Mann im langen Mantel stürmte in das Zimmer, blickte sich kurz um und entdeckte Lohmeier. »Ah, das sind Sie ja. Was haben wir?« In dem kantigen Schädel des Staatsanwalts wirkten seine ohnehin kleinen Augen zu so früher Stunde noch viel mickriger.

»Graf zu Bickenbach, Kopfschuss, zuvor gefoltert.«

»DER zu Bickenbach? Das ist ein Katastrophe!«

Der Kommissar nickte.

»Gehen Sie behutsam vor. Und halten Sie bitte mich und den Polizeipräsidenten täglich auf dem Laufenden!« Rodenberg rauschte so schnell wieder ab, wie er gekommen war.

Der hatte es aber eilig, dachte Lohmeier nur.

* * *

Nachdem ich das Café auf ungewöhnliche Weise verlassen hatte, konnte ich mich schnell orientieren. Die Gassen waren schmal. Etliche Geschäfte in den Erdgeschossen öffneten ihre Pforten. Es gab auch eine Menge Büros. Ich lief eine kurze Strecke geradeaus, dann einmal links und die nächste rechts. Ich hielt den Kopf gesenkt, wusste aber, dass ich wegen meiner spärlichen Bekleidung auffallen würde.

Doch zum Glück begegnete mir nur ein verliebtes Paar, das mehr mit Knutschen als Gucken beschäftigt war. Noch ein paar Schritte und ich stand vor Adrianas Hotel.

In der Lobby des kleinen, leicht heruntergekommenen Hotels in einer ruhigen Seitenstraße der Dubliner Innenstadt saß kein Mensch. Allerdings bemerkte ich beim Näherkommen, dass Dampf aus einer Kaffee-Tasse stieg. Wer immer hier an der Rezeption arbeitete, war nicht lange weg. Ich schlich eilig zur Treppe, stieg leise in den dritten Stock und klopfte an die Tür.

»Oh, mein Gott!« Adriana schlug die Hände vor den Mund. Ihr erwartungsfrohes Lächeln wich einem entsetzten Ausdruck. »Was ist denn mit dir passiert?«

»Bin überfallen worden«, presste ich raus und stolperte ihr über die unebene Bodenleiste ihrer Hotelzimmertür fast in die Arme. Schön warm war ihr Zimmer. Das war aber auch schon fast alles an Luxus. Die Tapeten an den Wänden schimmerten beige, und ich konnte nicht sagen, ob das die ursprüngliche Farbe war, oder ob man mal wieder mit neuem Weiß darüber streichen sollte. Eine schummrige Funzel an der Decke zeichnete den Raum weich. Wenn es hier dreckig war, würde man das zumindest nicht gleich bemerken. Licht drang kaum durch die Fenster.

»Du zitterst ja am ganzen Körper!«

»Habe eine gefühlte Stunde in einem Gebüsch in der Kälte gehockt.« Sehnsüchtig sah ich auf den Stuhl, der in der Ecke nahe dem Fenster stand. Gerne hätte ich dort Platz genommen und mich ausgeruht. Adriana selbst musste kurz vorher darauf gesessen haben, denn auf dem Tischchen daneben lag ein aufgeschlagenes Buch.

Sie umarmte mich spontan und rubbelte kräftig über das klatschnasse Hemd an meinem Rücken.

»Erzähl … nein! Geh erst mal warm duschen! Deine Sachen sind ganz nass.«

Ich nickte und ließ mich ins Badezimmer führen. Überraschung: neue, weiße Fliesen und eine Dusche, der ich heißes Wasser zutraute. Auch die Badetücher wirkten sauber, wenn auch nicht gerade neu.

Ich kroch in die Dusche, drehte den Heißwasserhahn auf und ließ mich eine kleine Ewigkeit berieseln. So langsam taute ich wieder auf. Auch die ersten klaren Gedanken kamen: Zunächst musste ich zu Bickenbach anrufen und fragen, was es mit dem Bild auf sich hatte. Zwar würde er mir wahrscheinlich nicht die ganze Wahrheit erzählen, aber den einen oder anderen Hinweis konnte ich sicher aus ihm herauspressen, wenn ich drohte, nach diesem Desaster das Gemälde im nächsten Müllcontainer zu versenken.

Ich stellte das Wasser ab und rieb mich trocken. Nach dem Telefonat mit zu Bickenbach würde ich Adriana bitten müssen, zum Shelbourne zu gehen. Wenn sie sich unauffällig umsah, bekam sie vielleicht etwas heraus. Sie konnte ja ruhig sagen, sie sei mit mir verabredet. Ich brauchte unbedingt mein Handy, meinen Ausweis, das Flugticket und das Geld. Noch während ich nachdachte, klopfte es plötzlich laut an der Eingangstür des Hotelzimmers. Ich verstand nicht alles, was gerufen wurde. Doch das Wort »Police« verstand ich sehr gut. Wie hatten die mich gefunden?

Das Badezimmer dampfte und hatte keine Fenster. Ich stand hier halb nackt und konnte nur durch das Zimmer entkommen, wenn überhaupt. Verdammt.

Hastig entriegelte ich die Badezimmertür, um Adriana zu gestikulieren, sie solle auf keinen Fall an die Tür gehen. Zu spät. Ich sah gerade noch, wie sie die Zimmertür öffnete. Entsetzt starrte ich sie an. Mit der rechten Hand machte sie eine wedelnde Bewegung, und ich verschwand wieder im Bad. Wollte sie den Beamten etwa erzählen, sie wäre alleine?

Was geredet wurde, konnte ich nicht verstehen. Dafür schlug mein Herz zu laut. Aber ihre Stimme wechselte sich ein paar Mal mit dem sonoren Brummen eines Mannes ab. Dann hörte ich, wie die Tür ins Schloss fiel.

»Du kannst rauskommen«, rief sie.

Ich schlich barfuß ins Zimmer mit einem um die Lenden gewickelten Handtuch und hinterließ dunkelbraune Flecken auf dem Teppich.

»Wie bist du den Kerl losgeworden?«

»Anständiges Trinkgeld.«

Ich schluckte. »Du hast ihn bestochen?«

»Nennt ihr das so in Deutschland?«

»Wie nennt ihr das denn in Italien?«

»Trinkgeld.«

»Er hat das einfach angenommen?«

»Das ist sein Job. Als Zimmerkellner wird man in Irland nicht gerade gut bezahlt.«

»Das war nicht die Polizei?«

»Nein! Ich habe uns ein Frühstück bestellt, während du unter der Dusche standest.« Sie deutete auf den kleinen Tisch neben dem Stuhl am Fenster. Ein riesiger Teller mit Toast, Marmelade und Käse stand dort. Sofort knurrte mein Magen.

»Warum sollte ich der Polizei nicht öffnen?«, fragte sie mit einem besorgten Unterton.

»Können wir das vielleicht beim Essen besprechen?«, bat ich.

»Willst du dir nicht etwas anziehen?« Sie musterte mich vom Scheitel bis zur Sohle, verharrte aber auffällig lange auf der Höhe meiner Bauchmuskeln.

»Hast du einen Bademantel für mich? Meine Sachen sind noch ganz … klamm.«

Sie öffnete den Kleiderschrank und warf mir ein rosafarbenes Etwas zu, dass sicher schon tausendmal eine Waschmaschine von innen gesehen hatte. Das Emblem des Hotels war kaum noch zu erkennen. Tolle Farbe, dachte ich und verschwand wieder im Bad.

Kurze Zeit später saßen wir nebeneinander auf ihrem Bett und teilten uns das Frühstück. Der beste Toast in meinem bisherigen Leben. Und das lag nicht nur an dem Hunger, der mich schlagartig überfiel. Die Gefahr half sicher auch ein wenig nach.

»Sagst du mir nun, was dir passiert ist?«

Mit ausschmückenden Worten erzählte ich von meinem heroischen Abenteuer, von den hünenhaften Angreifern, wie ich sie k.o. schlug und leichtfüßig und ohne Schrammen in den Park entkam, um dort das weitere Vorgehen zu überlegen. Wie ich dort gefroren hatte und dann zu ihr gelaufen war, als die Luft rein schien.

»Und die Diebe haben jetzt dieses Bild«, fragte sie.

»Nein, das habe ich auf dem Weg hierher in einem Café versteckt.«

Adriana sah mich erschrocken an. »Warum? Was, wenn es jemand findet.«

»Es ist sicherer so. Wenn diese Kerle mich doch noch aufspüren sollten und ich das Bild bei mir habe, bringen sie mich sofort um. Solange sie aber nicht haben, was sie suchen, bleibe ich am Leben.«

Sie nickte. »Das klingt logisch.«

Ich versuchte ein Lächeln. »Also beinahe alles in bester Ordnung.«

Sie sah mich immer wieder besorgt an. »Du solltest das nicht so auf die leichte Schulter nehmen, Alex.« Sie griff nach meiner Hand. »Diese Männer wollten dich töten.«

Ihre Angst tat meiner Seele gut. Tief in meinem Inneren war alles Mögliche durcheinander geraten. Vor allem fühlte ich, dass meine »Heldentaten« eher Verzweiflungstaten waren und ich mehr Glück als Verstand gehabt hatte. Das würde nicht ewig so bleiben. Ich musste mir langsam vernünftige Gedanken machen und überlegen, wie ich aus dieser vertrackten Situation herauskommen konnte.

»Könntest du nicht als Journalistin ins Shelbourne gehen und dich dort umsehen? Vielleicht erzählt dir die Polizei, was passiert ist. Womöglich kannst du in mein Zimmer. Ich bräuchte unbedingt meine Papiere, mein Geld und mein Handy!«

»Warum sollten die mich in dein Zimmer lassen? Das ist doch mittlerweile sicher versiegelt nach der Schießerei auf dem Gang.«

Da hatte sie wohl recht. Wie blöd von mir. »Würdest du es trotzdem zumindest versuchen? Ich wüsste gerne, was die Polizei vermutet.«

Adriana zögerte, und ich konnte ihr ansehen, wie es in ihr arbeitete. Ich wollte sie überzeugen, doch mir fiel nicht ein, wie.

»Alex, ich muss mit meinem Chef sprechen.« Ihr Ton war plötzlich sehr sachlich geworden. Sie erhob sich von der Bettkante und lief ein paar Schritte auf und ab. Der Boden unter ihren Füßen knarzte.

»Worüber?« Ich steckte noch ein Stück Toast in den Mund und kaute schnell.

»Ich habe hier ein paar Fotos zu schießen. Wenn ich stattdessen mit dir vor ein paar Gangstern davonlaufe, dann möchte meine Zeitung das wenigstens abdrucken.«

Ich schüttelte energisch den Kopf. »Kommt nicht in die Tüte.«

»Tüte?«

»Ich meine, das geht leider nicht, Adriana.«

»Warum nicht?« Sie hielt mitten im Laufen inne und funkelte mich herausfordernd an.

»Weil ich unmöglich meinen Namen in Verbindung mit so einer Geschichte in der Presse sehen will.« Ich druckste herum. Sie wusste noch nichts von meinem Gefängnisaufenthalt und der immer noch vorhandenen Abneigung gegen den Polizei- und Justizapparat.

»Und du verstehst sicher, dass ich schon ein großes Risiko eingegangen bin, weil ich dir überhaupt glaube und helfe. Jeder normale Mensch wäre doch zur Polizei gegangen!«

»Was soll ich denen denn sagen?«

»Die Wahrheit. Dass du ein Bild abgeben solltest und der Kurier nicht der Mann war, den du erwartet hast. Schießerei, Flucht. Das ist es doch auch schon.«

Ihre Naivität ärgerte mich. »Ich habe keine Lust, das Gemälde in der Obhut der Polizei zu lassen. Ich will erst mit zu Bickenbach sprechen. Er kann mir sicher sagen, was hier vor sich geht und warum die so scharf auf das Bild sind.«

»Wenn du die Rolle im Versteck lässt und dann zur Polizei gehst?«, schlug sie vor und pustete sich eine Locke aus der

Stirn, die sich in der Hitze des Gesprächs über ihr linkes Auge gelegt hatte.

»Was soll das bringen?«

»Du kannst denen sagen, du hättest das Gemälde auf der Flucht im Park verloren.«

»Okay, das ist eine Idee«, gab ich zu, denn mir schien ihr Vorschlag tatsächlich gar nicht so schlecht. »Aber erst einmal rufe ich zu Bickenbach an.«

»Ohne dein Handy?«

»Ein öffentlicher Fernsprecher oder das Vorkriegsmodell hier tut es auch.« Ich deutete auf ein altes Telefon mit Wählscheibe.

* * *

»Nein!«, der markerschütternde Schrei stammte von dem jungen Mann, der gerade in zu Bickenbachs Wohnzimmer stürzte. Die Köpfe von Lohmeier, Menz und Schlüther fuhren herum. Philipp Müller stolperte ins Zimmer und fiel vor dem Grafen auf die Knie.

Schlüther schaute irritiert, aber Menz ging gleich auf den Kollegen zu und zerrte ihn sanft, aber bestimmt vom Boden hoch und bugsierte ihn auf die Couch. Dort fiel Müller nahezu in sich zusammen. Wie das sprichwörtliche Häufchen Elend, dachte Lohmeier und schämte sich ein wenig. Er hatte Müller bisher für einen aalglatten Karrieristen gehalten. Müllers Schultern bebten, und Tränen liefen sein Gesicht herunter. Das berührte Lohmeier und gab ihm einen Stich zugleich. Auch er hatte stets viel für zu Bickenbach empfunden. Schließlich war auch er eine Art Ziehsohn des alten Mannes gewesen. Und doch verspürte er keine Trauer, keinen Impuls zu weinen. Bei ihm war die Leere gefüllt mit Wut und Hass. War das seine Art, Trauer zu erleben, fragte er sich.

Menz eilte in die Küche, um ein Glas Wasser zu holen, während Schlüther sich neben den jungen Mann hockte und ihm zusprach. Lohmeier war nicht sicher, ob der Doc als Arzt oder als Mensch handelte. Als Menz mit dem Wasser zurückkehrte, hatte Müller zumindest aufgehört, Rotz und Wasser zu heulen. Mit verweinten Augen warf er dem Kollegen einen dankbaren Blick zu und trank das Glas in einem Zug leer. Schlüther legte kurz seine kleine Hand auf Müllers Schulter und murmelte etwas, das der Kommissar nicht verstehen konnte. Dann ergriff der Arzt seine Tasche und winkte Lohmeier, ihm in die Diele zu folgen. Gemeinsam verließen sie das Wohnzimmer. Einige der Spurensucher, die die Szene zunächst mit erstauntem Gesichtsausdruck verfolgt hatten, wandten sich wieder ihrer Arbeit zu.

»Was gibt's, Doc?«

»Der arme Kerl ist ganz fertig. Du solltest ihn von den Ermittlungen um zu Bickenbachs Tod besser ein wenig außen vor lassen.«

»Das wird sich nicht machen lassen, und wenn er tatsächlich an Arthur so hängt, wird er sich die Mörder-Jagd nicht entgehen lassen.«

»Das bereitet mir ja gerade Sorgen. Nicht nur du alter Heißsporn, sondern auch noch das junge Pendant«, sagte Schlüther und schüttelte bedächtig den Kopf.

Lohmeier räusperte sich. »Was willst du damit sagen?«

»Dass der Müller mich an den jungen Lohmeier erinnert.«

»So 'n Quatsch!«

»Das mag dir gefallen oder nicht, ist aber so.«

Der Kommissar grummelte etwas Unverständliches.

»Wie du willst, Markus. Ich bin fertig. Die Ergebnisse lasse ich dir so schnell wie möglich zukommen. Aber tu mir den Gefallen und unternimm nichts Blödes. Frag Menz um Rat.«

»Jetzt überspannst du den Bogen aber endgültig, Doc«, schnaubte Lohmeier verächtlich. Demenz um Rat fragen, wie krank konnte man im Kopf sein?

»Ich meine es ja nur gut mit dir! Wir sehen uns.«

Nachdenklich schaute der Kommissar dem Arzt nach, als der zur Tür hinauswackelte. Danach fiel sein Blick auf die große Kommode neben der Tür. Plötzlich fiel ihm etwas ein. Dieses Möbelstück kannte er noch aus alten Zeiten mit dem Graf. Der hatte ihm sogar mal gezeigt, dass die oberste Schublade ein Geheimfach im Boden enthielt. Neugierig schaute er nach.

Der Kommissar brauchte eine Weile, bis er den Mechanismus fand, der ihm den doppelten Boden öffnete. Mit einem leisen Schnappen ging der Bodendeckel auf. In dem Fach lagen gut zwei Dutzend Fotos, die immer wieder denselben Mann zeigten.

»Den Mann kenne ich.«

Lohmeier fuhr herum und sah in Menz' Gesicht.

»Müssen Sie sich so anschleichen?«, zischte der Kommissar.

»'tschuldigung. Wollte ein neues Glas Wasser aus der Küche für Philipp holen.«

»Ja, ja. Schon gut. Wer ist der Kerl auf den Fotos?«

* * *

»Könnte ich bitte dein Handy haben, oder soll ich das Hoteltelefon benutzen?«

Adriana reichte mir ihr Handy. Ich wählte die Vorwahl von Deutschland und dann zu Bickenbachs Handynummer aus dem Kopf. Ich ließ es eine Weile klingeln, aber niemand nahm den Hörer ab. Die Mailbox ging ran, und ich legte sofort wieder auf. Ihm eine Nachricht hinterlassen, das wollte ich nicht. So eine Sache besprach man nicht mit einem Anrufbeantworter.

»Und?«

»Nichts«, sagte ich nachdenklich und sah aus dem Fenster in den dunklen Hinterhof. Wahrscheinlich hörte er das Telefon nicht oder war gerade in einer Besprechung. Was nun?

Sie setzte sich neben mich, nahm mir das Handy aus der Hand und legte es auf den Nachttisch, bevor sie meine Hand griff und festhielt.

Aus müden Augen sah ich sie an.

»Alex, wenn du willst, gehe ich an deinem Hotel vorbei und versuche, etwas herauszukriegen.«

Ich erwiderte den Druck ihrer Hand dankbar.

»Aber du musst mir versprechen, dass du in diesem Zimmer auf mich wartest und nicht wieder irgendwelche Dummheiten anstellst, ja?«

Wo sollte ich in meinem blassrosafarbenen Bademantel denn schon hingehen? Außerdem war ich plötzlich todmüde und wollte nur noch unter die Bettdecke schlüpfen.

Sie schien meine Gedanken zu erraten. »Leg dich ins Bett und halt dich warm. Versuch zu schlafen. Vielleicht kann ich dir auf dem Weg noch ein paar Sachen besorgen. Okay?«

»Einverstanden.«

Sie erhob sich, lief zum Schrank und zog sich eine Jacke über. Ich schlug die Bettdecke zurück und legte mich samt Bademantel hinein. Sie zog sich ihre Stiefel an, öffnete die Tür und sah zurück. »Bis gleich Alex!«

»Sei vorsichtig!« Sie verschwand ins Dunkel des Flurs und zog die Tür ins Schloss. Müde legte ich den Kopf aufs Kissen und döste. Kurz bevor mich der Schlaf übermannte, fiel mein Blick auf den Nachttisch. Adriana hatte ihr Handy mitgenommen. Aber dort stand das alte Telefon mit Wählscheibe. Ein weiterer Versuch? Warum nicht.

Beim dritten Klingelton wurde abgehoben. »Hallo?«

»Alexander Herz hier. Herr zu Bickenbach?«

»Mmh.« Der Mann am anderen Ende der Leitung hustete, bevor er mit belegter Stimme weitersprach. »Herz? Ist was passiert?«

»Es gab Schwierigkeiten ...« Mit einer gehörigen Portion Wut im Bauch erzählte ich dem Grafen von den Männern, die mich überfallen hatten und das Bild stehlen wollten.

»Wo sind Sie jetzt?«, wollte zu Bickenbach wissen.

»In Sicherheit, zumindest vorerst. Aber ich wüsste von Ihnen gerne, wer diese Kerle waren und warum sie hinter dem Bild her sind.«

»Ich habe keine Ahnung. Aber das Gemälde ist sehr wertvoll. Deshalb wollten sie es wohl stehlen. Sagen Sie mir, wo Sie sind, und ich schicke Ihnen jemanden!«

»Nein, nein. Der Letzte, mit dem ich mich treffen sollte, hat mir für heute völlig gereicht. Die wussten, wer ich bin und wo ich war. Es gibt also eine undichte Stelle, und die muss auf Ihrer Seite liegen.«

»Wie kommen Sie darauf?«

Meine Güte, so spät am Vormittag war der liebe Graf aber schwer von Begriff. »Wenn statt James Huntington ein bewaffneter Dieb bei mir auftaucht, gibt es zwei Möglichkeiten. Entweder jemand hat von der Übergabe erfahren und man hat Huntington vorher ausgeschaltet. Dann ist er wahrscheinlich tot. Oder Ihr Vertrauter Huntington steckt selbst dahinter.«

»Dann wäre er doch persönlich gekommen, um das Bild abzuholen«, warf zu Bickenbach heiser ein.

»Eben nicht. Wäre das Bild danach verschwunden, würde der Verdacht sofort auf ihn fallen. Schickt er aber jemand anderen, kann er sagen, er sei überwältigt worden. Das setzt aber voraus, dass er lebend wieder auftaucht.«

»Ich weiß nicht recht.«

»Egal, was soll ich mit dem Bild machen? Wollen Sie es zurück?«

»Nein, lassen Sie es in Dublin. Ich telefoniere mit ein paar Leuten und arrangiere ein neues Treffen. Wohin zu welcher Adresse soll ich die Leute schicken?«

»Ich melde mich bei Ihnen. Sehen Sie zu, dass Sie das Leck finden. Ich möchte den Kerlen kein zweites Mal begegnen!«

Ich legte auf und spürte, wie mein Herz raste. Erst jetzt mit ein wenig Abstand wurde mir klar, in welcher Gefahr ich schwebte. Und das musste zu Bickenbachs Schuld sein. Was, wenn er abgehört wurde? Vielleicht hatten diese Leute sogar unser jetziges Gespräch mitbekommen? Ich nagte an meiner Unterlippe. Und wenn schon. Ich hatte nicht gesagt, wo ich war. Sie wussten also höchstens, dass es mich noch gab und dass ich das Bild hatte. Nicht gerade eine Neuigkeit.

Ich schlüpfte wieder unter die Decke, legte mich auf den Rücken und verschränkte die Arme unter dem Kopfkissen. Wie sollte ich ein Treffen verabreden, wenn der Feind mithörte? Keine Ahnung. Ich zermarterte mir das Hirn, kam jedoch auf keinen grünen Zweig. Klar war, dass es ein öffentlicher Platz sein musste, am besten vor den Augen der Polizei. Trinity-College, umringt von Touristen?

Vor lauter Grübeln döste ich ein und wurde erst wieder wach, als sich Adriana auf die Bettkante setzte. Vor Schreck fuhr ich hoch.

»Schschsch.«

Ich seufzte und legte den Kopf zurück aufs Kissen. »Und? Hast Du was erfahren?«

Ihr Gesicht wurde ernst. Sie nickte. »Es sieht nicht gut aus für dich.«

»Was hast du rausbekommen?«, fragte ich neugierig. Mir taten alle Glieder weh, und ich spürte, dass eine Erkältung im Anmarsch war.

»Vor dem Hotel stand ein halbes Dutzend Polizeiwagen. Drinnen liefen uniformierte Beamte herum, haben Gästen und Angestellten Fragen gestellt und tausend Fotos geschossen. Sie haben den Gang abgesperrt, auf dem dein Zimmer liegt. Nicht einmal den Gast, der gegenüber wohnt, wollten sie durchlassen.«

»Kriminalpolizei?«

»Klar, Leute in Plastikanzügen und mit Kameras. Ein paar Zivile liefen dort auch herum. Ein großer Schwarzer in braunem Anzug hatte dort wohl das Sagen. Ich habe aber nichts hören können.«

»Wie bist du denn überhaupt da hochgekommen?«

»Das war einfach. Ich bin ins Hotel. In der Eingangshalle haben zwei Polizisten gefragt, was ich da wollte. Auf mein Zimmer, habe ich gesagt, und sie haben mich durchgewinkt. Dann bin ich mit dem Aufzug nach oben. Da war dann Schluss.«

»Ich komme nicht mehr an meine Sachen, fürchte ich. Hast du sonst etwas erfahren?«

»Sie suchen Dich!«

»Mich und zwei weitere Männer?«

»Nein, nur dich. Die beiden Männer, von denen du überfallen wurdest, sind dort keinem aufgefallen. Zumindest keinem vom Personal. Ich habe mit einem Kellner aus der Bar gesprochen, der dich hat rausrennen sehen. Die sind erst viel später darauf gekommen, dass etwas nicht stimmte, als Gäste sich über den Lärm beschwert hatten und jemand die Einschusslöcher im Flur entdeckte.«

»Aber die Polizei kann doch unmöglich glauben, dass ich das alleine war?«

Adriana zuckte mit den Achseln. »Weiß ich nicht. Mit der Polizei konnte ich ja nicht reden. Die Gerüchte unter den Angestellten lauten, dass du den Verstand verloren hast und wild um dich schießend aus dem Hotel gerannt bist.«

»So ein Quatsch!«

»Alex! Das ist deren Geschichte.« Sie hob abwehrend die Hände.

Verdammter Mist. Da konnte ich nur hoffen, dass die Polizei in Irland ein wenig heller war und den Zusammenhang ermitteln würde. Aber selbst wenn. Sie kannten meinen Namen, der stand immerhin auf der Gästeliste des Hotels. Sie würden nach mir suchen, keine Frage.

»Hast du eine Idee, was du tun wirst?«

»Zu Bickenbach will, dass ich das Bild übergebe.«

»Du hast ihn gesprochen?«

Ich deutete mit dem Kinn auf das Telefon. Ein Schatten huschte über ihr Gesicht. War sie in Sorge? Warum?

»Was hat er gesagt?«

»Er konnte sich den Überfall auch nicht erklären und wollte nachforschen. Ich habe ihm erklärt, dass entweder er oder sein Kontaktmann das Leck wären.«

»Habt ihr einen Treffpunkt ausgemacht?«

»Nein. Denn wenn er das Leck ist, beispielsweise, weil sie ihn abhören, ist das zu gefährlich. Ich rufe ihn morgen an und bestelle ihn zu einer Telefonzelle. Dorthin gebe ich ihm den Treffpunkt durch. So sind wir nicht in Gefahr.« Ich gähnte.

»Wenn die deinen Grafen überwachen, hören sie ihn sicher nicht nur ab, sondern sehen auch die Nummer des jeweiligen Anrufers.«

»Dafür ist das Telefon hier doch viel zu alt.«

Adriana sah mich skeptisch an. »Ich fürchte, da täuschst du dich. Womit deine ominösen Verfolger wahrscheinlich auch schon wissen, von wo aus du angerufen hast.«

* * *

Gleißendes Licht aus langen Leuchtstoffröhren flutete den Raum und wurde von dem Spiegel zurückgeworfen, der fast die gesamte hintere Wand einnahm. Lohmeier blinzelte und schützte seine Augen einen Moment, indem er die Hand hochnahm. Seit der Renovierung vor einigen Wochen schien ihm Vernehmungszimmer 3 noch unpersönlicher und kälter. Der Boden war grau gefliest und die Wände weiß verputzt. Keine Tapete, kein Bild, nur jeweils eine Kamera in jeder Ecke unter der Decke. In der Mitte stand ein grauer Tisch mit Mikrofonen, vier Stühle drum herum. Der Präsident hatte vor versammelter Mannschaft erzählt, dass ein schlauer Innenarchitekt ihm den Tipp gegeben hätte, dass die Verdächtigen auf weich gepolsterte Stühle gesetzt werden sollten, weil Wissenschaftler glaubten, dass Menschen auf weichen Stühlen verhandlungsbereiter wären. Die Beamten hingegen mussten seither auf unbequemen Stühlen ohne Polsterung sitzen, was sie härter und erbarmungsloser machen sollte.

Als der Polizeipräsident diese Neuerung das erste Mal erwähnte, lachte Lohmeier spontan so laut, dass sich alle Blicke sofort auf ihn richteten. Sein gestammeltes »Entschuldigung« begleitet von einem kaum unterdrückten Grinsen, konnte seinen obersten Dienstherren nicht besänftigen. Tagelang hatte der Präsident ihn auf dem Flur ignoriert und nicht gegrüßt. Wann immer er nun den Vernehmungsraum 3 betrat, dachte er zuerst an diese Geschichte der Eitelkeiten und musste grinsen.

Der Mann ihm gegenüber war der Kerl, den Menz in zu Bickenbachs Haus auf den Fotos wiedererkannte hatte.. Er lächelte nicht, sondern saß mit grimmigem Gesicht und zusammengesunken wie ein pausierender Kutscher auf dem Kutschbock auf dem weich gepolsterten Stuhl. Verhandlungswillig sah für den Kommissar anders aus. Er drückte den Knopf für die Aufnahme des Gesprächs.

»Mein Name ist Lohmeier«, sagte er, »und das ist mein Kollege Menz.«

Der Mann reagierte nicht. Er blickte demonstrativ auf sein Spiegelbild und zog die Nase hoch. Die Augenringe und die blasse Haut konnten jedoch nicht verbergen, dass er müde war und in der Nacht kein Auge zugetan hatte.

Lohmeier knallte ein schmale Akte auf den Tisch und schlug sie auf. Er tat so, als würde er jetzt zum ersten Mal hineinsehen, wusste aber längst, dass nichts darin stand, was ihnen helfen könnte.

Kehlhoff war ein Kollege von Heisen gewesen, so etwas wie ein Vorgesetzter, und Kehlhoff war die Verbindungsperson des Wachpersonals zum Grafen. Lohmeier erinnerte sich an die Nacht, in der Heisen gestorben war. Als zu Bickenbach sie am Fundort der Leiche überraschte, stand dieser Mann an seiner Seite. Dennoch war er ein unbeschriebenes Blatt, zumindest aus Sicht der Polizei.

»Haben Sie Durst? Wollen Sie auf die Toilette? Quält sie Hunger? Haben Sie ein medizinisches Problem, von dem wir wissen sollten?«

Kehlhoff schnaubte und sah zur Seite.

»Sie gehören zur rechten Szene?«, fragte der Kommissar fast beiläufig.

Kehlhoff lachte meckernd und schwieg.

»Sie arbeiten seit gut einem halben Jahr für Ihren Sicherheitsdienst bei Braun&Braun?«

Verächtliches Grinsen.

»Kehlhoff, Sie werden des Mordes an Manfred Heisen verdächtigt. Die Beweise sind erdrückend. Sie haben ihn umgebracht und das Programm eingesteckt. Wahrscheinlich ist zu Bickenbach Ihnen vor uns auf die Schliche gekommen, also musste auch er sterben.«

»Sie haben doch keinen blassen Schimmer!«

Lohmeier klappte die Akte zu und erhob sich. »Brauche ich auch nicht. Sie wandern wegen Mordes ins Gefängnis. Fall erledigt.«

Wieder lachte Kehlhoff. »In ein paar Stunden bin ich wieder draußen, Sie Schwachkopf.«

»Wie Sie meinen ...«, sagte der Kommissar.

Menz packte stillschweigend sein Handy wieder ein, auf dem er sich Notizen machen wollte, und folgte seinem Chef.

»Wir sind auf derselben Seite«, gackerte Kehlhoff.

»Träumen Sie süß.« Der Kommissar öffnete die Tür des Zimmers.

»Lohmeier, Sie Idiot! Denken Sie mal an den sauberen Herrn Leipnitz!«

* * *

Wir hörten es gleichzeitig. Irgendjemand stand vor unserer Zimmertür. Durch eine Ritze drang Licht unter der Tür hindurch. Ich richtete mich im Bett auf und konnte erkennen, dass dort jemand stand. Adriana sah schnell zu mir herüber und legte den Finger auf die Lippen. Überflüssig zwar, weil ich ja nicht blöd war. Auch wenn das mit dem Telefon eine

Schusseligkeit war. Aber gut. Es zeigte jedenfalls, dass sie auch nicht gerade zu den Naiven auf dieser Welt gehörte.

Sie näherte sich der Tür. Ich kletterte aus dem Bett, griff nach meiner immer noch feuchten Unterwäsche, den Socken, der Jeans und dem Hemd. Rasch zog ich mich an und fröstelte, während Adriana noch immer gebannt an der Tür lauschte.

Mit einer Handbewegung bedeutete sie mir, zu ihr zu kommen. Wir hörten wieder etwas. Dem Geräusch nach versuchte sich gerade jemand am Schloss.

»Der Schrank«, flüsterte sie aufgeregt.

Wir eilten auf Zehenspitzen zu dem Kleiderschrank, der sich neben der Tür befand. Er war schwer, aber zum Glück nicht an die Wand gedübelt. Wir hoben ihn nahezu lautlos vor die Tür.

Im gleichen Moment schlug die Zimmertür gegen den Schrank. »Fuck«, hörte ich einen gemurmelten Fluch. Adriana riss das Fenster auf und schwang sich auf die Feuertreppe. Sie trug ihre Kamera um den Hals.

Ich eilte ihr nach. Adriana war wieselflink und kam deutlich schneller voran als ich. Mir fehlten noch zwei Etagen. Aus unserem Zimmer drangen Geräusche. Holz splitterte, es rumste laut. Noch eine Etage. Ich hörte Schritte aus dem Zimmer. Endlich hatte ich Asphalt unter meinen Füßen. Ich blickte hoch. Ein Schatten tauchte im Fenster über mir auf. Ich rannte über den Hof. Plopp. Plopp. Mein Herz überschlug sich fast, während die Geschosse neben mir in den Boden knallten. Ich erreichte das Hoftor, das Adriana offenhielt.

»Komm schon«, rief sie mit Panik in der Stimme. Ich schlüpfte hindurch, sie schloss es krachend hinter mir. In Windeseile löste sie den Haltegurt von ihrer Kamera und blockierte damit den Torgriff. Schlaues Mädchen. Ich war beeindruckt.

»Steh nicht so herum wie eine Ölpfütze! Komm!«

»Ölgötze, heißt das«, murmelte ich automatisch.

Sie rannte aber schon wieder und konnte mich sicher nicht hören. Ich hatte keine Ahnung, wo sie hinwollte. Die Straße führte zu einer kleinen Kreuzung, das wusste ich, denn so war ich vor ein paar Stunden zu ihr gelangt, nur dass ich nicht hier, sondern in der Parallelstraße zum Eingang des Hotels hin abgebogen war. Wir konnten in wenigen Minuten in der Stadtmitte sein. Aber wohin dann?

Von der Hofseite hörte ich schnelle Schritte, dann krachte jemand vor das Tor und rüttelte an dem Griff. Ich vernahm nur ein lautes »Scheiße!« und setzte mich in Bewegung.

* * *

»Stellen Sie Kamera und Ton ab, und wir können reden«, sagte Kehlhoff.

Lohmeier sah ihn scharf an. Wieder Leipnitz!

Die beiden Beamten setzten sich erneut. In dem Raum war es still. Von draußen drangen weder Gemurmel noch Schritte noch andere Geräusche herein, die hätte beweisen können, dass die drei nicht alleine auf der Welt waren.

»Ist das Ding aus?«

»Habe ich vorhin beim Rausgehen abgeschaltet«, log Lohmeier, ohne mit der Wimper zu zucken. »Erzählen Sie.«

»Sie wissen, was Leipnitz für einen Ruf hat?«

»Knallharter Firmensanierer, der über Leichen geht.«

Kehlhoffs Mund verzog sich zu dem Anflug eines Lächelns.

»Ich sehe, Sie sind doch nicht so ahnungslos, wie ich dachte. Ist ein gefährlicher Mann. Das habe ich auch dem Grafen gesagt, aber er wollte nicht auf mich hören.«

»Was meinen Sie?«

»Ich habe ihn vor dem Typen gewarnt. Aber der unerschrockene zu Bickenbach hat sich ein paar Mal offen mit Leipnitz angelegt.«

»Und deshalb hat Leipnitz ihn umgebracht, glauben Sie?« Lohmeier schnaubte verächtlich.

»Hören Sie, Kommissar. Sie und ich mögen politisch die Welt aus unterschiedlichen Augen sehen. Aber nicht jeder, der für sein Vaterland einsteht, ist auch gehirnamputiert.«

Der Kommissar hob abwehrend die Hände. »Das würde ich auch nie behaupten.«

»Also tun Sie bitte nicht so arrogant. Ich stütze meine Vermutung nicht auf Hirngespinste, sondern auf Beobachtungen. Ich war im Prinzip der Verbindungsmann zwischen ihm und der Wachmannschaft. Da bekommt man einiges mit. So auch den Streit zwischen Leipnitz und zu Bickenbach neulich.«

»Wann, neulich?«, hakte Menz nach.

»Am Nachmittag von zu Bickenbachs Todestag.«

»Und worum ging es bei dem Streit?«

»Um das gestohlene Computerprogramm.«

»Ein wenig genauer bitte ...«

»Ich wollte zum Grafen, stehe vor seiner Bürotür und höre, wie sie sich drinnen anschreien. Leipnitz macht den Alten an, er habe versagt. Nur wegen seiner Schlamperei sei das Programm gestohlen worden und er würde sich ganz oben beschweren. Zu Bickenbach könne einpacken und seine Pension auch gleich abschreiben.«

»Und wie hat zu Bickenbach reagiert?«, fragte Lohmeier.

»Hat zurückgeschrien. Das kann er ja, also das konnte er ganz gut. Leute zusammenfalten. Sollte man gar nicht meinen bei der ausgemergelten Gestalt.«

»Was hat er denn nun zurückgeschrien?«

»Leipnitz solle sich in Acht nehmen, er – also zu Bickenbach – wisse ganz genau, von wem und warum das Programm gestohlen wurde. Er habe bisher geschwiegen und würde auch weiter schweigen, aber es sei an der Zeit, Tacheles zu reden.«

»Was meinte er damit?«

Kehlhoff zuckte mit den Achseln. »Weiß ich nicht. Es kam jemand den Gang entlang und ich musste an zu Bickenbachs Tür klopfen. Bin dann rein, sehe beide mit hochroten Köpfen und weise den Grafen auf einen Termin hin. Der Ersatzmann für Heisen war gerade eingetroffen.«

»Was vermuten Sie denn?«

Kehlhoff rutschte auf dem Stuhl hin und her. »Sie sind doch die Polizei. Finden Sie es heraus.«

»Ich habe aber nach Ihrer Meinung gefragt!«

»Leipnitz ist ein gefährlicher Mann.«

»Sie haben Angst? Wovor?«

»Was glauben Sie denn, wer den zu Bickenbach umgebracht hat?«

»Leipnitz«, sagte Lohmeier.

Kehlhoff nickte.

»Aber aus welchem Grund?«, fragte Menz nach, der es noch immer nicht verstanden hatte.

»Der Graf wollte Geld dafür, dass er nicht verrät, dass Leipnitz das Programm gestohlen und Heisen umgebracht hat«, antwortete Kehlhoff.

Zurück im Büro knallte Lohmeier die Akte von Kehlhoff auf den Tisch und atmete zischend aus.

»Glauben Sie ihm das, Chef?«

»Keine Ahnung. Wenn es stimmt, passt einiges zusammen. Auch das merkwürdige Verhalten von zu Bickenbach. Kehlhoff kann sich das Ganze aber auch nur ausgedacht haben, um von sich abzulenken.«

»Aber wie passt das gestohlene Computerprogramm dazu? Für wen sollte Kehlhoff den Trojaner denn stehlen?«

»Keine Ahnung. Vielleicht hat es ja auch Heisen gestohlen und wurde von Kehlhoff dabei erwischt. Der schlägt den Kollegen nieder, wirft ihn vom Dach und nimmt das Programm an sich. Ich möchte Sie bitten, sich mal wegen Leipnitz ›umzuhören‹, aber unauffällig. Der Kerl ist ein Freund des Präsidenten.«

* * *

Wir liefen durch ein paar Gassen und standen plötzlich vor dem Haupteingang des Trinity-Colleges. Adriana schien sich gut auszukennen. Sie steuerte auf einen Taxistand zu.

»Wo willst du denn hin?«

»Zum Flughafen!«

»Ich habe kein Ticket, keinen Pass und kein Geld«, warf ich ein.

»Ich will ja auch nicht fliegen.« Sie öffnete die Rücksitztür des ersten Wagens in der Reihe und stieg ein. Ich folgte und sie rutschte zur anderen Seite durch.

»Airport«, sagte sie zum Fahrer und wandte sich dann wieder mir zu. Ihre Stimme war ernst und leise: »Wir müssen dich von dieser Insel schaffen.«

Ich sah sie fragend an. Wie sollte das gehen ohne Ausweispapiere?

Als ob sie meine Gedanken gelesen hätte: »Deshalb werden wir dir ein Fischerboot suchen, das dich an die französische Küste bringt. Da gehen wir an Land und fahren mit dem Zug zurück nach Deutschland.«

Ich staunte mit offenem Mund. »Wie sollen wir diesen Fischer finden?«

»Lass das meine Sorge sein. Der Verlag hat Verbindungen.«

Das klang für mich eher nach Mafia als nach seriöser Zeitung. Und so langsam kamen mir Zweifel. Diese Frau schien mir doch ein wenig zu krisenerprobt für eine Reisefotografin irgendeines Provinzblattes.

»Für welche Zeitung arbeitest du nochmal?«

»Eigentlich ist es ein Wochenmagazin.«

»Welches?«

»Das große aus München.«

Ich verstand, glaubte es aber noch nicht. »Und da lernt man im Fotokurs so Sachen wie Feuerleitern herunterklettern und Türen mit Kameratragegurten absperren?«

Sie sah mich mit funkelnden Augen an und sprach voller Zorn: »Ich war Kriegsberichterstatterin, Alex. Für verschiedene Zeitungen und Magazine. Erst im Irak, zuletzt in Afghanistan. Wo immer es geknallt hat, bin ich hin. Ich war süchtig nach diesem Kick. Dann ist mein damaliger Freund, ein deutscher Journalist vom Focus, vor meinen Augen von einer Tretmine zerfetzt worden. Danach konnte ich nicht mehr. So nun weißt du es. Geht es dir jetzt besser? Oder traust du mir nicht? Willst du hier aussteigen?«

Ich kam mir schäbig vor. »Adriana, es ...«

»Sag jetzt nichts«, zischte sie, während eine Träne ihre Wange herunterlief. Eine Weile saßen wir schweigend nebeneinander und ich widerstand dem Impuls ihre Hand zu nehmen und feste zu drücken. Nach ein paar Minuten hatte ich das Gefühl, dass Zorn und Trauer abebbten und ich ein aktuelles Problem ansprechen konnte

»Adriana, ich kann die Überfahrt nicht bezahlen.«

»Kannst du keinen Freund bitten, dir Geld zu einer Bank zu transferieren?«

»Ich könnte zu Bickenbach ...«

»Alex! Der Typ hat dich zweimal betrogen. Wann kapierst du das endlich?«

»Wir wissen nicht, ob es zu Bickenbach war oder jemand, der ihm auf den Fersen ist.«

»Das ist doch egal. Du kannst ihn nicht kontaktieren, weil diese beiden Typen dann wieder wissen, wo wir sind. Nein. Wir machen das anders. Ich besorge uns am Flughafen einen Mietwagen, damit fahren wir nach Cork und suchen an der Küste irgendjemanden, der uns übersetzt. Als Gegenleistung bekomme ich deine Geschichte exklusiv für die Zeitung.«

»Ich möchte nicht in der Zeitung stehen.«

»Es würde doch niemand erfahren. Wir ändern deinen Namen und machen alles unkenntlich, was mit dir zu tun hat. Niemand wird dich in dem Text erkennen. Auch den Grafen nicht.«

»Trotzdem.«

Sie schnaubte böse. »Alex, ich bin deine einzige Chance, mit heilem Haar aus der Sache herauszukommen.«

»Heiler Haut.«

»Hör auf damit! Es geht um dein Leben!«

Ich blickte zum Fenster hinaus und sah zu, wie die Straßen und Lichter der Nacht an mir vorbeizogen. Hatte ich eine Alternative? Ich war auf der Flucht, hatte kein Geld und keine Papiere und nur eine Person, der ich überhaupt vertrauen konnte – Adriana. Mir fiel Gereon ein, der mir erst vor ein paar Monaten aus einer ähnlich vertrackten Situation herausgeholfen hatte. Und wenn ich Gereon anrief ...? Nein, die Zeit hatte ich dieses Mal nicht. Ich musste mich hier und jetzt entscheiden.

* * *

Die Sonne schien in das Büro und heizte den Raum auf. Müller, Menz und Lohmeier saßen um den Schreibtisch herum, auf dem sich Akten und Unterlagen stapelten. Lohmeier hielt einen Becher mittlerweile kalten Kaffees in der Hand und starrte in die schwarze Flüssigkeit. Wer würde die Vorbereitungen für die Beerdigung treffen? Hatte Arthur überhaupt Familie? Die Ehe war kinderlos, von Geschwistern war nie die Rede. Ob er auch wegen seiner familiären Ungebundenheit ein interessanter Mitarbeiter für die Abwehr war? Keine Familie, keine Erpressung.

Menz sah zum Fenster hinaus in den blauen Himmel und hing seinen Gedanken nach. Er würde jetzt lieber mit Christine am Rhein entlangbummeln, sich in ein Café am alten Hafenbecken setzen, ein paar Decken auf den Knien und die Hitze der Heizpilze über sich. Händchenhaltend auf den Rhein und auf Oberkassel schauen.

Müller hockte mit roten Augen zusammengesunken in seinem Stuhl. »Wir sollten zusammenfassen, was wir bisher haben«, flüsterte er.

Lohmeier straffte sich, trank in einem Zug den kalten Kaffee und warf den Becher in den Mülleimer.

»Heisen-Mord. Laut Gerichtsmedizin niedergeschlagen und vom Dach geworfen, nachdem er aus dem Hochsicherheitstrakt ein gefährliches Computerprogramm entwendet hatte.«

»Was er nicht mehr bei sich trug, als wir ihn fanden«, ergänzte Menz.

»Verdächtige Nummer eins sind seine Kollegen Frauke Bieling und Markus Schaffer«, fuhr Müller fort. »Sie hatten die Gelegenheit, denn sie waren vor Ort. Ihretwegen, oder zumindest angeblich vor ihren Augen wurden die Überwachungsbänder abgeschaltet. Motiv könnte Habgier sein, weil Heisen nicht teilen wollte.«

»Sie behaupten jedoch«, sagte Lohmeier, »dass sie beide regelmäßig miteinander schliefen, während Heisen seine Runden machte. Wir haben ihren Hintergrund überprüft. Beide sind seit Jahren verheiratet, haben Familie und sind sonst nie auffällig geworden.«

»Was nichts bedeuten muss, denn Gier frisst Hirn. Die Gelegenheit war günstig. Wir können die beiden nicht ausschließen.«

»Deswegen sitzen sie ja noch in U-Haft«, brummte Lohmeier. »Kommen wir zu dem Verdächtigen Nummer zwei: Friedensaktivist Probst. Er hat Heisen, und zwar nur Heisen beauftragt, das Computerprogramm zu stehlen, um damit der Öffentlichkeit zu zeigen, wie gefährlich diese Waffen sind, und um gegen Braun&Braun zu demonstrieren.«

»Nur gibt es da auch wieder ein Problem: Probst hat dank der Kameras ein Alibi. Er war die ganze Zeit bei der Protestaktion vor dem Gebäude, aber nicht drinnen. Wie hätte er auch bei den Sicherheitsvorkehrungen reinkommen sollen? Er sagt, er habe Heisen nicht getötet und das Programm nie erhalten«, wandte Menz ein.

»Probst könnte auch eine weitere Person eingeschaltet haben, die Heisen in seinem Auftrag getötet und den Trojaner rausgeschmuggelt hat. Angeblich hat er Quellen bei Braun&Braun, die ihm so einiges in der Vergangenheit verraten haben«, überlegte Lohmeier laut.

»Diese Informanten sind aber selten Menschen, die kaltblütig und im Auftrag anderer töten«, wandte Müller ein.

»Auch wieder wahr.«

»Was uns wieder zu Bieling und Schaffer führt«, ergänzte Müller. »Die beiden könnten entweder im Auftrag von Probst oder weil sie einfach so von dem Diebstahl Wind bekommen haben, Heisen getötet und das Programm an sich genommen haben. Wir haben sie erst an dem Tag nach dem Mord verhaftet. Zeit genug, das Programm weiterzugeben oder es gut zu verstecken.«

»Wir haben alles bei ihnen durchsuchen lassen und nichts gefunden«, sagte Lohmeier lahm und wusste schon, was kommen würde.

»Sie können es ja auch gut versteckt haben«, sagte Müller.

»Oder aber unser dritter Verdächtige, Kehlhoff, hat das Programm an sich genommen, weil er irgendwie davon erfahren hat«, schlug Lohmeier vor. »Er ist wegen Körperverletzung und anderem vorbestraft. Zu Bickenbach hat ihn observiert oder observieren lassen. Somit sind wir beim zweiten Mord angekommen. Kehlhoff ist der einzige, der die Gelegenheit für den ersten Mord und daraus resultierend Gelegenheit und Motiv für den Mord an Arthur hatte. Bieling, Schaffer und Probst saßen in Untersuchungshaft. Ich tippe auf Kehlhoff.« Lohmeier wechselte schnell einen warnenden Blick mit Menz. Von der Leipnitz-Theorie wollte er erstmal nichts sagen.

* * *

Wir mieteten am Flughafen einen Wagen und fuhren damit zunächst zurück in die Stadt. Ich hatte mich entschieden, das Gemälde aus dem Versteck zu holen und es auf die Reise mitzunehmen. Erstens war ich mir sicher, dass unsere Verfolger die Spur verloren hatten. Zweitens wollte ich das Bild dann doch nicht im Versteck lassen, während ich das Land verließ.

Ich empfand es als meine Pflicht, zu Bickenbach das Gemälde zumindest zurückzubringen, wenn ich es schon nicht rechtzeitig diesem Huntington übergeben könnte. Und ihn suchen war gefährlich und überflüssig. Es gab ja nur zwei Möglichkeiten. Entweder hatte er aus irgendeinem Grund diese Killer auf mich gehetzt. Auch wenn ich nicht verstand, warum. Oder aber die Männer in schwarz hatten ihn ausgeschaltet und seinen Platz eingenommen.

Adriana fuhr uns in schnellem Tempo nach Süden. Richtung Cork. Sie raste und ich fürchtete, wir würden der nächsten Polizeistreife auf- und in die Hände fallen. Beinahe hätte ich sie gefragt, ob sie im Irak so fahren gelernt hatte, aber dann erinnerte ich mich an die Tretmine und ihren toten Freund. Eine Zeitlang legten wir schweigend Kilometer um Kilometer zurück. Die irische Landschaft flog an mir vorbei, aber ich erfreute mich nicht an den grünen Hügeln, den schnellen Farbwechseln und den Wolken. In trübe Gedanken versunken, war ich momentan blind für die Schönheit der Gegend.

»Wie geht's?«, wollte Adriana plötzlich wissen.

Eine komische Frage, fand ich. Da musste ich erstmal nachdenken. Man hatte mich überfallen, auf mich geschossen, ich war einmal, nein zweimal knapp entkommen und saß nun frierend, mit nahezu sommerlicher Kleidung in einem Auto auf dem Weg nach Nirgendwo. Und das alles, weil ein alter Mann sein Gemälde nicht selbst nach Dublin bringen konnte. Kurz gefasst: Mir ging's schlecht!

»Gut«, sagte ich und versuchte ein Lächeln. »Und dir?«

»Auch, danke.«

Ich rieb meine eiskalten Hände aneinander. Adriana bedachte mich mit einem Lächeln und drehte die Heizung höher. »Gleich wird dir wärmer.«

Ich nickte nur und war frustriert, denn eine Erkältung war mir sicher. Wahrscheinlich würde ich auch noch Fieber kriegen.

Schweigend fuhren wir eine Weile. Ich genoss die trockene, warme Luft, die die Heizung in den Innenraum blies. So langsam wurde ich ruhiger und erfreute mich am Ausblick. Leicht hügelig, stets grün, ab und zu ein paar Schafe, hier und da ein Haus. Das hatte eine entspannende Wirkung. Ich war fasziniert, wie dank der vorbeiziehenden Wolken ein und dieselbe Landschaft von Minute zu Minute anders wirkte: mal dunkel und melancholisch, wenn die Sonne von Wolken verdeckt wurde, dann wieder hoffnungsvoll und mystisch, wenn die Strahlen einzelne Felder oder Gegenden in Licht tauchten, während der Rest im Dunkleren verharrte.

Nach einer guten Stunde Fahrt drückte mich meine Blase.

»Könntest du bitte bei der nächsten Gelegenheit halten?«, bat ich.

Adriana sah mich fragend an. Ich hob die Augenbrauen. Ihr Mundwinkel zuckte einen Moment, doch sie hatte das Grinsen im Griff.

»Hältst du es noch zwei Kilometer aus?«

Als hätte ich eine Wahl. »Klar ...«

Einige Minuten später stoppte sie den Wagen auf einem leeren Rastplatz in der Parkbucht, die dem Toilettenhäuschen am nächsten lag. Ich griff nach der Rolle mit dem Gemälde und wollte die Wagentür öffnen.

»Das ist jetzt nicht dein Ernst, oder?« Sie klang verärgert.

»Ich muss ...«

»Das Bild! Du hast so wenig Vertrauen zu mir, dass du das Bild auf die Toilette mitnimmst?« Ihre Stimme hatte einen schneidenden Klang.

Ich fühlte mich ein wenig ertappt und unwohl. Vorsicht war die Mutter der Porzellankiste, aber sie hatte natürlich

Recht. Es musste wie ein Schlag ins Gesicht für sie sein, nach allem, was sie für mich riskierte.

»Ist nur so ein Reflex«, versuchte ich mich zu rechtfertigen.

»Nimm dein Scheißbild und hau ab«, fauchte sie mich an.

»Adriana.«

»Verschwinde. Schlag dich alleine durch.«

Ich hob beschwichtigend die Hände, doch sie wütete weiter. »Ich verstehe dich nicht Alex. Und ich bin es leid, mit so viel Misstrauen bestraft zu werden. Ihr Deutschen mit eurer ständigen Sorge um irgendetwas ...«

»Ich habe einfach nur Angst«, brüllte ich sie an. »Das hier ist für mich kein Alltag. Du magst ja abgeklärt sein durch deine Kriegserfahrungen. Ich bin es nicht. Also versuche ich reflexartig alles bei mir zu haben. Wobei alles nun nicht mehr viel ist.«

Sie stutzte und wir schwiegen für einen Augenblick.

»Tschuldige Alex. Für mich ist das auch kein Alltag mehr.«

Wir starrten beide eine Weile aus dem Fenster.

»Geh und nimm dein Bild bevor dir die Blase platzt«, sagte sie dann mit einem Lächeln. »Ich warte hier auf dich.«

Ich musste grinsen. Manchmal tat ein erlösendes Gewitter ganz gut. Ich stieg aus und legte die Rolle demonstrativ auf meinen Sitz.

»Bis gleich.« Sie lächelte mich an.

Als ich kurz darauf erlöst meine Hände unter einem kalten Wasserstrahl wusch, hörte ich, wie draußen ein Motor angelassen wurde. Mir fuhr der Schreck in die Glieder, unser Auto war das einzige auf dem Parkplatz gewesen. Einen kurzen Moment lang starrte ich mit aufgerissenen Augen in den Spiegel vor mir, während das Wasser über meine Hände floss und ich begriff, dass ich keine Chance haben würde.

»Scheiße!«

Ich rannte nach draußen. Aber es war zu spät. Ich hatte es verbockt, ich hatte vorsichtig sein wollen, mich aber wie ein Anfänger austricksen und von ihrer offensichtlich gespielten Wut einlullen lassen. Ich musste ohnmächtig mit ansehen, wie sie den Wagen beschleunigte und auf die Autobahn zurückfuhr.

»Hey!«, schrie ich, rasend vor Wut über meine eigene Blödheit. »Adriana! HEY!«

Sie brauste davon und ließ mich zurück. Ich war kein Privatdetektiv, ich war ein gottverdammter Volltrottel.

* * *

Ich verstand das alles nicht. Sie hatte mich gerettet, war mit mir vor den beiden Dieben geflohen, hatte einen soliden Plan ausgearbeitet und mein Versprechen, dass sie die Geschichte exklusiv hatte. Warum sollte sich Adriana für das Bild interessieren? Es gab nur eine Antwort: weil sie wusste, dass es viel wert war, wenn diese anderen Männer dafür über Leichen gingen. War sie selbst in Schwierigkeiten und sah darin einen Ausweg? Doch verfügte sie über die nötigen Kontakte, ein solches Gemälde überhaupt zu verkaufen? Denn es musste ihr doch klar sein, dass ich zu Bickenbach informieren und anschließend die Polizei nach ihr suchen würde.

Oder war sie etwa gar keine Fotografin und Journalistin, sondern handelte in jemandes Auftrag? Hatte sie es von Anfang an auf das Bild abgesehen? Das erschien mir unwahrscheinlich! Wie ich es auch drehte und wendete, ich konnte mir keinen Reim auf ihr Verhalten machen.

Eine Gänsehaut überzog meinen Rücken. Mir war kalt, mein Magen knurrte und ich war entsetzlich müde. Wo konnte ich hin? Erst einmal in die nächste Ortschaft. Lohmeier anrufen. Der hatte sicher eine Idee, wie ich aus diesem Schlamassel herauskommen würde. Oder auch Gereon? Im Zweifelsfall konnte mir die Deutsche Botschaft helfen. Doch zunächst musste ich nach Dublin zurück. Wie? Per Anhalter. Ob man sowas in Irland kannte?

Es dauerte etwa eine halbe Stunde, bis überhaupt ein Fahrzeug auf diesen Rastplatz fuhr. Der Fahrer im eleganten Anzug sah mich zunächst skeptisch an, als ich ihn in meinem nicht mehr so frischen Englisch bat, mich zur nächsten Ortschaft mitzunehmen. Meine Geschichte fand ich ganz plausibel: Meine Freundin und ich hatten uns gestritten und sie hatte mich an diesem Rastplatz stehen lassen.

»Und wenn sie zurückkommt, weil sie ein schlechtes Gewissen hat?«, warf er ein.

»Dann bin ich vielleicht schon erfroren!«

Er wühlte in der Innentasche seines Anzugs und reichte mir sein Handy. »Rufen Sie sie doch an.«

Blöde Situation, was konnte ich jetzt sagen? Dass ich Adrianas Nummer nicht hatte, zumindest nicht im Kopf. Sehr peinlich, wenn nicht gerade auffällig.

»Das ist aber ein deutsches Telefon«, sagte ich.

Er zuckte mit den Achseln. »Kein Problem.«

Wen sollte ich stattdessen anrufen? Zu Bickenbach oder Lohmeier. Da ich meinen freundlichen Nachbarn nicht stutzig machen wollte, rief ich die Auskunft in Deutschland an und flötete: »Das Polizeipräsidium in Düsseldorf bitte, direkt verbinden.« Ich hoffte inständig, dass der Ire, der mich aufmunternd anlächelte, kein oder nur wenig Deutsch verstand, Also die klassischen Brocken wie Schnitzel, Berlin, Merkel, Liebling oder so. Ich hob den Daumen. Auch die Dame bei der Zentrale schmachtete ich liebevoll an: »Kommissar Lohmeier bitte.« Doch an Ians Gesichtsausdruck konnte ich ablesen, dass er sich darüber wunderte, wie seltsam ich mit meiner Freundin redete.

»Lohmeier.«

»Alex hier«, flötete ich verliebt in den Apparat. »Hören Sie mir gut zu, mein Schatz ....«

»Herz? Sind Sie das?«

»Die Lage ist vertra...ackt! Sie verstehen«, säuselte ich.

»Sind Sie betrunken?«

»Ich bin in Irland, auf einem Rastplatz in der Pampa, ohne Geld, Papiere und Handy. Ihr Freund zu Bickenbach hat mich mit einem Bild nach Dublin geschickt. Ich wurde überfallen, beraubt und fast erschossen! Was soll ich tu..un?«

Eine kurzen Moment schien er zu überlegen, ob ich noch alle Tassen im Schrank hatte. Dann sagte er: »Zu Bickenbach ist gestern Abend ermordet worden!«

Falls sich in der Mimik meines irischen Handygönners mein eigener Ausdruck spiegelte, war mir wohl gerade alles aus dem Gesicht gefallen. Ich ließ das Telefon sinken und unterbrach unbewusst die Verbindung.

Zu Bickenbach tot. Gestern Abend! Für einen Moment wurde mir schwindelig. Mit wem hatte ich dann heute Morgen telefoniert? Ich IDIOT. Der Graf war nicht heiser gewesen! Es musste der Mörder gewesen sein! Wie hätte er sonst an zu Bickenbachs Handy kommen sollen! Am liebsten hätte ich jetzt irgendetwas kurz und klein gehauen. Aber es war nichts Passendes vorhanden.

»Sie kommt nicht zurück?«

Ich schüttelte den Kopf und reichte ihm sein Telefon. Nein, sie kam nicht zurück. Das war sicher.

»Kommen Sie, ich bringe Sie zur nächsten Ortschaft.«

Noch bevor wir den Wagen erreichten, klingelte das Handy. Er ging ran, stutzte und reichte es mir. Mist. Damit war ich aufgeflogen.

»Hallo.«

»Lohmeier. Warum haben Sie aufgelegt?«

»Wie wurde zu Bickenbach getötet?«, fragte ich.

»In den Kopf geschossen, nachdem man ihn gefoltert hat.«

»Um herauszufinden, wo das Bild war, klar. Aber wie sind die beiden Typen so schnell nach Dublin gekommen?«

»Welche beiden Typen?«

»Ist 'ne lange Geschichte. Muss ich Ihnen mal in Ruhe erzählen.«

»Wo sind Sie?«

»Irgendwo in der Nähe von Kilkenny.«

»Dem Bier?«, fragte Lohmeier.

»Ja. Also der Stadt, wo das Bier herkommt ...«

»Klugscheißer. Erklären Sie mir genau, was passiert ist, sonst kann ich Ihnen nicht helfen.«

»Ich versuche in den nächsten Ort zu kommen und rufe Sie dann noch mal an.«

»Wie denn, ohne Handy und Geld?«

»Mir fällt schon was ein«, sagte ich und legte auf.

Der Anzug sah mich skeptisch an. Ich setzte mein Schlechtes-Gewissen-Gesicht auf.

»Das war nicht meine Freundin, sondern mein Freund.«

Ich senkte den Blick, als würde ich mich schämen. »In der Schule haben wir gelernt, dass Irland streng katholisch ist. Deswegen hatte ich Angst, wenn ich Ihnen die Wahrheit sage, würden Sie mir nicht helfen ...«

Unsere Blicke trafen sich. Es arbeitete hinter seiner Stirn. Dann grinste er. »Es gibt in Irland sicher noch Menschen, die

Homosexualität abartig finden. Wie überall auf der Welt. Aber das gilt nicht für uns Iren im Allgemeinen.«

Ich setzte mein scheues Lächeln auf und hatte zugleich ein schlechtes Gewissen. Jetzt musste der freundliche Mann schon zweimal eine Lüge schlucken. Aber die Wahrheit würde er mir nicht abnehmen. So war das im Leben. Die meisten behaupteten, sie wollten die Wahrheit hören. Die Wahrheit wurde oft noch verbissener gesucht und gewünscht als der Glaube an einen Gott. Und dann, wenn man ihr gegenüberstand, wollte oder konnte man sie nicht sehen. Der Mensch war schon ein komisches Tier.

»Steigen Sie ein. Was hat Ihr Freund denn nun gesagt?«

* * *

Im Rückspiegel tauchte wieder der dunkle Ford auf, den sie schon hinter Naas bemerkt hatte. Kurz bevor Herz ausgestiegen war, um das WC aufzusuchen, war er immer noch hinter ihnen gewesen. Das konnte Zufall sein, dachte Adriana. Nur hätte der Wagen jetzt vor ihr sein müssen. Sie wusste genau, dass sie ihn nach dem Zurücklassen von Herz nicht überholt hatte.

Sie nahm den Fuß vom Gas und wurde langsamer. Der andere Wagen hielt den Abstand konstant. Sie beschleunigte erneut. Der Ford blieb an ihr dran. Gewissheit genug. Ob in dem Fahrzeug zwei Männer saßen, einer groß, der andere klein, konnte sie nicht erkennen. Musste sie auch nicht. Dringender war die Frage, wie sie die beiden loswerden konnte. Die Straße füllte sich. Sie fuhr auf der M8 an Cahir vorbei, und ihr fehlte nur noch eine halbe Stunde bis Cork.

Sie dachte an Herz. Er tat ihr ein wenig leid. Was er alles durchgemacht hatte – und am Ende wurde er von der Person betrogen, der er vertraut hatte. Sie fühlte sich ein wenig schäbig. Aber nur für einen Moment. Jeder machte hier nur seinen Job. Herz den seinen, sie den ihren. Letztendlich half sie ihm aus der Gefahr heraus, denn er war jetzt jene Leute los, die ihn ein paar Stunden zuvor noch beinahe getötet hätten. Er sollte ihr dankbar sein, dachte sie.

Ein wenig wehmütig dachte sie an den Moment im Hotelzimmer zurück, als er aus dem fiesen rosafarbenen Bademantel geschlüpft war und seine klammen Sachen angezogen hatte. Sie hatte einen Blick auf seinen Körper geworfen und gewusst, dass sie unter anderen Umständen mit ihm im Bett gelandet wäre. Er war genau ihr Beuteschema: groß, nicht zu dünn, aber auch kein Bodybuilder, männliche Züge und große, ausdrucksstarke Augen, in denen sie sich gerne verloren hätte, zumindest für ein paar Stunden. Nun. Die Chance war vertan. Für immer. Dass sie sich noch einmal über den Weg laufen würden, war unwahrscheinlich. Adriana war sich fast sicher, dass ihr Chef sie nun aus Deutschland abziehen würde. Mal ganz abgesehen davon, dass Herz ihr bei einer weiteren Begegnung vermutlich nicht freudig um den Hals fallen würde. Eher das Gegenteil. Männer waren ihrer Erfahrung nach ziemlich eitel und nahmen es immer so persönlich, wenn man sie übervorteilte. Dabei war das alles bloß das Spiel des Lebens.

Sie warf erneut einen Blick in den Rückspiegel. Ihre Verfolger waren noch da. Ein ungleicher Kampf. Sie alleine, schwach motorisiert und ohne Handfeuerwaffen, die anderen zu zweit mit einem schnellen Auto und mindestens einer Pistole.

Sie griff zu ihrem Handy, das auf dem Beifahrersitz lag und drückte die Kurzwahltaste. Eine Männerstimme meldete sich auf Italienisch.

»Wo liegt der nächste Ort mit einem Polizeiposten?«

Augenblicke später gab sie die Angaben in das Navigationssystem ihres Handys ein. Sie wurde bei der nächsten Abfahrt von der M8 gelotst, bog an der ersten Kreuzung rechts ab und erreichte nach drei Kilometern eine kleine Ortschaft, die auf den ersten Blick aus einer einzigen, langen Geschäftsstraße bestand; jedes Haus war in eine andere Farbe getaucht. Ihre Verfolger waren hinter ihr.

Adriana parkte den Wagen, nahm die Papprolle heraus und schlenderte den Bürgersteig entlang, vorbei an einem Friseur, einer Bank und zwei Pubs. Als sie das Rathaus erreichte, in dem sich auch eine kleine Polizeistation befand, trat sie ein. Die beiden diensthabenden Beamten waren schnell um den Finger gewickelt, als sie mit ängstlicher Stimme von zwei Männern in einem dunklen Auto erzählte, die Waffen trugen. Als die hiesige Polizei mit gezückten Pistolen ihre Verfolger baten, den Wagen zu verlassen, scherte Adriana lächelnd aus ihrem Parkplatz aus, fuhr die Straße herunter und bog am Ende des Dorfes rechts ab in Richtung Autobahn, ohne auch nur ein einziges Mal in den Rückspiegel zu schauen.

* * *

Mein neuer bester Freund hieß Ian, war Immobilienmakler und Vater von drei Kindern im Alter von sechs bis elf. Seit ich ihm die Geschichte vom verärgerten Freund aufgetischt hatte, sprudelte er nur so vor Freundlichkeit. Wir fuhren nach Portaloise, eine Ortschaft, die direkt an der M7 lag. Er parkte den Wagen vor einem Pub.

»Lust auf ein Guinness?«

Ich wusste nicht, ob ich mich freuen sollte. Laut meinem persönlichen Drehbuch für Ian war eigentlich klar, dass ich hier auf meinen Freund warten würde, sobald ich mit ihm telefoniert hätte. Bierchen kippen passte nicht ganz da hinein.

»Ich lade dich ein, Alex.« Er ging mir voraus in den Pub. Wohlige Wärme hüllte mich ein. Ich schlüpfte hinter ihm durch die Tür. Es roch gut. Nach Bier und Gebratenem.

»Das ist sehr lieb. Aber das kann ich nicht annehmen«, lehnte ich ab und dann knurrte mein Magen laut. Wir sahen uns an und mussten beide lachen. »Okay, Ian. Aber ich müsste unbedingt noch in Ruhe telefonieren.«

Er deutete mit der Hand in Richtung Toiletten am Ende des schmalen Raums. »Guinness und Chips?«

Ich grinste künstlich. »Gerne und und wenn du vielleicht ...«

»Oh, natürlich.« Er holte ein abgegriffenes Lederportemonnaie aus der linken Gesäßtasche seines Anzugs und gab mir ein paar Euro. Am liebsten wäre ich vor Scham unter eines der Tischchen hier gekrochen. Wie peinlich das war, einen Fremden um Geld anzupumpen und dabei zu wissen, dass man es ihm nicht zurückgeben kann! Dann fiel mir ein, dass ich Ian nach seiner Adresse fragen konnte, um ihm das Geld zurückzuschicken. Okay, das war eine Lösung. Doch zunächst musste ich mit Lohmeier sprechen.

Neben den Toiletten fand ich den Münzfernsprecher, fütterte ihn mit Ians Münzen und wählte.

»Lohmeier.«

»Herz hier. Können Sie mich anrufen, wenn ich Ihnen meine Nummer gebe?«

»Schießen Sie los.«

Ich gab ihm die Nummer, die mit schwarzer Schrift in das silberfarbene Schild gestanzt war, welches an das Telefon geschraubt war. Solide Arbeit.

»Okay. Geben Sie mir eine Minute.«

Er brauchte nicht mal zwanzig Sekunden. »Herz, legen Sie los.«

Ich erzählte ihm die ganze Geschichte, von dem Treffen auf dem Friedhof mit zu Bickenbach, dem Überfall im Hotel, Adriana und wie sie mich am Rastplatz zurückgelassen hatte.

»Wo sind Sie jetzt?«, wollte Lohmeier wissen.

»In einem traditionellen irischen Schuppen namens West End in der Innenstadt von Portaloise.«

Er schien sich den Namen zu notieren. »Bleiben Sie dort. Ich versuche die Botschaft zu erreichen. Die sollen Sie abholen und das Problem mit der Polizei klären.«

»Welches Problem?«

»Sie müssen dort wegen der Schießerei in Ihrem Hotel aussagen!«

Nicht gut, dachte ich, nicht gut!

* * *

Lohmeier legte auf und starrte eine Weile ins Leere. Dann griff er zum Telefon und ließ sich mit der Botschaft in Dublin verbinden. Es dauerte eine Weile, den richtigen Ansprechpartner zu finden, den er um Hilfe bitten konnte. Als der Kommissar endlich nicht mehr zum nächsthöheren Kollegen durchgestellt wurde, erzählte er in Auszügen die Geschichte von Herz. Am anderen Ende der Leitung wurde man von Minute zu Minute hellhöriger.

»In der Tat haben wir ein großes Interesse, mit Ihrem Herrn Herz zu sprechen«, erklärte ihm der Botschafter. »Die hiesige Polizei sucht ihn. Sie hat einige Fragen im Zusammenhang mit der Schießerei in seinem Hotel und einem Mordfall in Dublin gestern Abend. Ein Galerist wurde tot aufgefunden.

Die Polizei vermutet da wohl einen Zusammenhang, denn die Ballistiker haben die gleichen Geschosse an beiden Tatorten gefunden.«

Au weija, jetzt war es nicht mehr nur die Schießerei im Hotel, dachte Lohmeier. Der Kerl zog die Probleme aber auch an wie Scheiße die Fliegen.

»Glauben Sie, die irischen Kollegen könnten uns ihre Ergebnisse schicken? Wir haben hier auch einen Mord mit Schusswaffe. Vielleicht besteht da ein Zusammenhang.«

»Ich werde nachfragen. Wo können wir Herrn Herz abholen?«

Der Kommissar gab den Namen des Ortes und des Restaurants durch.

»Machen Sie sich keine Sorgen«, beruhigte ihn der Botschafter. »Wir kümmern uns um Ihren Freund.«

Sie legten gleichzeitig auf. Lohmeier schaute zu Menz und Müller, die ihn beide fragend ansahen.

»Neuigkeiten?«, fragte der Mann vom Verfassungsschutz.

»Alles in Ordnung?«, hörte er Menz fragen.

»Herz ist in Schwierigkeiten.«

Menz griente. »Was ist es denn dieses Mal?«

»Wer ist Herz?«, fragte Müller.

»Ein Privatdetektiv, der uns vor Kurzem noch bei einem Fall … geholfen hat und der es schafft, sich ständig in Schwierigkeiten zu bringen«, sagte Menz.

»Zu Bickenbach hat ihn mit einem Bild nach Irland geschickt. Dort haben zwei Männer versucht, es ihm abzunehmen, sind aber gescheitert. Unter anderem, weil eine Foto-Journalistin, die Herz auf dem Flug kennengelernt hat, ihm zur Seite stand.«

»Und wo ist das Problem?«, fragte Menz.

»Eben diese Journalistin hat ihm jetzt das Bild geklaut und ist damit verschwunden.«

»Wer war denn diese Frau?«, wollte Müller wissen.

»Adriana Irgendwas ...«

»Kennen wir die?«

»Nicht, dass ich wüsste.«

»Was wird jetzt aus Herz?«, fragte Menz.

»Die Deutsche Botschaft kümmert sich darum. Er muss sich bei der dortigen Polizei noch wegen der Schießerei in seinem Hotel und wegen eines toten Galeristen befragen lassen.«

»Oha, der lässt mal wieder nichts aus.«

»Seien Sie nicht so gehässig, Menz!«

»Ist doch wahr. Das letzte Mal, als wir ihn rausboxen mussten, hatte er gerade was mit 'ner Minderjährigen ...«

»... sie war volljährig!«

»... so gerade eben. Er wurde in einer U-Bahn halb totgeschlagen von irgendwelchen Jugendlichen. Das nächste Mal rannte er von einem Tatort weg und war dringend verdächtig«, fuhr Menz fort.

»Armer Teufel«, murmelte Müller. Sein Handy klingelte kurz. Er warf einen Blick dadrauf, drückte zweimal auf den Bildschirm und entschuldigte sich. »Besprechung im Innenministerium. Ich bin nicht sicher, ob wir nachher noch gemeinsam an dem Fall arbeiten, wenn ich zurückkehre. Kann sein, dass höhere Stellen sich darum kümmern wollen.«

Er stand achselzuckend auf und ergänzte:

»Für den Fall, dass hier unsere Arbeit enden sollte: Vielen Dank. Es hat mir sehr ...« Müller suchte das richtige Wort und flüsterte beinahe den Tränen nahe, ».... geholfen.«

Die Kriminalbeamten reichten ihm beide die Hand. Welch unwirkliche Situation, dachte Lohmeier. Drei Männer, von Rührung erfasst und alle mit dem gleichen Wunsch – zu Bickenbachs Mörder zu stellen.

»Ich lass mich nicht abhalten«, murmelte Lohmeier grimmig.

* * *

Ich verlor einen Freund, bevor es erst so richtig losging. Natürlich wusste Ian gleich, dass ich ihn erneut belogen hatte, als eineinhalb Stunden später zwei Herren in Maßanzügen von der Deutschen Botschaft auftauchten. Keiner von den beiden war offensichtlich mein fester Freund, auf den ich angeblich wartete. Die Enttäuschung im Gesicht meines Iren war deutlich zu sehen. Er stand wortlos auf, ergriff seine Jacke, bezahlte und war durch die Tür. Ich wollte erst noch hinterher. Doch – was hätte ich ihm denn sagen sollen? Die Wahrheit hätte er mir nicht abgenommen. Ich fühlte mich schäbig und dankbar zugleich.

Die Fahrt zur Botschaft war unspektakulär. Dort begrüßte mich der Botschafter mit einer Überraschung.

»Das gehört Ihnen, Herr Herz«, sagte er und reichte mir meine Reisetasche mit meinen Sachen aus dem Hotel.

»Außerdem hat die irische Polizei auch Ihre Wertsachen freigegeben.« Er reichte mir mein Handy, meine Schlüssel und mein Portemonnaie.

Ich warf rasch einen Blick hinein. Es schien nichts zu fehlen. In meiner Jacke steckte auch immer noch der Umschlag mit zu Bickenbachs Geld.

Der Botschafter überließ mir ein Zimmer mit Dusche und gönnte mir eine halbe Stunde für ein Nickerchen. Anschließend kam die irische Polizei ins Haus.

Die Botschaftsmitarbeiter rieten mir, nur auf Deutsch zu antworten und den Übersetzer machen zu lassen. Ich hielt mich daran und erzählte den staunenden Beamten meine

Version der Geschichte. Ungläubige Blicke. Hier und da ein Räuspern. Selbst der Übersetzer wusste manchmal nicht, ob er das weitergeben sollte, was ich erzählte. Nach einer guten Stunde standen die beiden Zivilfahnder auf.

»Was wird nun?«, wollte ich wissen.

Nichts. Ich konnte gehen. Aus den Zeugenberichten und Einschüssen hatte man meine Geschichte im Hotel rekonstruiert. Nachher würde noch ein Phantombildzeichner kommen wegen der beiden Männer, die mich überfallen hatten. Dass ich mit dem Tod des englischen Galeristen etwas zu tun hätte, glaubten die Beamten offensichtlich nicht, auch wenn das Alibi Adriana für mich nicht zog. Doch zwischen dem Einchecken im Hotel, den Daten der elektronischen Türkarte und dem Mord war wohl kein Zusammenhang zu erkennen. Ich erkannte hingegen Huntington auf einem Foto, das sie mir zeigten. Dann war ich frei.

Drei Stunden später saß ich mit einem provisorischen Ausweis, einem Flugticket und etwas Bargeld im letzten Flieger zurück nach Düsseldorf. Meine Sitznachbarin war eine flotte Brünette, die mich aufmunternd anlächelte, als ich neben ihr Platz nahm. Ich verzog keine Miene, nahm eine Schlaftablette und spülte sie mit einem Schluck billigen Whiskey weg, den ich im Duty-free-Shop gekauft hatte. Mir stand heute nicht mehr der Sinn nach Flugzeugbekanntschaften.

In Düsseldorf eilte ich durch das menschenleere Terminal und sprang in die sprichwörtlich letzte S-Bahn Richtung Hauptbahnhof. Ich beschloss, heute Nacht bei mir zu Hause zu bleiben und Gereon erst morgen anzurufen. Da er so oder so keine Ahnung hatte, was mir passiert war, spielte es auch keine Rolle, ob er es heute oder morgen erfuhr. Einen Moment überlegte ich, ob mich vielleicht Narkov vor meiner Haustür erwarten würde. Ich hielt es für unwahrscheinlich.

Leider war ich schon zu müde, um die Gefahr richtig einzuschätzen.

An der Haltestelle Zoo stieg ich aus und lief die ganze Strecke quer durch Pempelfort zu meiner Wohnung. Ich schaute nicht rechts und nicht links. Meine Gedanken drehten sich um Adriana. Warum? Ich verstand das alles nicht. In der Botschaft hatte man mich nur mitleidig angesehen. Der arme, liebestolle Depp ist auf den ältesten Trick der Welt hereingefallen. Okay, war das wirklich so? Konnte eine Frau einem Fremden so eiskalt Sympathie vorgaukeln? Vielleicht war ich naiv. Aber das schien mir doch furchtbar. Waren Menschen so?

Als ich in meiner Straße ankam, wurde ich wieder wachsamer, schaute mir jedes Auto und jeden Hauseingang genau an. Doch da war niemand. Kurz darauf schloss ich die Wohnungstür auf, sperrte sie wieder zu, machte mit dem Schlüssel den Panzerriegel zu, zog meine Sachen aus und sprang unter die Dusche. Ein Telefon klingelte. Mir war es egal. Ich wollte keinen hören und keinen sehen. Die Welt war mir egal. Und wenn Narkov gleich mit einer Pistole in der Tür stehen würde ... Na und?

Ich trocknete mich ab, zog frische Wäsche an und warf mich ins Bett. So ganz verließ mich der Gedanke an Narkov dann aber doch nicht. Ich rollte zur Bettkante herüber, öffnete die Nachttischschublade und holte den alten Revolver hervor, den ich vor Jahren zum Schutz meiner Galerie erstanden hatte. Ich prüfte die Munition in der Trommel und legte das gute Stück unter das Kopfkissen. Panzerriegel vor der Tür und Blei zur Hand – ich fühlte mich sicher. Müdigkeit legte sich wie ein Schleier über mich. So langsam döste ich weg, sah Bilder von Dublin, von Adriana, von Ian, vor mir. Mein Bewusstsein verabschiedete sich in Zeitlupe.

* * *

Als er den Flur betrat, stellte er fest, dass niemand im Haus war. Weder hatte er gerufen noch sich umgeschaut. Und doch wusste er es. Zugleich fragte er sich, warum das so war. Warum betrat man Gebäude und spürte sofort, ob jemand da war oder nicht?

Lohmeier hängte seinen Mantel an die Garderobe, streifte seine Schuhe ab, ohne die Schnürsenkel zu lösen, und stellte sich dann einen Moment in die Mitte des Flurs. Die wohlige Wärme der Fußbodenheizung drang durch seine Socken und löste einen Schauer aus. Er lächelte. Endlich frei. Er wischte die Erinnerung an die Arbeit aus seinem Gedächtnis wie einen Marmeladenfleck vom Küchentisch.

Menz und er waren zum Präsidenten beordert worden, wo auch der Staatsanwalt schon auf sie gewartet hatte. Beide hohen Tiere waren sichtlich genervt gewesen.

»Neuigkeiten über zu Bickenbachs Mörder? Wie weit sind Sie mit dem Braun&Braun-Toten? Wieso war schon wieder dieser Herz darin verwickelt? Wie lief die Zusammenarbeit mit dem Verfassungsschutz? Und was ist mit dem Mann, der behauptet, Leipnitz hätte einen Streit mit zu Bickenbach gehabt?«

»Nein. Nicht weit. Keine Spuren. Zufall. Gut. Danke. Werden wir sehen.« Dass Lohmeier einsilbig antwortete, schien Präsident und Staatsanwalt nur noch mehr auf die Palme zu bringen.

Menz schnaubte ungeduldig und der Kommissar erriet seine Gedanken: Wenn Sie die beiden reizen, sitzen wir noch Stunden hier.

So kam es auch. Das Lieblingsvortragsthema des Präsidenten: Wie ihm die Presse im Nacken saß und was die mündigen Bürger von Düsseldorf über so schlampige Polizeiarbeit denken würden, und welche Konsequenzen das bei der nächsten Landtagswahl hätte. Und vor allem Leipnitz! Da sollte man den Ball gefälligst ganz, der Präsident betonte mit erhobenem Finger, ganz flach halten. Der Mann sei eine angesehene Persönlichkeit mit blablabla ... Seinetwegen konnten die Politiker machen, was sie wollten, dachte Lohmeier, der seine Ohren auf Durchzug stellte und nicht daran glaubte, dass seine Arbeit den Wähler beeinflussen würde. Menz hingegen verzog das Gesicht, als ob er persönlich der Ministerpräsidentin das Messer in den Rücken stoßen würde – zu seinem eignen Entsetzen.

Lohmeier wanderte mit gespreizten Zehen in die Küche und hielt vor dem Kühlschrank. Ein Alt, ein Flaschenöffner, ein paar schnelle Schlucke und ein gepflegtes Bäuerchen bei geschlossenem Mund ließen seine Zufriedenheit weiter steigen. Einzig fehlte noch seine kleine Prinzessin. Gut, und sein Sohn. Doch der war schon groß, alles andere als niedlich und überhaupt ein Teenager ... Suchte den Sinn des Lebens. Da war er wohl kaum der Einzige ...

Mit der halb leeren Bierflasche wanderte er ziellos durchs Haus. Ins Wohnzimmer, ein Blick in den Garten. Er könnte den Rasen mal wieder mähen. Lohmeier setzte sich auf die Couch und trank ein paar Schlucke. Irgendetwas trieb ihn umher. Er stand auf, stieg die Treppe hinauf in den ersten Stock, warf einen Blick in das Zimmer seines Sohnes. Nichts. Die Rockposter an den Wänden, Wäsche lag unordentlich auf dem Stuhl. Lohmeier betrat den Raum und blieb eine Weile in der Mitte des Zimmers stehen. Einen Schluck später ging er weiter. Auch im Schlafzimmer seiner Kleinen fand er keine Ruhe. Er zog die Spieluhr auf und hörte ein Gute-Nacht-Lied. Die Tapete, Lillifee, ein Zauberstab. Das erinnerte ihn an ...

Ein Schlüssel wurde in die Haustür gesteckt. Lohmeier horchte auf und sein Herz machte einen Sprung. Das musste seine Frau mit der Kleinen sein.

»Wir sind wieder da«, rief Helena.

Der Kommissar eilte die Treppen hinunter, umarmte seine Mädels und vergaß dabei den Zauberstab.

5. Kapitel

Zehn Uhr in Düsseldorf, für mich die schönste Zeit am Morgen. Die Welle der Berufstätigen hatte ihre Autos geparkt und arbeitete nun fleißig oder saß schon in ihren Büros beim Zeitunglesen oder Kaffeetrinken. Die Langschläfer hingegen waren noch nicht wach, weil sie sich den Abend zuvor in der Altstadt oder im Medienhafen bis in die Puppen herumgetrieben hatten. Die Königsallee war ungewöhnlich leer, erwachte aber so langsam. Geschäfte öffneten ihre Pforten. Lieferwagen standen in der zweiten Reihe und luden hektisch ihre Waren aus.

Ich war mit der U-Bahn an der Haltestelle Steinstraße ausgestiegen und schlenderte gemütlich die Kö hinunter in Richtung Hofgarten. Ich hatte mich mit Gereon in einem Café in der Nähe verabredet. Ein paar Schritte mehr und ich war da. Lautes Zischen der Espressomaschine. Geschäftiges Treiben einiger Jugendlicher an einer kleinen Theke, auf der verschiedene Kannen mit Milch, Kondensmilch und diversen Zuckersorten standen. Der Mittzwanziger mit dünnen, mittellangen Haaren vor mir bestellte irgendetwas mit Milch und Karamell und noch einem Dutzend anderen Zutaten – zum Mitnehmen. Die Glasvitrine stellte Muffins, Kuchen und ein paar belegte Brote aus.

Der nervöse Junge vor mir zahlte gerade die fälligen 4,15 Euro mit einem Hunderter. Ich wunderte mich ein wenig über beides, den hohen Preis für ein kleines Getränk und einen Schein, den man nicht oft sah. Andererseits war ich auf der Kö. Da hatten selbst die Studenten nur große Scheine in der Tasche.

»Und für dich?«, fragte mich der Jugendliche in schwarzem T-Shirt und grüner Schürze hinter der Theke.

»Kaffee, schwarz und einen Schokomuffin.«

Einige Augenblicke später marschierte ich mit meinem Kaffee die Treppe hinauf. Am Fenster wurde ein Platz frei und ich ließ mich in einen bequemen, dunkelroten Sessel fallen. Aus den Lautsprechern klang Jazz-Musik. Langsam entspannten sich meine Schultermuskeln. Ich roch den Kaffee und lauschte. Diffuses Stimmengewirr drohte die leisen Töne der Trompete zu überdecken. Doch mir kam das Stück bekannt vor. Coltrane schätzte ich.

Der Kaffee war heiß und schmeckte. Ich biss in den Muffin und spürte die weiche Masse am Gaumen. Mein Blick wanderte über die Königsallee, die vor mir lag. Die vom herabfallenden Laub bedeckte Düssel, die Banken auf der anderen Seite.

Plötzlich stand er neben mir und grinste mich an. »Ein wenig jung hier das Publikum, findest du nicht?«

Ich schüttelte den Kopf und deutete mit einer lässigen Handbewegung auf den freien Sessel.

»Schmeiß dich rein und entspann dich.«

Gereon begutachtete den Sessel kritisch, bevor er sich setzte. Er blickte unwohl drein. »Wo ist denn die Karte?«

»Unten. Ist wie bei McDonald's. Erst bestellen, dann hinsetzen.«

»Wir werden nicht mal bedient?«

Ich erhob mich. »Wozu darf ich dich einladen?«

Er deutete mit dem Kinn auf meinen Becher. »Das Gleiche.«

Kurze Zeit darauf mampfte er glücklich einen Muffin und schlürfte aus seinem Becher.

»Na, hat dir mein Spezialtrick fürs Fliegen die Angst genommen?«

»Die Angst nicht, aber zumindest die Besinnung.«

»Wieso bist du eigentlich schon wieder zurück aus Irland? Wolltest du nicht ein paar Tage herumreisen?«

»Es ist anders gekommen als erwartet.« Ich erzählte ihm von den Bilderdieben, Adriana, unserer gemeinsamen Flucht und wie sie mich auf dem Parkplatz an der Autobahn stehen ließ.

Als ich endete, saß er eine Weile regungslos vor seinem letzten Stück Muffin, das er nicht mehr angerührt hatte, seit ich von dem Überfall im Hotel erzählt hatte.

Ich sah aus dem Fenster und wartete auf seine Reaktion. Als nichts kam, schaute ich ihn an. Er hatte die Lippen aufeinander gepresst.

»Was ist, Gereon? So still?«

»Du bist ein ziemlicher Pechvogel, Alex. Weißt du das?«

»Na, wenn das mal nicht 'ne bahnbrechende Erkenntnis ist.«

»Im Ernst. Ich kenne dich jetzt seit fünf Jahren. Und du strampelst wie ein Frosch in der Milchkanne, nur wird die Milch einfach nicht zu Butter.«

»Dann muss ich eben mehr strampeln.«

Ich versuchte, mir nichts anmerken zu lassen. Aber Gereons Worte trafen mich. Er sprach aus, was mich auf dem Rückflug eine ganze Weile wach gehalten hatte. Die Frage: Warum teilte das Leben immer mir den Schwarzen Peter zu? Mir fiel eine typische Beleidigung jugendlicher Schläger ein: Du Opfer! War ich so jemand? Vielleicht. Wollte ich so jemand sein? Nein! Was war zu tun? Wenn ich die vergangenen Tage, Wochen und Jahre analysierte, fiel mir auf, dass ich erstens zu arglos anderen Menschen geglaubt und Aufträge angenommen hatte. Sei es als früherer Galerist, als mich Narkov über den Tisch gezogen hatte oder heute als Privatdetektiv. Ich war verfolgt, verprügelt und beschossen worden. Das musste ein Ende haben. Ich musste mich wehren. Gewalt war bisher kein Weg für mich. Doch stets davonzulaufen gefiel mir immer weniger. Manchem musste man sich stellen.

Ich fixierte den kleinen Rest von Gereons Muffin und fasste plötzlich einen Entschluss. Ich würde einen Kampfsport beginnen, um Leuten wie U-Bahn- und anderen Schlägern nicht ausgeliefert zu sein. Es würde Zeit brauchen, keine Frage. Aber ich würde wehrhafter werden.

Gereon schnippte vor meinem Gesicht herum.

»Hmm?«

»Hörst du mir überhaupt zu?«

»Was denn?«

Er zog zwei Briefumschläge aus der Manteltasche. »Vielleicht hilft dir das weiter. Ich habe mir erlaubt, deine Post zu holen, da ich dachte, du wärst länger weg.«

Ich blickte auf den ersten Umschlag und war hellwach.

* * *

Die See war ungewöhnlich rau. Starker Wind blies und die Wellen waren hoch wie Häuserwände. Adriana atmete erleichtert auf, als das Fischerboot endlich die französische Küste erreichte und sie in einer Bucht mit dem Beiboot absetzte. Normalerweise hatte sie einen robusten Magen und wurde nicht seekrank. Doch diese Überfahrt war grenzwertig. Zweimal war sie kurz davor gewesen, sich an der Reling zu übergeben. Der Fischer hatte gegrinst. Mit nichts als der Papprolle, der Kamera und einer Handtasche sprang sie an Land und versank im feuchten Sand. Das würden ihr ihre

Schuhe nie verzeihen, dachte sie und stapfte zu dem einsamen Haus in den Dünen.

Es war nicht das erste Mal, dass sie sich hier trafen. Das Haus gehörte einer Familie aus dem Dorf, die es ganzjährig an Touristen vermietete. Nur dass diese Gäste allesamt aus Italien kamen und alles andere als Urlaub im Sinn hatten. Zurzeit fand aber keine Operation, kein Training und kein Seminar dort statt. Ein guter Ort, um sich das Bild mal in Ruhe anzusehen. Sie war sicher, dass ihr Chef einen Techniker und die entsprechende Ausrüstung mitgebracht hatte. Es würde nicht lange dauern und die Sache war überstanden. Dann erst mal ein paar Wochen ausspannen. Mauritius oder Mexiko. Da war sie sich noch nicht sicher.

Schon von Weitem sah sie das Licht in der Küche brennen und beschleunigte ihre Schritte. Der Wind pfiff ihr um die Ohren. Vielleicht fiel ihr deshalb nicht auf, dass keiner der Hunde bellte. So wie es das Standardprotokoll vorsah: keine Operation ohne Hunde, die einen Fremden ankündigten.

Die Küchentür war nur angelehnt. Auch darüber wunderte sich Adriana nicht, denn Müdigkeit und die Vorfreude auf ein Bett ließen sie unvorsichtig werden. Was sollte hier schon passieren? Quietschend öffnete sie die Tür und trat in den wohlig warmen Raum.

»Alberto? Ich bin da«, rief sie laut.

Als keine Antwort kam, betrat sie das Wohnzimmer. Der Raum war leer. Für einen Moment genoss sie die Aussicht auf die Bucht unter ihr, den feinen Sandstrand und den Blick auf das Meer. Es war unruhig und wild, Gischtkronen tanzten zu Dutzenden auf den Wellen und gaben dem Ganzen einen impressionistischen Hauch. Mitten auf dem Meer sah sie das Boot, das sie hergebracht hatte, Kurs auf die irische Küste nehmen.

Als sie ein Geräusch hörte, fuhr sie auf dem Absatz herum. Das war von oben gekommen. Machten sich die Jungs über sie lustig? Reflexartig wollte sie zur Pistole greifen. Dann fiel ihr ein, dass sie unbewaffnet war. »Alberto? Seid ihr das?«

Als sie keine Antwort erhielt, stieg sie vorsichtig die weiß gestrichene Treppe in die erste Etage hinauf. Ein kleiner Flur führte rechts entlang zu zwei Zimmern und einem Bad. Vorsichtig öffnete sie die Tür zum ersten Raum und prallte zurück. Zwei Männer saßen unterhalb des schrägen Dachfensters an die Heizung gekettet. Beide ließen die Köpfe hängen. Je ein schwarzes, tödliches Loch klaffte zwischen ihren Augen.

Adriana taumelte zurück zur Treppe. Durch ein Seitenfenster sah sie den schwarzen Geländewagen, der draußen – ein paar hundert Meter vom Haus entfernt – halb verdeckt in den Dünen parkte. Kein Modell, das ihre Leute benutzten.

»Hello Adriana.«

Sie fuhr herum und sah in den schlanken Schlund eines Schalldämpfers. Der Mann mit der Waffe in der Hand lehnte lässig am Türrahmen zum Badezimmer. Ihr Herz schlug schnell und kräftig.

»Möchtest du mir nicht die Papprolle geben?«

Seine Stimme war tief und sein Englisch nahezu akzentfrei; sie konnte seine Nationalität nicht erraten.

»Leg sie dort auf die Kommode – aber langsam, ganz langsam.«

Sie tat, was er verlangte. Gleichzeitig raste ihr Gehirn und suchte nach einer Möglichkeit zu entkommen. Aber es fiel ihr keine ein.

»Bitte sei so lieb und geh ein paar Schritte Richtung Treppe.«

Langsam ging sie ein paar Schritte zurück, unterdrückte aber den Impuls davonzurennen. Er hätte sie sofort erschossen.

»Möchtest du nicht um dein Leben rennen? Ich sehe doch, wie es dich in den Füßen juckt«, sagte der Mann beinahe lächelnd. »Lauf, Adriana, lauf!«

* * *

»Wie weit sind Sie mit den Infos zu Leipnitz?«

»Bin noch dran. Ist nicht so einfach, wie Sie sich vorstellen können. Aber ich habe über etwas anderes nachgedacht.«

»Na, so was«, murmelte Lohmeier.

»Bitte?«

»Was ist dabei rausgekommen?«

»Wir sind doch bisher davon ausgegangen, dass Heisen der Täter war, der das Programm geklaut hat und deswegen umgebracht wurde.«

Lohmeier nickte. Menz war heute ja wieder richtig erhellend.

»Nehmen wir mal an, Heisen war nicht der einzige Dieb. Was, wenn zwei verschiedene Interessenten das Programm haben wollten und der eine den anderen beim Diebstahl überrascht hat? Dann hat der zweite Täter blitzschnell gehandelt und Heisen erst niedergeschlagen, was die Obduktion von Schlüther ja gezeigt hat. Danach hat er ihn vom Dach gestoßen, um ihn zu töten.«

»Ich verstehe nicht, worauf Sie hinauswollen? Das ist doch alles nichts Neues. Heisen wurde das Programm abgenommen, nachdem er es geklaut hatte.«

»Ja, aber der springende Punkt ist doch, von wem! Wir haben bisher etliche Verdächtige für den Heisen-Mord, die alle behaupten, sie hätten das Programm nicht. Wir konnten das Programm auch bei keinem finden. Es könnte also eine weitere Person geben, die daran beteiligt ist – unabhängig von denen, die wir verhaftet haben.«

»Wer soll das sein?«

»Ebenfalls jemand, der im Gebäude war und der um das Programm wusste und vielleicht sogar wusste, was Heisen geplant hatte. Allerdings nicht, weil er sein Auftraggeber war, sondern weil er Heisen beobachtet und seine Chance gewittert hat.«

Lohmeier sprang auf, lief energisch zum Kleiderständer und zog sich hastig den Mantel an.

»Was ist denn los?«, wollte Menz wissen.

»Ich muss noch mal eben weg«, brummte der Kommissar und eilte davon.

Die Tür war ordnungsgemäß abgesperrt, das Siegel der Polizei intakt. Lohmeier sah sich kurz nach allen Seiten um, dann schloss er zu Bickenbachs Haus mit dem Schlüssel aus der Asservatenkammer auf. Im Flur roch es ein wenig muffig.

Was war das Motiv des Täters? Offensichtlich das Bild. Aber warum? Ging es nur um das Geld, das man damit verdienen konnte? Dann müsste es sich um ein sehr, sehr wertvolles Bild handeln. Und selbst wenn. Dann wäre es auf dem normalen Markt nicht gut zu verkaufen gewesen. Kunst über den Schwarzmarkt zu verkaufen wiederum, war ein heißes Unterfangen, kompliziert und oft nicht wirklich lukrativ. Denn es müsste schon ein ganz besonderer Käufer sein, der sich mit dieser gestohlenen Ware schmücken wollte.

Lohmeier stieg die Treppen hinauf. Warum jetzt? Dieses Bild hätte ein geschickter Einbrecher doch auch viel eher stehlen können. Immer tagsüber, wenn zu Bickenbach bei der Arbeit war.

Oben angekommen stand er in einem kleinen, quadratischen Zimmer mit Couch und Kleiderschrank. Rechts und links ging jeweils ein Zimmer ab. Der Kommissar wandte sich nach rechts und betrat zu Bickenbachs Schlafzimmer. Ein Bett, eine Kommode mit einem Fernseher und einer Stereoanlage, ein alter Sekretär. Was, wenn sie bisher einen Denkfehler gemacht hatten. Es stand ja gar nicht fest, dass Herz' Reise nach Dublin mit dem Bild etwas mit dem Überfall auf zu Bickenbach zu tun hatte. Zwar war Herz das Bild gestohlen worden. Und sie wussten, dass mindestens zwei Parteien hinter dem Gemälde her waren. Die Journalistin und die beiden anderen Männer, die auf Herz geschossen hatten. Aber musste das in einem Zusammenhang mit zu Bickenbachs Tod stehen? Was, wenn genau das der Irrtum war und der Graf wegen des gestohlenen Programms getötet wurde? Vielleicht, weil er den Täter entlarvt hatte? Da waren sie wieder bei Kehlhoff und den Überwachungsbildern, die der Graf von ihm gemacht hatte. Oder bei Leipnitz, dem hohen Tier, den er auf Weisung des Präsidenten nicht angehen durfte.

Lohmeier setzte sich an den Sekretär und öffnete eine Schublade nach der anderen. Briefpapier, Stifte und Umschläge. Reiseprospekte. Kontoauszüge. Er blätterte sie lustlos durch. Plötzlich stutzte er.

6. Kapitel

Der oberste Brief stammte von der Zeitung, bei der ich die Anzeige wegen Narkov aufgegeben hatte. Ich riss ihn auf und fingerte das Schreiben heraus. *Sehr geehrter Herr* ... bla bla ... *glaube ich, ein Bild von eben dieser Galerie gekauft zu haben* ... bla bla. *Bitte melden Sie sich* ... bla *Hochachtungsvoll Professor Dr. Markus Öhninger*. Die erste vernünftige Spur zu Narkov!

»Wusste ich doch, dass dir das gefällt«, sagte Gereon.

Ich grinste und zog mein Handy heraus. Gerade als ich die Nummer von dem Herrn Professor wählen wollte, klingelte es. Überrascht ging ich ran.

»Herz.«

»Lohmeier hier.«

»Was kann ich für Sie tun, Herr Kommissar?«

»Sagen Sie, das Bild, mit dem Sie zu Bickenbach nach Irland geschickt hat, war das wertvoll?«

»Das ist schwer zu sagen.«

»Aber Sie haben es doch mit der Kunst und mit Gemälden.«

»Ja schon. Aber da gibt es große Unterschiede.«

»Wenn Sie schätzen müssten ...«

»Kann ich nicht. Ich weiß es nicht.«

»Eine Million? Zwei?«

Ich musste lachen. »Okay. Nein. So viel kann ich Ihnen dann doch sagen. 150.000 Euro vielleicht.«

»Danke.« Er legte auf.

Gereon sah mich fragend an.

»Der Kommissar wollte, dass ich grob das Bild schätze, das ich nach Irland gebracht habe.«

»Aha.«

Ich wählte schon wieder. Eine dunkle Stimme nahm ab. Ich stellte mich vor.

»Herr Herz. Sehr gut, sehr gut. Ich würde Sie gerne treffen.«

»Wann und wo?«

»Sagen wir Dienstagvormittag nächste Woche?«

»Passt. Wo?«

»Ein Café, in dem wir ungestört reden können?«

»Kennen Sie das *Café Startklar* in Lohhausen?«

»Nein. Aber das werde ich schon finden. Bin um 11.30 Uhr da.«

»Dann bis Dienstag.« Ich legte auf und grinste breit. »Narkov, Dein letztes Stündchen hat schon bald geschlagen«, murmelte ich.

* * *

Der Kommissar steckte sein Handy zurück in die Hosentasche und warf erneut einen Blick auf die Zahl, die dort auf dem Kontoauszug stand. Eine Zahlungsaufforderung der Bank über 1.200.000 Euro Restschuld. Wo sollte zu Bickenbach so viel Geld herhaben? Das Haus hier war höchstens eine dreiviertel Million wert.

Er lief die Treppe hinunter und nahm den Mantel vom Kleiderhaken. Dabei fiel sein Blick wieder auf den Schirmständer mit den Gehstöcken. Lillyfee, Zauberstäbe, dachte er und plötzlich fiel es ihm wie Schuppen von den Augen. Er griff erneut zum Handy und wählte.

»Mordkommission. Dieter Menz am Apparat.«

»Lohmeier hier.«

»Chef! Wo sind Sie?«

»Hören Sie, ich mache für heute Schluss. Fühle mich nicht gut.«

»Aber der Fall zu Bickenbach. Wohin sind Sie denn so plötzlich?«

»Sagen Sie Schlüther, wir kommen morgen früh um neun Uhr in die Rechtsmedizin.«

»Wenn jemand fragt ...«

»Sagen Sie, ich sei außer Haus. Ermitteln. Sie wüssten nicht wo.«

»Aber ...«

»Morgen um neun! Und vergessen Sie die Infos zu Leipnitz nicht!«

Der Kommissar legte auf und schaltete das Handy aus. Mit gesenktem Kopf stieg er in seinen Wagen und fuhr die Strecke nach Hause wie in Trance. Er parkte am Straßenrand und lief mit hochgezogenen Schultern, als würde Regen nur so auf ihn niederprasseln, die letzten Meter nach Hause.

»Du bist schon da?«, begrüßte ihn Helena überrascht.

Er sagte nichts, hängte den Mantel an die Garderobe, schlüpfte aus den Schuhen und schleppte sich ins Wohnzimmer. Aus dem Schrank holte er eine Flasche und ein Glas. Großzügig goss er sich den Whiskey ein und trat damit ans Fenster. Im Garten lag das Laub über weiten Teilen des Rasens. Er sah es, aber nahm es nicht wahr.

Erst als Helena ihre Arme um seinen Bauch legte, regte er sich.

»Schlimmer Tag?«

»Kennst du das Gefühl, das Richtige zu tun und doch alles kaputtzumachen, was dir etwas bedeutet hat?«

»Du meinst, beispielsweise einen Seitensprung gestehen und mit der Ehrlichkeit die Beziehung zerstören?«

Er grinste matt. »So ähnlich. Willst du mir etwas sagen?«

»Ärger mit Menz?«

Lohmeier schnaufte. »Nein, der hat's drauf.«

Sie gluckste.

»Echt wahr, sag's aber nicht weiter.«

»Ehrenwort«, entgegnete sie.

»Wenn er so weitermacht, wird er mir noch sympathisch.«

»Und das gefällt dir gar nicht.«

»Das ist nicht das Problem. Es ist zu Bickenbach.«

»Dir geht sein Tod nahe.«

»Momentan geht mir nahe, was er die Tage vor seinem Tod gemacht hat.«

»Du sprichst in Rätseln, Markus.« Sie nahm seine Hand, führte ihn zum Sofa und drückte ihn sanft in die Kissen. Er zog sie neben sich. Dann suchte er nach Worten. Diese verdammten Worte, die nicht sagen konnten, was er fühlte.

»Zu Bickenbach hat den Wachmann bei Braun&Braun getötet.«

Helena fuhr hoch. »Was? Bist du sicher?«

»So ziemlich. Es ist das Einzige, was Sinn ergibt. Auch wenn ich noch nicht durchblicke.«

Sie nahm ihm das Glas aus der Hand, nippte daran und gab es ihm zurück. Lohmeier bewegte es in der Hand und starrte in die rostbraune Flüssigkeit.

»Warum glaubst du, dass es zu Bickenbach war?«

»Er hat Schulden. Er war vor Ort. Er kennt sich gut aus, denn er ist Perfektionist. Mir und allen anderen hat er den schusseligen Opa vorgespielt. Und ich bin darauf hereingefallen. Aber jetzt bin ich sicher, dass er genau wusste, dass Heisen Informatiker war. Das hätte er niemals übersehen – und auch die Gefahr nicht, die daraus entstand. Deswegen bin ich überzeugt, er hat ihn beobachtet, mehr als die anderen. Ich wette, wenn wir Heisens Handy überprüfen, stellen wir fest, dass er es umfunktioniert hat, sodass er alles mithören und das Handy als Wanze nutzen konnte.«

»Das geht?«

»Ist angeblich eine Kleinigkeit für die Techniker, wenn sie das Gerät einmal in der Hand haben. Mit dem Wissen hat er den Wachmann die Drecksarbeit machen lassen und ihn später umgebracht.«

Helena griff nach Lohmeiers freier Hand und drückte sie zärtlich. »Markus, das tut mir so leid.«

»Und mir erst.« Er trank das Glas in einem Zug leer.

»Kannst du das alles beweisen?«

»Morgen. Da werde ich es beweisen.«

* * *

Ein ungewöhnlicher Duft weckte ihn. Einen Moment versuchte er sich zu orientieren. Die Bettlaken waren IKEA-bunt, die Wände cremefarben gestrichen, der Kleiderschrank hell. Alles wirkte freundlicher und gemütlicher als bei ihm zu Hause. Menz' Erinnerung kam zurück. Klar, er war gestern Abend nach dem Kino bei Christine geblieben. Sie hatten Casablanca im *Cinema* gesehen. Sein erstes Mal. Christine hatte ihn, seit sie sich kannten, damit aufgezogen. »Wer Casablanca nicht kennt, weiß nicht, was Liebe ist.« Nun wusste er es. In die Augen sehen. An Paris denken, und die Frau, die man liebt, ziehen lassen. Nicht nach seinem Geschmack. Er wollte sie nicht ziehen lassen.

Christine huschte auf nackten Füßen im Nachthemd herein, in den Händen balancierte sie zwei dampfende Milchkaffees.

Ohne Vorwarnung ging leise das Radio an. »Antenne Düsseldorf – Nachrichten. Es ist acht Uhr. Die Themen im Überblick ...«

Er richtete sich auf und gähnte herzhaft.

»Ein Heißgetränk der Herr?«

Beschämt hielt er die Hand vor den Mund, grinste und nickte. Reden war zu so früher Stunde noch nicht sein Ding. Verdammt, wie gut er sich fühlte. Sie reichte ihm beide Tassen, huschte unter die Decke, küsste ihn und nahm ihm dann einen der Milchkaffees wieder ab.

»Habt ihr heute viel zu tun?«, unterbrach sie die Stille.

»Pathologie um neun.«

Sie sah ihn fragend an. Ganz die Polizistin.

»Lohmeiers Idee.«

»Zu Bickenbach oder der Wachmann?«

Menz hatte ihr in den vergangenen Tagen immer wieder mal den Stand der Ermittlungen und seine eigenen Gedanken dazu mitgeteilt. Es tat gut, gemeinsam zu überlegen. Mit Lohmeier war ihm das zuletzt schwergefallen. Der Alte hörte kaum zu, war mit den Gedanken immer woanders.

»Weiß ich nicht.« Er trank seinen Kaffee aus, küsste sie. »Muss duschen, sonst komme ich zu spät.«

»Soll ich dich einseifen?«

»Mhhhm, lieber nicht«, murmelte er und spürte die Erregung in sich aufsteigen. »Sonst schaffe ich es nicht pünktlich.«

Eine halbe Stunde später bremste Menz seinen Wagen mit quietschenden Reifen direkt vor dem Eingang des Gebäudes für Rechtsmedizin. Lohmeier stand schon mit wippenden Füßen vor der Pathologie. Er trug eine große Plastiktüte mit etwas unförmig Länglichem darin und zog an einer Zigarette. Hatte er nicht aufgehört, fragte sich Menz, riss die Wagentüren auf und warf sie Sekunden darauf wieder zu. Während

Schritte über den Asphalt hallten, ertönte ein kurzes Piep Piep und der Wagen war verriegelt.

»Guten Morgen, Chef.«

»Wenn Sie es sagen.«

Wieder dicke Luft, dachte Menz und hielt dem Kommissar die Tür auf.

Lohmeier eilte voran durch menschenleere Gänge. Schlüther wartete schon. »Ich glaube, du hast recht«, begrüßte er ihn.

Als er das Leichentuch zurückschlug, zuckte Lohmeier kurz zusammen. Er hatte vergessen, wie sehr Heisens Kopf von dem Aufprall zerquetscht worden war. Der Doktor zeigte kurz auf die Stelle, wo die Schläfe sein musste.

»Es war gar nicht so leicht, die Haut so zu entfernen und zu bearbeiten, dass ich davon eine vernünftige Aufnahme machen konnte.« Dann grinste er. »Aber es ist mir doch gelungen.«

»Ich kann da nichts erkennen«, sagte Lohmeier enttäuscht.

Auch Menz zuckte mit den Achseln.

»An dem Schädel selbst kann man es auch nicht mehr erkennen. Komm mit.« Er führte ihn rüber zu einem Tisch, auf dem ein großer Bildschirm stand. »Hier, seht euch das an.«

Zunächst erkannte der Kommissar es nicht.

»Was soll das sein?«

»Die Stelle an der Schläfe – nur deutlich vergrößert und mit einer Spezialkamera aufgenommen«, erklärte Schlüther. »Damit kann man das Hämatom genau erkennen. Es sieht tatsächlich so aus, als wäre dieser Heisen mit einem bestimmten Gegenstand und nicht mit der Faust niedergestreckt worden.«

Lohmeier kniff die Augen zusammen. Zauberstab! Wie er es sich gedacht hatte. Er reichte Schlüther eine Plastiktüte.

»Was ist das?«

»Ein paar Gehhilfen. Schau dir bitte jeden einzelnen Knauf genau an. Einer davon könnte mit der Wunde übereinstimmen.«

»Wann kommt Herz, Chef?«

Lohmeier sah auf die Uhr. »Halbe Stunde.«

»Können wir über die Sache in der Pathologie sprechen?«

»Was gibt's da zu reden?«, brummte der Kommissar.

»Sie haben bisher nichts gesagt, aber ich kann eins und eins zusammenzählen. Sie haben die Gehstöcke offensichtlich von zu Bickenbach. Also waren Sie gestern noch einmal im Haus des Grafen. Heimlich natürlich. Sie vermuteten, zu Bickenbach hätte den Wachmann bei Braun&Braun erschlagen?«

Lohmeier sah seinen Kollegen zunächst grimmig an, seufzte dann und sagte: »Zu Bickenbach hat wahrscheinlich Heisen erschlagen, das Programm an sich genommen und Herz damit nach Dublin zu einem Kontaktmann geschickt. Andere Spione bekamen davon Wind und folterten den Grafen, um an das Programm zu kommen. Er musste ihnen gesagt haben, dass es im Bild versteckt war, das Herz beförderte.«

»Haben Sie einen Verdacht?«

»Nein, absolut keinen.«

Eine Weile war es still in dem kleinen Büro.

»Ich habe hier ein paar Infos zu Leipnitz«, sagte Menz und wedelte mit einem grünen Schnellhefter.

»Zusammenfassung.«

»Jurist, hat dann BWL studiert, Schwerpunkt Marketing, ist mehrere Jahre bei einer Unternehmensberatung gewesen, Finanzvorstand eines Mittelständlers für Gerüstbau, dann hat er eine Werft saniert. 2000 ist er nach Düsseldorf gezogen. Sanierungsaufträge im Ruhrgebiet, Stahlunternehmen, Autobranche, dann Chemie und aktuell eben Braun&Braun. Villa in Himmelgeist, drei Töchter, elf, vierzehn und siebzehn. Auf ihn zugelassen sind ein Aston Martin, ein Porsche Cayenne und eine Mercedes S-Klasse. Steuerfahnder und Börsenaufsicht interessieren sich immer wieder mal für ihn, konnten ihm aber nichts nachweisen. Spendet viel, ist im Golfclub und bei den *Düsseldorfer Jonges,* wenn auch nicht gerade der Aktivste. Ihre kranke Mutter haben sie im Haus und dafür eine Polin, offiziell für vierhundert Euro angestellt. Die dürfte aber unter der Hand mehr bekommen.«

»Das ist alles?«

Menz nickte.

»Ein richtiger Saubermann, der liebe Herr Leipnitz«, brummte Lohmeier.

»Tut mit leid, Chef.«

Der Kommissar machte eine wegwerfende Handbewegung. »Nicht Ihre Schuld, Menz. Vielleicht bekommen wir nachher in einem direkten Gespräch mehr heraus.«

»Sie wollen ihn aufsuchen? Obwohl er mit dem Präsidenten so dicke ist?«

»Ein führender Mitarbeiter seines Unternehmens wurde vermutlich von einem anderen ermordet, der bei Braun&Braun für die Sicherheit zuständig war und jetzt eine Kugel im Kopf hat. Ich finde, das ist einen Besuch wert. Aber zunächst einmal kümmern wir uns um Herz!«

* * *

Ich klopfte an die Tür von Lohmeiers Büro und trat ein, ohne eine Antwort abzuwarten. Sie hatten mich zu Hause abholen lassen. Konnten es wohl gar nicht erwarten, mich wiederzusehen. Egal, immerhin verdankte ich dem Kommissar, dass mich die Leute von der Botschaft überhaupt gefunden hatten.

Lohmeier sah auf, erkannte mich und lächelte. Mit der linken Hand winkte er mich heran.

»Setzen Sie sich, Herz. Lassen Sie mich eben noch die anderen rufen, und dann müssen Sie erzählen.«

Er wies auf einen Stuhl, der in der Ecke seines Büros stand und offensichtlich nur benutzt wurde, wenn es Besucher gab. »Ziehen Sie sich den heran. Ich will Ihnen etwas zeigen.«

Ich schnappte mir die mit billigem Polster überzogene Sitzgelegenheit, der man ansah, dass schon so mancher Verdächtige oder Kollege darauf gesessen hatte. Als ich vor Lohmeier saß und ihn interessiert ansah, öffnete er eine Akte und holte ein paar Fotos heraus.

»Ich muss Sie jetzt etwas Wichtiges fragen ...«

»Schießen Sie los!«

»Die Bilder, die ich Ihnen zeigen muss, sind nicht sehr schön anzusehen.«

»Machen Sie es nicht so spannend«, sagte ich halb zerschlagen, halb ungeduldig. Warum spannte mich der Kerl wegen ein paar Fotos so auf die Folter?

»Nun gut, ich habe Sie vorgewarnt!« Er sortierte ein Foto aus und legte es auf den Schreibtisch, sodass ich einen freien Blick darauf werfen konnte.

»Erkennen Sie diese Frau?«

Bleiches, leicht aufgedunsenes Gesicht; nasses, am Kopf klebendes Haar; geschlossene Augen. Ein Kopf, der irgendwo an einem Strand lag. Nur dass es kein Urlaubsfoto war, sondern die Aufnahme einer offensichtlich toten Frau. Ich presste die Lippen zusammen. Selbst in diesem schlimmen Zustand hatte ich sie sofort wiedererkannt. Und nun wunderte ich mich, dass mir ihr Tod so naheging, mir einen solch heftigen Stich ins Herz versetzte, dass sich meine Lungen zusammenpressten und ich einen langen Augenblick nicht atmen konnte.

»Adriana.«

»Die französische Polizei hat sie an einem Strand in der Bretagne in der Nähe des Ortes …«, er schlug in der Akte nach, »Plouescat gefunden.«

Ich zuckte mit den Achseln.

»Mir sagte das auch nichts«, fuhr Lohmeier fort.

»Wie ist sie gestorben?«, fragte ich und merkte, wie ich auf einmal unsäglich müde wurde.

»Schuss in den Hinterkopf. Neun Millimeter. Das gleiche Kaliber wie bei zu Bickenbach. Die französischen Kollegen prüfen gerade, ob es auch die gleiche Waffe war. Aber ich bin mir da auch ohne Analyse ziemlich sicher.«

»Dann haben die beiden Schweine sie am Ende doch erwischt.« Ich schaute benommen aus dem Fenster. Verdammte Scheiße. Adriana war tot! Wie viele Leben würde dieses verfluchte Bild noch kosten?

»Der Tod dieser Spionin nimmt Sie ziemlich mit, was?«

Blöde Frage, dachte ich und antwortete nicht.

»Mein Gott, Herz! Die Frau hat Sie ausgenutzt. Die hat sich nur an Sie herangemacht, um Ihnen das Bild abzunehmen«, rief Lohmeier empört und setzte hinzu: »Das ist ihr gelungen.«

Ich winkte ab, erhob mich mühsam aus dem Stuhl und trottete zur Tür.

»Herz! Ich verstehe Sie nicht. Die Frau hat nichts für Sie empfunden. Sie war ein eiskalter Profi!«

Du musst es ja wissen, Lohmeier, dachte ich traurig.

»Bin gleich zurück«, sagte ich und zog die Tür leise zu. Es war eine Sache, von einer Frau betrogen und abgezockt zu werden. Da wünscht man ihr die Pest an den Hals und noch Schlimmeres. Aber es ist eine ganz andere Sache, wenn sie dann von einem Killerkommando hinterrücks erschossen wird. Egal, wie sie mich behandelt hatte. So verdiente es niemand zu sterben.

Ich trat auf den Flur hinaus und warf Lohmeiers Bürotür zu. Klar, meinte er es gut mit mir. Das spürte ich und fand es auch irgendwo rührend. Ich presste einen Augenblick Daumen und Zeigefinger auf meine Augenlider und quetschte eine Träne weg.

* * *

Sie waren zu dritt und saßen alle im Halbkreis hinter Lohmeiers Schreibtisch. Mein Platz war in dem Besucherstuhl ihnen gegenüber. Ein Becher Kaffee dampfte dort, und sie hatten sogar Plätzchen aufgetrieben. Als ich den Raum betrat, standen alle höflich auf und reichten mir die Hand.

»Das ist Philipp Müller, ein enger Mitarbeiter und Freund von zu Bickenbach«, stellte Menz den jungen Mann vor. »Er arbeitet weiterhin mit uns an diesem Fall.«

Sein Händedruck war fest, sein Lächeln sympathisch, aber professionell. Herzlichkeit sah anders aus.

Ich setzte mich, schlürfte einen Schluck und versuchte, nicht entsetzt dreinzublicken. Was war das denn?

Menz war dennoch etwas aufgefallen.

»Alles okay, Herr Herz?«

»Ist das Tee?«

Menz blickte mich überrascht an, griff nach der Tasse und roch daran.

»In der Tat. Das tut mir leid.«

Lohmeier griff zum Telefon und bestellte einen großen Pott schwarzen Kaffee. Als er auflegte, sah er mich an. »Sie trinken ihn doch schwarz?«

Ich nickte.

Einige stillschweigende Minuten später und mit einem neuen Becher vor mir erzählte ich den dreien von meinem Treffen mit zu Bickenbach, seinem Auftrag, das Bild nach Dublin zu bringen. Ich fuhr fort, wie ich das Bild aus dem Metallbehälter in die Papprolle gepackt hatte und wie ich zum Flughafen fuhr.

»Warum haben Sie das Bild nicht im Behälter gelassen?«, fragte Menz, der die ganze Zeit auf dem PC meine Erzählung protokollierte.

»Ich wusste nicht, ob ich damit durch den Zoll käme. Aufgeben konnte ich das Bild nicht. Den Grafen fragen wollte ich auch nicht. Und so schien es mir zudem unauffälliger.«

Ich beschrieb, wie mir Adriana zum ersten Mal aufgefallen war, wie wir uns im Flieger dann kennenlernten und uns für den Morgen verabredeten. Bis hierhin keine Fragen. Erst als ich zu dem Teil mit dem Überfall kam, wurden die Herren Beamten wach.

»Wie sahen die beiden aus?«

»Auf welche Weise sind Sie den beiden entkommen?«

»Wo war das Bild währenddessen?«

Die Zeit in Adrianas Hotelzimmer beschrieb ich nur bruchstückhaft, dann die erneute Flucht vor den beiden Männern und die Fahrt Richtung Süden. Wieder prasselten Fragen auf mich nieder. Als ich die Szene am Parkplatz geschildert hatte, sah ich auf die Uhr. Zwei Stunden erzählte ich nun schon. Der Kaffee war längst kalt und einen neuen bot mir keiner an.

Ich lehnte mich im Stuhl zurück und sah in ihre Gesichter. Lohmeier blickte grimmig drein. Was ich aber nicht auf mich bezog. Vielmehr glaubte ich oder erhoffte mir, dass er mit mir litt und diese Schweine zum Teufel wünschte. Seit seine Tochter auf der Welt war, schien er ein wenig zu Empathie fähig zu sein.

Menz war auf das Tippen des Protokolls konzentriert und schaute wie ein Schaf beim Grasen. Wie man sich irren konnte. So musste man ihn für geistig eingeschränkt halten, dabei war er wahrscheinlich nur entspannt.

Müller sah mir direkt in die Augen, schien mich aber nicht zu sehen. Er war mit den Gedanken woanders. Gerne hätte ich gewusst, wo.

* * *

Die Wolken hingen tief und es nieselte leicht. Menschen spazierten nicht über die Gneisenaustraße. Wer unterwegs war, hastete von einem Ort zum anderen, hatte eine Kapuze übergezogen oder einen Schirm aufgespannt. So nahm auch keiner Notiz von den beiden Männern, die in einem Auto auf der gegenüberliegenden Seite eines grauen, mehrgeschossigen Wohnhauses parkten und immer wieder zum Dachgeschoss hinaufschauten.

Ein Handy klingelte. Der kleinere, der am Steuer saß, ging ran.

»Nein, ist noch nicht wieder aufgetaucht.« Er lauschte eine Weile und sah den Kollegen auf dem Beifahrersitz an. Der riss fragend die Augen auf, erhielt jedoch keine Antwort.

»Okay«, sagte der Kleine und nickte. »Sobald er da ist, gehen wir rein. … Sie kommen auch? Aha. Sollen wir warten?« Sollten sie nicht.

Der Große stieß den Kleinen an, und deutete die Straße hinunter.

»Herz trifft gerade ein!«

* * *

Ich kämpfte mich die Treppenstufen zu meiner Wohnung hoch, schloss auf, ging rein, schloss ab, trottete ins Schlafzimmer und ließ mich aufs Bett fallen. Meine Güte, war das anstrengend gewesen. Die Märchenstunde hatte mich total ermüdet. Obwohl ich wahrscheinlich eher an den Nachwirkungen der vergangenen Tage litt.

Ich setzte mich auf und schälte mich aus der Jacke, die im Nieselregen ganz nass geworden war. Sie bekam einen Platz über der Stuhllehne. Die Schuhe streifte ich ab und pfefferte sie wahllos in die Ecke neben meinen Schrank. Als ich gerade wieder auf mein Bett plumpsen wollte, klingelte es. Ich fuhr hoch und geriet in Panik. Das konnte doch nur Narkov sein!

Es klopfte! Er stand also schon direkt vor meiner Tür, schoss es mir durch den Kopf. Und ich hatte den Panzerriegel nicht geschlossen!

So schnell sie konnten, trugen mich meine Füße Richtung Tür. Noch auf dem Weg dorthin fragte ich mich, warum ich nicht die Pistole aus dem Nachttisch genommen hatte. Ich erreichte gerade den rettenden Riegel, da krachte es und die Wohnungstür sprang aus den Angeln. Zwei Männer in schwarz stürmten in den Raum.

* * *

»Fron bon ton mom Paris Avignon Eifelturm«, so hörten sich für Lohmeier die Worte seines Kollegen an, der gerade am Telefon sprach. Französisch hatte den Kommissar nie sonderlich interessiert, und zuinnerst war er dankbar, dass Menz mit der Kriminalpolizei des Nachbarlandes wegen der toten Adriana sprach. Die Laute schwebten noch eine Weile durch den Raum, dann legte Menz auf.

»Und?«

»Sie schicken uns ein Phantombild des Mannes, den eine Fußgängerin in der Nähe des Tatorts gesehen haben will.«

Lohmeier winkte ab. »Was sollen wir damit? Das wird ein Typ sein mit Augen, Nase und Ohren.«

Menz grinste. »Ich habe da mehr Hoffnung. Der französische Kollege sagte, die Zeugin hätte ein fotografisches Gedächtnis. Er hätte noch nie ein so präzises Phantombild gesehen. Er tippt auf einen Deutschen.«

»Wie kommt er darauf?«

»Das Aussehen.«

»Das ist doch Quatsch. Man kann den Leuten doch nicht ansehen, aus welchem Land sie stammen. Jetzt mal von weiß, gelb und schwarz abgesehen«, brauste der Kommissar auf.

Menz schwieg, offenbar dachte er in dieser Hinsicht anders.

»Kommen Sie, Menz, wir fahren zu Leipnitz.«

* * *

Das Büro von Leipnitz lag im obersten Stock des Verwaltungsgebäudes von Braun&Braun. Von seinem Schreibtisch aus konnte der Manager in die weitläufige Gartenanlage schauen, deren bunte Baumkronen im Licht der Sonne leuchteten und eine herrliche Ruhe ausstrahlten.

Doch Lohmeier vermutete, dass sein Gegenüber sich nur selten an der grünen Pracht erfreute. Die Lippen dünn, die hohe Stirn in permanente Falten gezogen, sah Leipnitz seine beiden ungebetenen Gäste distanziert an.

»Unser Justiziar kommt sicher gleich. Wollen Sie inzwischen etwas trinken?« Die Frage klang, als ob ein Ja unerwünscht wäre.

»Nein, danke«, sagte der Kommissar, auch wenn er die sympathische blonde Dame aus dem Vorzimmer gerne noch einmal gesehen hätte. Dunkle Augen hatten die beiden Beamten warm empfangen, schlanke Beine hatten sie Augenblicke später in dieses Büro begleitet und eine schöne Stimme hatte sie angekündigt. Warum arbeitete eine solche Frau für einen derartigen Unsympath?

Die schalldichte Bürotür öffnete sich, und ein sportlicher Mann mit markantem Kinn, Hakennase und tadellos sitzendem dunklen Anzug betrat den Raum. Lautlos und geschmeidig überwand er die knapp zehn Meter auf dem dicken Teppichboden in Lichtgeschwindigkeit.

»Dr. Martin Voss«, stellte er sich den Kriminalern vor und schüttelte deren Hände, knackte sie wie Walnüsse.

Menz rieb sich die schmerzende Hand.

Lohmeier unterdrückte den gleichen Impuls, um keine Schwäche zu zeigen. Alles Imponiergehabe dieser Wirtschaftsfuzzis.

Das Grinsen von Voss wurde immer breiter. Er setzte sich auf einen Besucherstuhl, den er aber an die schmale Seite des Schreibtisches schob, sodass er nicht direkt auf einer der beiden Seiten saß.

Ein Mediator durch und durch, dachte Lohmeier zynisch.

»Was können wir für Sie tun?«, fragte der Hausjurist.

»Erst stirbt ein Wachmann, der Prototyp eines wertvollen Computerprogramms kommt abhanden, einige Tage später wird Ihr externer Sicherheitsberater in seinem Haus erschossen. Haben Sie dafür eine Erklärung, Herr Leipnitz?«

Der Angesprochene reagierte nicht, dafür aber Voss: »Ist das nicht eher Ihr Spezialgebiet, Herr Kommissar?«

»Ohne Informationen läuft auch bei uns nichts«, knurrte Lohmeier.

»Nun, wir bei Braun&Braun haben für diese abscheulichen Verbrechen keine Erklärung.«

»Haben Sie denn Ihr Computerprogramm wieder?«

»Wer sagt, dass etwas gestohlen wurde?«

»Ihre Mitarbeiter in der Sicherheitsabteilung und der verstorbene zu Bickenbach natürlich.«

Voss setzte ein künstliches Lächeln auf. »Nun, der Graf kann diese Aussage nicht mehr bestätigen und von unseren Sicherheitsleuten werden Sie diesen Unsinn auch nicht mehr hören. Und deshalb muss ich Sie an dieser Stelle auf Folgendes hinweisen. Sollte der Presse eine derartig absurde Vermutung zu Ohren kommen und sie deswegen darüber berichten, werden wir Sie, Ihr Team und das Präsidium verklagen. Verleumdung, Rufschädigung. Sie verstehen?«

Lohmeier verstand und hätte dem Rechtsverdreher am liebsten die Vorderzähne umdekoriert.

»Sie sollen einen Streit mit zu Bickenbach am Tag seines Todes gehabt haben?«

»Ich?«, fragte Voss erstaunt.

»Nicht Sie, oder hatten Sie den Eindruck, irgendeine meiner Fragen wäre jemals an Sie gerichtet gewesen? Also, Leipnitz?«

»Nicht in diesem Ton«, warnte Voss.

»Also?«

»Wer behauptet das?«, fragte Leipnitz.

»Ein Zeuge.«

»Der gleiche Zeuge, der auch schon behauptet hat, uns wäre ein Computerprogramm – wie Sie es nennen – gestohlen worden?« Er lächelte amüsiert.

Lohmeier wollte gerade etwas lauter werden, als Menz' Telefon piepte.

»'tschuldigung.« Er holte das Smartphone aus der Hosentasche.

Voss atmete hörbar aus und schüttelte missbilligend den Kopf.

»Dauert nicht lange«, entgegnete Menz ohne einen Anflug von Scham, worüber sich Lohmeier nun wieder freute. Doch das währte nicht lange. Sein Kollege drückte einige Male auf dem Telefon herum und wurde dann leichenblass.

»Ach du dicke Scheiße, Chef«, flüsterte er und zeigte auf das Phantombild auf dem kleinen Bildschirm.

* * *

Ich kannte mich mit Waffen nicht aus, aber der Lauf, in den ich gerade sah, flößte mir kein Vertrauen ein. Noch weniger der Typ, der das Ding in der Hand hielt. Das musste die Waffe sein, mit der zu Bickenbach und Adriana getötet worden waren.

»Hallo, Arschloch«, begrüßte mich das kleine Frettchengesicht aus dem Hotel in Dublin. Er dirigierte mich zurück ins Schlafzimmer. Mit einer schnellen Bewegung schlug er mir ins Gesicht, und ich fiel aufs Bett.

»Wo ist die Hülle?«, brüllte mich der Kleine an.

Ich versuchte mich aufzurichten. Da schlug mir der Große mit der Faust ins Gesicht, und ich fiel zurück in die Laken. Blut tropfte aus meiner Nase.

»Die Bilderhülle!«, schrie der Kleine.

Bei dem Krach, den er machte, würden die Nachbarn sicher bald die Polizei rufen. Hoffentlich war ich dann noch am Leben.

Ich wollte mich aufrichten und etwas sagen, da erwischte mich wieder ein Schlag, diesmal gegen den Wangenknochen. Mein Kopf fuhr herum und ich fiel auf die Seite. Nun stellte ich mich erst einmal bewusstlos.

Jemand schüttelte mich an der Schulter. Ich hielt die Augen geschlossen und den Körper völlig schlaff.

»Du Schwachkopf«, zischte der Kleine. »Du hast ihn k.o. geschlagen. Los, hol Wasser aus der Küche.«

Während die beiden mit sich beschäftigt waren, dachte ich fieberhaft nach, wie ich aus der Situation rauskommen könnte. Sie suchten also die Bilderhülle. Ich verstand noch nicht warum, vermutete aber, dass sich der gesuchte Chip nicht im Bild befand. Zu Bickenbach hatte ihn wohl in die Hülle gesteckt, wo er deutlich sicherer aufbewahrt war.

Eine Ladung kaltes Wasser traf meinen Kopf und ich schreckte hoch.

»Na, wieder wach?«, raunte mir der Große zu. Eine echte Leuchte, der Kerl.

Ich hob abwehrend die Hände. »Können wir mal in Ruhe eine Minute reden? Wenn ihr mich ständig schlagt, kommen wir nicht ans Ziel ...«

»Wo ist die Bilderhülle?«

»Welche Bilderhülle?«, fragte ich so unschuldig wie möglich.

Der Große holte erneut zum Schlag aus.

»Stop«, hielt der Kleine ihn auf. »Hör zu, Arschloch«, wandte er sich wieder an mich. »Deine Fresse wird weich sein wie ein Pudding, wenn wir mit dir fertig sind. Also sag uns lieber, wo die Bilderhülle ist.«

Bevor ich eine weitere Züchtigung einstecken musste, sagte ich: »Die Bilderhülle habe ich heute Morgen bei der Polizei abgegeben.« Das war das Erste, was mir einfiel.

»Das haben Sie nicht, Herr Herz«, sagte eine dritte Stimme. Unsere Köpfe fuhren herum und wir starrten den Mann an, der heimlich das Zimmer betreten hatte. Ich schluckte hart, weil ich ihn sofort wiedererkannte.

* * *

»Wenn Philipp Müller der Mörder von Adriana ist, hat er dann auch zu Bickenbach umgebracht?« Lohmeier hetzte über den Flur der Waffenschmiede Braun&Braun.

»Wo ist der Kerl jetzt?«

Menz zuckte mit den Achseln.

»Dann rufen Sie die Kollegen an und lassen Müller bitte unauffällig im Präsidium suchen. Er war doch für das Gespräch mit Herz noch da. Nein, warten Sie. Rufen Sie ihn direkt an. Aber er darf nichts merken, Menz!«

Der Kollege blieb stehen, griff zum Handy und wählte. Es tutete so laut, dass selbst Lohmeier die Töne auf die Entfernung von zwei Metern hören konnte. Es wurde abgehoben.

»Philipp? Dieter hier. Wo bist du?«

Die Antwort konnte Lohmeier nicht verstehen und gestikulierte daher wild.

Menz sah ihn und stellte auf laut, bevor er selbst wieder in das Gerät sprach.

»Die Spurensicherung hat uns ein paar interessante Informationen auf mein Handy gemailt. Beweise, die auf Kehlhoff deuten. Wir sind noch bei Braun&Braun, wollen Kehlhoff gerne wieder festnehmen. Lohmeier möchte dich dabei haben.«

»Wann nehmt ihr ihn hoch?«, schnarrte Müllers Stimme aus dem Lautsprecher des Handys.

»Wir wollen sofort los.«

»Schlecht, ich bin gerade was essen in der Stadt. Wo soll ich hinkommen?«

»Können wir dich abholen?«

Lohmeier hörte sich die Antwort nicht an, sondern griff zum eigenen Handy und rief die Kollegen in der Technik an.

»Verfolgt das Signal der Person, mit der Menz spricht. Jetzt sofort!«, flüsterte er in den Hörer und nannte Menz' Nummer.

»Okay, Philipp, so dringend ist es dann auch wieder nicht. Wir können ihn auch ohne dich hopsnehmen«, fuhr Menz gerade fort. »Nur weil dir Arthur ja auch so am Herzen lag, dachten wir, es wäre dir wichtiger als ein Mittagessen.«

»Ja, ja, Dieter, klar. Aber ich brauche ein wenig Zeit. Ich bin hier gerade am Carlsplatz an dem Falafelstand ...«

»Dann holen wir dich da ab«, sagte Menz.

»Nein, nein. Ich komme zu euch. Ich will meinen Wagen mitnehmen.«

»Den brauchst du nicht, Philipp. Wir nehmen dich mit.«

»Lass mal. Ich bin schon auf dem Weg. Gib mir die Adresse, wo ihr Kehlhoff hochnehmt.«

»Komm zum Präsidium. Die zehn Minuten haben wir«, sagte Menz und sah zu Lohmeier, der noch immer den eigenen Telefonhörer ans Ohr presste.

Gerade erhielt er eine Information und flüsterte: »Pempelfort.«

»Bis gleich dann, Dieter«, rief Müller und legte auf.

»Mist«, murmelte Menz. »Wo in Pempelfort?«

»In der Nähe der Nordstraße.«

»Warum sagt er mir dann, er wäre am Carlsplatz was essen?«

»Vielleicht wollte er Ihnen nicht sagen, dass er in Pempelfort ist«, vermutete Lohmeier.

»Aber was macht er da?«

»Oder mit wem trifft er sich da«, überlegte der Kommissar.

»Wohnt Herz nicht dort um die Ecke?«

Die beiden Beamten rannten zur Tür.

* * *

Müller steckte das Handy weg und zückte seine Pistole. In aller Ruhe drehte er einen Zylinder auf die Mündung. Mir wurde heiß und kalt zugleich. Ein Schalldämpfer. Die beiden Gorillas grinsten feist.

»Schlachtfest«, sagte der Kleine.

»Aber vorher verrät uns der Herr Herz noch, wo sich der Chip befindet. Oder besser die Bilderhülle, wo der liebe Arthur das Computerprogramm versteckt hat«, dozierte Müller.

»Wenn Sie mich töten, erfahren Sie es bestimmt nicht.«

Müller lächelte diabolisch. »Fair point!« Er wandte sich an seine beiden Kollegen. »Durchsucht die Wohnung. Aber beeilt euch. Eure Aktion war nicht gerade leise. Und in diesem Haus ist die Nachbarschaft sicher sehr neugierig, oder?« Er sah mich an.

»Mal mehr, mal weniger«, sagte ich. Mein Gesicht schmerzte. Blut lief mir nicht mehr aus der Nase, aber ich merkte, wie meine Wange dicker und heißer wurde.

»Herz, wenn Sie mir freiwillig sagen, wo die Rolle ist, lass ich Sie am Leben. Finden aber Jens und Sven die Rolle vor Ihnen, bringe ich Sie um.«

»So wie Sie Adriana und zu Bickenbach erschossen haben?«

Er lachte leise. »Die kleine italienische Schlampe kannte das Berufsrisiko. Und zu Bickenbach, die große Legende? Er hat versucht, mich zu hintergehen. Er hat alles verraten, wofür wir die letzten Jahre gekämpft haben.«

Jens und Sven kamen zurück in den Raum.

»Nichts zu finden.«

»Das ist ja blöd für euch«, sagte Müller, hob die Waffe und schoss erst dem Kleinen, dann dem Großen in die Stirn. Beide Körper fielen zu Boden wie Marionetten, deren Fäden man mit einem einzigen Schnitt gekappt hatte.

Ich schrie auf. Hätte ich in den Spiegel sehen können, pures Entsetzen musste in meinem Gesicht zu lesen sein.

Er schraubte den Schalldämpfer ab und steckte die Pistole in die linke Jacketttasche. Aus der rechten Jacketttasche zog er eine baugleiche Waffe hervor, schraubte den Schalldämpfer wieder drauf und richtete sie erneut auf mich. »Der Mikrochip.«

»Darf ich mich aufsetzen?«

»Nur zu, wenn das hilft.«

Ich rappelte mich hoch und setzte mich auf die Bettkante. Er stand gut zwei Meter von mir entfernt. Ich rechnete meine Möglichkeiten durch und kam zu einem raschen Fazit: keine Chance ihn anzugreifen. »Ich habe die Rolle in meinem Bankschließfach«, sagte ich nach einer Weile resignierend. Auf keinen Fall würde ich verraten, dass ich die Rollen bei Gereon in der Wohnung getauscht hatte. Ich hatte ihn einmal in Lebensgefahr gebracht. Das reichte.

Es ploppte und neben mir hatte meine Bettdecke ein Loch bekommen. Ich schreckte zusammen und war kurz davor, die Fassung zu verlieren. Ich riss meinen ganzen Mut zusammen. »Warum sollte ich Sie anlügen?«

Er lachte laut auf. »Weil Sie nicht so blöd sind, wie Sie tun. Und weil Sie hoffen, dass Sie mit der Lüge durchkommen.«

»Dann müssen Sie mich eben erschießen.«

Er hob die Waffe. Mir blieb das Herz stehen. Die Zeit verging zähflüssig wie Lava.

»Sehen Sie, Herz, ich werde Sie nicht sofort töten. Das ist Ihnen sicher klar. Haben Sie die Tatortfotos von zu Bickenbach gesehen?«

Ich schüttelte den Kopf.

»Schade. Nun, ich erkläre es Ihnen. Zuerst ist Ihre linke Kniescheibe dran.«

»Der Schlüssel zum Schließfach liegt in der ...«

In diesem Augenblick stürmten zwei Männer mit Waffen in den Raum: Lohmeier und Menz.

»Hände hoch, Waffe weg!«, schrie Menz und seine Stimme kippte über.

Müller überwand die Strecke zwischen uns beiden in Sekundenbruchteilen, zerrte mich in den Stand, ging dahinter in Deckung und hielt mir die Pistole an den Kopf.

Schlimmer geht immer, dachte ich verzweifelt.

* * *

Die Situation war absurd. Dicht hinter mir stand Müller und hielt mir die Waffe an den Kopf. Mir gegenüber verharrte Lohmeier unbeweglich, die Pistole auf mich gerichtet – oder zumindest in meine Richtung. Auch Menz hatte seine Waffe gezogen, jedoch sah man seinem Gesicht an, dass er nicht schießen würde. Seine Hand zitterte, und er versuchte krampfhaft, sie ruhig zu halten.

»Runter mit den Knarren«, rief Müller den beiden zu.

»Oder was?«, knurrte Lohmeier.

»Ich bringe Herz um.«

»Verbessert das deine Lage, Müller? Ich glaube nicht.«

So sehr ich die Nervenstärke Lohmeiers bewunderte, so unangebracht fand ich sie in diesem Moment. Immerhin würde es mein Kopf sein, der durchlöchert wurde, wenn sich der Herr Kriminalkommissar in dem Wahnsinnigen hinter mir irrte.

»Du weißt, wie es läuft, Lohmeier.«

»Gib auf, und wir garantieren dir, du kommst mit einem blauen Auge aus dieser vertrackten Sache heraus.«

Müller lachte zynisch. »Nein, hier komme ich nicht mehr heil raus, das weißt du genau.«

Meine Knie waren weich wie Vanilleeis im Hörnchen im Hochsommer, und ich mühte mich, stehen zu bleiben.

»Wir finden einen Weg. Unsere Ermittlungen haben doch eindeutig ergeben, dass zu Bickenbach Heisen getötet und das Programm an sich genommen hat, um es zu verkaufen. Dich trifft keine Schuld.«

»Schön wäre es. Aber wir wissen alle, dass die Situation außer Kontrolle ist.«

»Lass uns eine Lösung finden.«

»Wenn ihr nicht gekommen wärt, hätte ich eine Chance gehabt, indem ich den beiden Vollidioten alles in die Schuhe geschoben hätte. Aber so ... muss ich euch alle töten und dann den beiden die Waffen in die Hand drücken.«

»Das siehst du komplett falsch. Erst wenn du Herz oder einen von uns erschießt, wirst du zum Mörder. Momentan bist du ein Held, denn du hast den Landesverräter zu Bickenbach gestoppt und das verloren gegangene Programm sicher zurückgeholt. Dass dabei ein paar ausländische Spione getötet wurden, ist doch plausibel.«

Sogar für mich als Außenstehenden klang beruhigend, was der Kommissar da vorschlug. Irgendwie ergab das wirklich Sinn. Müller hatte seinem Land einen Dienst erwiesen und das Programm gerettet. Wen interessierte es, dass es noch in meinen Händen war?

Müller schnaubte, während sich die Mündung seiner Pistole tiefer in meine Haut bohrte. Mir wurde schwindelig. Mein Blick fiel auf die beiden Leichen. Der Kerl hatte gerade ohne zu zögern zwei Kollegen ermordet, um ihnen die ganzen Verbrechen anzuhängen. Wir mussten handeln. Ich blinzelte dem Kommissar ein paarmal heftig zu. Er sah mich an. Ich gestikulierte weiter mit Augen und Wimpern. War ihm klar, dass ich gleich abtauchen würde, um ihm ein freies Schussfeld zu geben?

Er sah mir fest in die Augen und schüttelte unmerklich den Kopf.

»Hör zu, Müller. Wir stehen auf derselben Seite. Zu Bickenbach hat mich über Jahre genauso getäuscht wie dich. Damals habe ich ihn bewundert. Alles hätte ich für ihn getan, doch er hat sich abgewandt, hat mich fallen lassen wie eine heiße Kartoffel«, sagte Lohmeier mit unterdrückter Wut in der Stimme.

»Mich auch«, es kam ein wenig Leben in Müller. »Er wollte den Trojaner von Braun&Braun an den Meistbietenden verkaufen! Jahrelang kämpfen wir für Gerechtigkeit und dann will er ausgerechnet das gefährlichste Objekt, an dem wir jemals dran waren, verkaufen!«

»Stundenlang haben Arthur und ich früher abends zusammengesessen und über die Ungerechtigkeit in der Welt geredet«, schürte der Kommissar das Feuer. »Und was macht er selbst?«

»Er hat immer gejammert, dass diese Welt unfair ist, weil westliche Staaten wie die USA und Europa den Rest der Welt verarschen mit ihren Subventionen, ihren Handelsembargos, ihren Kriegen. Arthur und ich haben den ganzen Tag nichts anderes gemacht, als dieses Ungleichgewicht aufrechtzuerhalten oder auszuweiten. Zum Kotzen.«

»Das ist der Arthur, der auch mich getäuscht hat«, bestätigte Lohmeier.

»Eines Abends saßen wir zusammen, hatten getrunken und dann war es auf einmal glasklar. Ihr habt damals nur geredet, wir haben gehandelt«, sagte Müller mit Stolz in der Stimme und fuhr fort: »Wir haben versucht, das Gleichgewicht wieder herzustellen. Wir haben Waffensysteme und geheime Wirtschaftsprojekte anderen Nationen geschenkt.

Wie Wikileaks, nur eben anders, effizienter, geheimer. ›Balance of Power‹ nannten die Engländer das früher. Die Macht im Gleichgewicht halten.«

»So eine Art Robin Hood der Spionage«, sagte der Kommissar bewundernd.

Müller lachte meckernd. »Das ist ein wenig naiv dargestellt, aber warum nicht. Im Kern stimmt es sogar. Nur wird mich damit niemand durchkommen lassen.« Müllers Stimme war mitten im Satz wieder gekippt und ihm war die Verzweiflung jetzt wieder anzuhören.

»Im Gegenteil«, versuchte ihn Lohmeiner erneut zu beruhigen. »Der Verfassungsschutz wird das doch lieber vertuschen, als es in der Zeitung zu lesen.«

»Aber ich habe zu Bickenbach, diese italienische Schlampe und die beiden Vollidioten auf dem Gewissen«, heulte Müller auf wie ein verwundetes Tier. »Vierfacher Mord, Agenten hin oder her. Da komme ich nicht mehr raus. Es sei denn, ich töte euch auch noch.«

Guter Punkt, dachte ich. Normalerweise war Selbsterkenntnis der erste Schritt zur Besserung. Doch in diesem Fall wurde mir ganz flau im Magen. Wenn Müller glaubte, was er sagte, hatte er nichts mehr zu verlieren. Ein Toter mehr oder weniger würde da keine Rolle spielen. Ob Lohmeier das auch so sah? Ob er verstand, in welcher Gefahr wir alle uns befanden?

Ich gestikulierte erneut mit meiner freien Hand. Er schloss einmal langsam die Lider, als wollte er mir zustimmen. Handeln – jetzt. Dann senkte er leicht die Pistole. Ich hielt unauffällig die linke Hand nach unten und zählte mit den Fingern rückwärts. Hoffentlich verstand der Kommissar, sonst war ich tot. Fünf, vier ...

»Okay, Müller. Beruhige dich!«

Drei!

»Ich werde die Waffe weglegen und wir reden in Ruhe weiter.«

Zwei.

Lohmeier tickte im selben Moment den Abzug an und jagte mir eine Kugel ins Bein. Mein Körper reagierte, indem ich vor Schmerz zusammenbrach, noch bevor mein Verstand mitbekam, was passierte, oder mein Ohr die Schüsse hörte. Während ich stürzte, blitzte die Mündung von Lohmeiers Pistole zwei weitere Male auf.

* * *

Ich lag am Boden und hörte jemanden schreien. Es dauerte eine ganze Weile, bis ich begriff, dass es meine Stimme war. Menz' Gesicht war bleich wie ein frisch gewaschenes Laken im Breidenbacher Hof. Lohmeier kam langsam auf mich zu, die Pistole im Anschlag. Er ging an mir vorbei. Als ich mich umdrehte, sah ich Müller rücklings auf dem Boden liegen, die Knie leicht angezogen. In seiner Brust klafften zwei große Löcher. Unter ihm sickerte Blut hervor und ich dachte nur: glatte Durchschüsse.

Mein Schreien hörte auf und ich nahm die Welt um mich herum wieder wahr. Die stechenden Schmerzen in meinem Bein. Mein ungläubiges Staunen, denn Lohmeier hatte auf mich geschossen, während ich noch runterzählte. Dieser Wahnsinnige. Hatte der denn nichts kapiert? Am liebsten hätte ich mich auf ihn geworfen, aber ich war verletzt und wie paralysiert. Ich wollte doch nur abtauchen. Dann hätte er auf Müller schießen können.

Der Kommissar fühlte Müllers Puls. Doch es schien, als könnte er ihn nicht finden. Weder am Handgelenk noch am Hals.

»Ist er tot?«, fragte Menz, der immer noch an seinem alten Platz verharrte.

»Ja.«

»Sie haben ihn erschossen, Chef?«

»Richtig, Menz.« Mehr sagte er nicht. Warum auch.

»Wen soll ich anrufen?«

Lohmeier zog einen Kugelschreiber aus der Innentasche seiner Jacke und nahm dem toten Müller damit die Waffe aus der Hand, sicherte sie und steckte sie in die Manteltasche. »Rufen Sie die Kollegen, den Staatsanwalt, die Präsidenten, den Doc, einen Krankenwagen und den Leichenwagen. Spurensicherung kann auch nicht schaden. Und die Psychologin. Wahrscheinlich braucht unser knallharter Detektiv ein paar seelische Streicheleinheiten.«

Dann drehte er sich um und sah mich an. »Schlimm?«

Ich nickte und biss die Zähne aufeinander. Ich konnte nicht sagen, was mir mehr weh tat: das Loch in meinem Bein oder der Schock, dass er auf mich geschossen hatte.

Er beugte sich zu mir herunter und begutachtete die Wunde. »Es fließt nur wenig Blut, also ist kein Gefäß verletzt, Herz. Sie brauchen sich nicht in die Hose zu machen.«

Hatte ich auch nicht. Aber ich würde es ihm heimzahlen, das war klar.

»Sie wissen, dass ich das tun musste?«, sagte er jetzt, während er mir in die Augen starrte.

»Mistkerl. Ich wollte wegtauchen«, presste ich hervor.

»Eine gewollte Aktion Ihres Körpers wäre nicht schnell genug gewesen. Müller hätte Sie erschossen. Doch ein unter einem Schuss zusammenbrechender Mensch reagiert deutlich schneller und unvorhersehbarer. Hat was mit den Nerven im Rücken zu tun. Lassen Sie mal sehen!«

»Finger weg, Sie Wahnsinniger«, rief ich.

»Dann kann es ja wirklich nicht so schlimm sein.«

»Ist das alles, was Ihnen dazu einfällt?«

»Was hätten Sie denn an meiner Stelle getan, Herz? Müller konnte hier nicht mehr heil herauskommen. Es sei denn, er hätte uns alle umgebracht und wäre entkommen.«

»Das ist noch lange kein Grund, mir ins Bein zu schießen! Ich hätte es geschafft!«

»Sie hätten von ihm eine Kugel im Kopf gehabt.«

Wir schwiegen einen Weile.

»Sie wissen, dass ich recht habe«, begann der Kommissar und sah mir dabei mit forschendem Blick ins Gesicht.

»Sie sind ein Mistkerl, Lohmeier«, sagte ich. »Und zwar ein ganz gerissener Mistkerl.«

Ein Lächeln flackerte bei ihm auf. Auch ich musste trotz der Schmerzen grinsen.

»So gefallen Sie mir schon besser, Herz. Immer schön das Maul aufreißen ...«

»Was wird jetzt«, wollte ich wissen. Denn mir war nicht ganz klar, ob und inwieweit Lohmeiers Verhalten den üblichen Regeln im Umgang mit – ja mit wem – Kidnappern, Erpressern, Spionen, Verbrechern, Geiseln entsprach.

»Es wird eine Untersuchung geben. Wahrscheinlich werde ich suspendiert.«

»Was soll ich denen erzählen?«

»Sagen Sie einfach die Wahrheit ...«

7. Kapitel

Es regnete Bindfäden, als ich Tage später die U-Bahnstation Heinrich-Heine-Allee verließ. Ich zog die Kapuze meiner Jacke über und die Schultern hoch. Ich hatte zwar einen Schirm dabei, doch der Wind würde ihn mir zerfetzen wie ein Hund einen dieser Papppantoffeln, die in Hotels den Gästen angeboten wurden. Das Wetter hatte sich deutlich verschlechtert. Die trockenen, sonnigen Tage waren echtem Herbstwetter gewichen. Doch damit waren auch die Zeterer für eine Weile ruhiggestellt, die schon befürchteten, der Rhein würde austrocknen. Nun, bald würden sie sich wahrscheinlich über die Gefahren von Hochwasser echauffieren.

Die Wunde in meinem Bein tat kaum noch weh. Eine Narbe würde allerdings bleiben und mich stets an Lohmeier erinnern, mit dem ich mich gerade treffen wollte. Ich lief ein paar Meter die Straße nach Süden, parallel zur Kö und betrat ein kleines Café. Der Kommissar wollte sich hier mit mir treffen, was mich überraschte. Der Laden war ziemlich hipp, nicht gerade ein Ort, wo ich Lohmeier vermutete. Doch er hatte etwas von »ungestört reden« gebrummelt, womit er wohl meinte, dass keine Kollegen zuhörten.

Er saß hinten in einer Ecke am Fenster, in die hiesige Regionalzeitung vertieft. Auf dem kleinen Tischchen vor ihm dampfte eine Tasse Kaffee, daneben lag ein angebissenes Croissant auf einer Serviette. Ich ließ mich auf den Stuhl ihm gegenüber fallen.

Er schaute kurz auf, faltete die Zeitung zusammen und nickte.

»Was macht Ihr Bein?«

»Mmhh. Und Ihr Job?«

»Die Suspendierung wird bald aufgehoben.«

»Was macht Sie da so sicher?«

Er wollte antworteten, hielt jedoch inne, weil plötzlich eine Kellnerin neben uns stand und mich anlächelte.

»Ein Wasser«, bestellte ich, und sie schwebte von dannen.

»Ich kenne das Ergebnis bereits. Montag fange ich wieder an. Und bis dahin genieße ich diesen unverhofften Urlaub.« Er biss genüsslich in das Croissant.

Ich schälte mich aus meiner Jacke und legte sie auf die Sitzbank neben ihm, über seinen eigenen Mantel.

»Zum Teil verdanke ich den ›Freispruch‹ auch Ihnen, Herz«, fuhr der Kommissar fort.

»Ich habe mich an Ihre Worte gehalten und nur die Wahrheit gesagt. Aber mich würden nun schon die ganzen Zusammenhänge interessieren.«

»Wo soll ich anfangen?«

»Der tote Wachmann ...«

»Heisen hat von Anfang an bei zu Bickenbach oben auf der Liste der gefährlichen Personen gestanden. Deswegen hat der alte Fuchs ihn beobachtet. Und natürlich herausbekommen, was die Demonstranten und Heisen geplant hatten. Eine glückliche Fügung. So musste zu Bickenbach nicht selbst aktiv werden und hatte den perfekten Sündenbock für später. Nachdem Heisen also das Programm erfolgreich kopiert hatte, streckte ihn zu Bickenbach wahrscheinlich im Aufzug mit seinem Gehstock nieder, schleppte ihn aufs Dach und warf ihn runter. Dann hat er alle Beweise beseitigt und gewartet, bis die Polizei kam.«

»Warum hat er die Daten geklaut?«

»Habsucht. Leider. Hätte ihm das nicht zugetraut. Aber vielleicht muss man einiges aus seiner Vergangenheit wissen.

Sein Vater war ein Adeliger und ein überzeugter Nazi. Als der Krieg vorbei war, hat man ihnen alle Besitztümer genommen. Das hat der Vater wohl nie verwunden. Arthur wuchs mit dem ständig angestachelten Wunsch auf, die Familienehre wieder herzustellen und zu Geld zu kommen. Er hat das zwar mit seiner Karriere beim Militär, bei der Abwehr und mit Seminaren für die Polizei und das BKA nicht geschafft. Aber er hat eine wohlhabende Frau geheiratet.«

»Kannten Sie sie?«

»Flüchtig. Sie ist gestorben. Nun. Er hat von ihrem Geld leben können. Aber auch das war nie wirklich genug. Wie Sie selbst wissen, hatte er ein teures Hobby.«

»Die Gemälde?«

»Und den Wunsch, die Welt in der Balance zu halten.«

»Was ist dieses Mal schiefgelaufen?«

Lohmeier nippte erneut an seinem Kaffee.

»Zu Bickenbach wusste wahrscheinlich, dass sein berufliches Ende nahe war, und er wollte noch einmal seine Rücklagen deutlich aufbessern. Also hat er an Müller vorbei versucht, die geheimen Informationen zu verkaufen.«

»Der Chip in der Hülle zum Bild.«

»Genau. Damit aber nicht auffiel, dass er die Sachen verkauft, hat er Sie nach Dublin geschickt. Doch Müller musste etwas gewusst oder zumindest geahnt haben und hat seine Gorillas auf zu Bickenbach angesetzt.«

»Die ihn erst gefoltert haben.«

»Gefoltert ja, denn sie wollten wissen, wo sich der Chip befindet. Aber getötet hat ihn später Müller. Das wollte er sich wohl nicht nehmen lassen. Seinen alten Mentor selbst töten und ihn für den Verrat bestrafen. Es war eine Kugel aus seiner Pistole, die zu Bickenbach getötet hat. Die Morde hätte er am Ende den beiden anderen in die Schuhe geschoben.

Denn die hat er, clever wie er war, mit seiner Dienstwaffe erschossen. Die eigentliche Mordwaffe hätte er benutzt, um Sie zu töten. Dann die Pistole in die Hand eines der beiden Toten gedrückt und fertig. Er wäre der tragische Held gewesen, der zwar Ihren Tod nicht verhindern konnte, aber dafür die Täter eliminiert hat. Niemand hätte Müller verdächtigt.«

»Wie passt Adriana da hinein?«

»Die Italienerin vom Geheimdienst? Auch ihr Verein war hinter dem Programm her. Allerdings wissen wir immer noch nicht, wie sie davon erfahren hat und warum man sie auf Sie angesetzt hat. Wir vermuten aber, dass sie zu Bickenbach beobachtet und wahrscheinlich auch bei Ihrem gemeinsamen Treffen die Übergabe gesehen hat. Sie oder ihre Kollegen müssen vermutet haben, dass zu Bickenbach das Programm über Sie zu einem Käufer bringen lässt. Den Rest kennen Sie.«

»Zumindest bis zum Rastplatz an der Autobahn.«

»Nachdem Adriana das Gemälde hatte, ist sie in die Nähe von Cork gefahren und hat sich nach Frankreich übersetzen lassen. Die Italiener haben an der Küste ein ›sicheres‹ Haus. Nun. So sicher, wie sie geglaubt hat, war es nicht. Müller hat auch davon gewusst und Adriana und zwei weitere Agenten erschossen.«

Ich nagte an meiner Lippe, während ich an die tolle Frau dachte, die ich im Flugzeug nach Dublin kennengelernt hatte. Alles Lug und Trug. Das gab mir erneut einen Stich in der Herzgegend.

»Als Müller endlich das Gemälde in der Hand hielt, stellte er wohl fest, dass der Chip nicht dort war. In unserer gemeinsamen Besprechung erwähnten Sie, dass Sie die Verpackung ausgetauscht hätten. Da war ihm sofort klar, dass Sie zwar das Bild nach Dublin gebracht hatten, aber der Chip musste bei Ihnen in der Wohnung sein.«

»Nun ja, eigentlich war er in der Wohnung von Gereon. Dort hatte ich die Hüllen ausgetauscht.«

»Geschenkt.«

»Woher wussten Sie, dass es Müller war?«

»Menz ist darauf gekommen, als er von den Franzosen ein Phantombild angefordert hat. Das Paar, das die Toten in dem Strandhaus gefunden hat, konnte sich noch gut erinnern, wie Minuten vorher ein Mann aus dem Haus gekommen und an ihnen vorbeimarschiert war, zu einem dunklen Geländewagen. Die Frau hat ein fotografisches Gedächtnis, womit keiner rechnen konnte. Deshalb war das Phantombild so genau.«

»Woher wussten Sie, dass Müller bei mir auftauchen würde?«

»Wir haben eins und eins zusammengezählt. Zwar wussten wir nicht, dass er sein Ziel noch nicht erreicht hatte. Aber wir vermuteten, dass er vielleicht weitere Beteiligte ausschalten wollte. Und indirekt haben wir damit ja auch recht behalten.«

»Was ist eigentlich aus dem Galeristen geworden, der in Dublin ermordet wurde. Dieser Huntington? Kommt die irische Polizei noch mal auf mich zu? Darf ich jemals wieder in Irland einreisen?«

»Das hat sich erledigt. Die Ballistik hat ergeben, dass Huntington mit der Waffe des kleineren Gorillas erschossen wurde. Sie haben ihn wohl getötet, um ungehindert an seiner Stelle bei Ihnen im Hotel das Bild abholen zu können.«

Ich nickte. Das hatte ich mir fast schon gedacht. Ich seufzte tief.

»Lohmeier, ich möchte Ihnen danken für alles, was Sie für mich getan haben.«

»Keine Ursache. Sie können sich direkt revanchieren.«

»Soll ich Ihnen ins Bein schießen?«

Wir lächelte beiden einen Augenblick.

»Von höchster Stelle bin ich gebeten worden, Ihnen klarzumachen, dass es sich bei der ganzen Geschichte, die Sie erlebt haben, um einen Fall der nationalen Sicherheit handelt. Also kein Wort, zu niemandem.«

»Von welcher höchsten Stelle?«

»Meiner eigenen und noch ein Stück darüber.«

»Verfassungsschutz?«

»Höher.«

»Innenministerium?«

Der Kommissar machte eine vage Geste.

»Sie meinen, es wird alles unter den Teppich gekehrt?«

Er sah mich an, antwortete aber nicht.

»Niemand wird von diesem Computerprogramm erfahren, jetzt, da Müller, zu Bickenbach und die anderen tot sind«, bohrte ich nach.

»Das Programm hat nie funktioniert.«

»Was?«, rutschte es mir laut heraus. Einige Gäste wandten den Kopf in unsere Richtung.

Der Kommissar beugte sich vor und senkte die Stimme. »Dieses Computerprogramm war so einzigartig, weil es offensichtlich von einem mit dem Internet verbundenen Netzwerk in ein anderes nicht angeschlossenes Netzwerk kam. Jetzt hat die Regierung festgestellt, dass dieses Programm nichts dergleichen kann. Eine Finte, ein Betrug. Braun&Braun haben gelogen. Dem Unternehmen stand das Wasser bis zum Hals, und in dem Regierungsauftrag haben sie ihre letzte Chance gesehen.«

Ich sah Lohmeier tief in die Augen und überlegte, wie hoch die Chancen standen, dass er mich belog. Über Fifty-Fifty kam ich nicht hinaus. Ich nahm ihm ab, dass er eine Order vom Innenministerium erhalten hatte, mich zum Schweigen zu bringen. Das Einfachste war eine Lüge zu meinem Besten. Denn wenn ich ohnehin glaubte, dass das Programm wertlos wäre, würde ich die Sache schnell vergessen. Ich nippte am meinem Wasser und entschied, dass ich es »aus alter Freundschaft« dabei gut und gerne bewenden lassen konnte.

»Das ist dann das Ende von Braun&Braun?«, mutmaßte ich.

»Wahrscheinlich.« Der Kommissar schob das letzte Stück Croissant in den Mund, kaute ein wenig, schluckte und kippte den Rest seines Kaffees hinterher. »Die Regierung hat natürlich kein Interesse daran, dass in den Zeitungen steht, wie sie den leeren Versprechungen eines maroden Rüstungskonzerns auf den Leim gegangen ist.«

Ich nickte nur und fragte: »Und der Mord an Heisen?«

»Welcher Mord?«, fragte Lohmeier, stand rasch auf und reichte mir die Hand. »Sie sind eingeladen, Herz. Ich muss los. Bin mit meiner Frau verabredet.« Er zwinkerte mir zu und reichte mir den aufgeschlagenen Teil der Regionalzeitung, in der er gelesen hatte, als ich vorhin hereinkam. Ich nahm sie ihm ab und er verschwand in Richtung Bar, wo die Kasse stand.

Ich blickte Lohmeier eine Weile nach, sah, wie er der Kellnerin Geld gab, sich im Rausgehen den leichten Mantel überwarf, schwungvoll die Tür öffnete und in den Regen hinausspazierte. So entspannt hatte ich ihn noch nicht erlebt. Und ich fragte mich, ob ich mein Bild von dem grummeligen, cholerischen Spinner revidieren musste. Irgendetwas musste seine Frau ja an ihm lieben.

Ich überflog die Zeitung, die er mir in die Hand gedrückt hatte. In der oberen Meldung ging es um eine Autobahnbrücke, die abgerissen werden musste, weil jemand darunter lagernde Plastikrohre angezündet hatte. Ich erinnerte mich, schon mal davon gelesen zu haben. Die Polizei suchte noch nach dem oder den Brandstiftern. Sie vermutete Jugendliche dahinter.

Das war jedoch kaum der Artikel, den der Kommissar meinte. Am Ende der Seite fand ich eine kurze Meldung. *Vorstand von Düsseldorfer Waffenschmiede ausgeschieden*, lautete die Überschrift. Braun&Braun verkündete, dass der Vorstand für Entwicklung, ein gewisser Leipnitz, das Unternehmen aus persönlichen Gründen verließ. Er zog damit die Konsequenzen aus dem Suizid eines Sicherheitsbeamten, der sich vom Dach des Hauses gestürzt hatte.

Epilog

Es hatte aufgehört zu regnen, als ich das Café verließ. Die Zeitung hatte ich unbewusst unter den Arm geklemmt und bemerkte sie erst jetzt. Ich knüllte sie wütend zusammen und warf sie in den nächsten Mülleimer am Straßenrand. Ein Selbstmord, so so. Mich wunderte, wie ruhig Lohmeier das Ganze hinnahm. Er musste innerlich doch kochen bei so viel Gemauschel, Politik und Verdorbenheit.

Hinter mir hörte ich, wie eine Straßenbahn nahte. Ich drehte mich um, sah, dass es meine Linie war und eilte, so schnell es mit dem angeschlagenen Bein ging, zur Haltestelle. Erst überholte sie mich, hielt kurz darauf und öffnete ihre Türen. Menschen strömten aus ihrem Bauch. Menschen drängten sich in ihren Bauch. Ich erreichte den Bahnsteig, schlüpfte Augenblicke später durch die sich schließenden Türen und ließ mich in einen Sitz fallen. Es war voll und roch nach Menschen mit regennassen Klamotten. Ich schloss die Augen und döste den Rest der Fahrt. In Gedanken war ich schon bei meinem Treffen mit dem unbekannten Professor, der mich wegen Narkovs Fälschung treffen wollte. Ich war gespannt, was man ihm angedreht hatte.

Bis gestern war ich mir allerdings nicht ganz sicher gewesen, ob der »Professor« vielleicht eine Finte von Narkov war. Also hatte ich den guten Gelehrten gründlich überprüft, seine Adresse herausgefunden und sogar ein Foto von ihm aus dem Internet ausgedruckt. So würde ich ihn erkennen.

Hoffentlich brachte ich ihn dazu, auch vor Gericht auszusagen. Alles andere würde mir nicht viel helfen. Ich brauchte unbedingt eine Verurteilung Narkovs. Nur so konnte ich rehabilitiert werden. Wenn der Staat erst einmal offiziell seinen Justiz-Irrtum zugab, würde ich auch wieder eine eigene Galerie aufmachen und den Job als Privatdetektiv an den Nagel hängen können.

Für einen Moment geriet ich ins Träumen. Doch dann erinnerte ich mich an die Geschichte, die Lohmeier eben erzählt hatte. Und daran, wie gerne eine Regierung einen Fehler zugab. Der Weg würde lang und beschwerlich werden, selbst wenn Narkov offensichtlich schuldig war.

Ich drückte den Halteknopf und verließ die Bahn. Dutzende Menschen waren in ihrer Mittagspause auf der Nordstraße unterwegs, liefen mit vollen Supermarkttüten vor mir her oder betraten Restaurants oder Buchläden. Auf der Höhe meines Lieblingslokals hielt ich kurz inne. Hier hatten mich erst vor ein paar Tagen Narkov und sein Gorilla bedroht. Ich merkte, wie Adrenalin sich in meinem Körper ausbreitete und mein Herz schneller schlug. Ich musste ihn unbedingt erwischen, bevor er mich ein zweites Mal so unverhofft in die Finger kriegte. Ich schenkte meiner Umgebung wieder mehr Aufmerksamkeit, stellte jedoch auf dem Rest des Weges nichts Ungewöhnliches fest. Hatte Narkov aufgegeben?

Kurz darauf betrat ich den dunklen Hausflur und drückte auf den Lichtschalter. Nichts. Dann spürte ich einen Luftzug und wie mir jemand einen stinkenden Lappen auf Mund und Nase drückte. Jemand mit Bärenkräften. Ich zappelte noch ein wenig wie ein Fisch an der Angel, bevor ich ohnmächtig wurde.